LUDWIG STEINHERR

DER STURM erwartet DICH

Ein Kochelsee-Krimi

Allitera Verlag

Wir danken Herrn Dr. Sebastian Heckelmann
und der DEBA Beratungs- und Verwaltungsgesellschaft mbH,
München/Bogenhausen für die großzügige Förderung
dieses Buches.

Allitera Verlag
Ein Verlag der Buch&media GmbH München

Layout, Satz und Umschlaggestaltung: Johanna Conrad
Gesetzt aus der Adobe Garamond Pro und der Allotrope Variable
Printed in Europe · ISBN 978-3-96233-382-9

Allitera Verlag
Merianstraße 24 · 80637 München
Fon 089 13 92 90 46 · Fax 089 13 92 90 65

Weitere Publikationen aus unserem Programm finden Sie auf www.allitera.de
Kontakt und Bestellungen unter info@allitera.de

1

Vor *La Pineta* standen an diesem kühlen Juniabend die Gäste Schlange. Der einzige Italiener in Kochel am See war beliebt. Zudem hatte ein Platzregen Scharen von Ausflüglern herbeigetrieben. Unter den Wartenden herrschte eine Stimmung wie auf dem Steg zur Arche Noah.

Eine junge, klatschnasse Mutter mit quengelndem Kind auf dem Arm sagte zu ihrem ebenso begossenen Mann: »Und wenn wir zwei Stunden anstehen – ich will jetzt da rein!« Sie hatte Glück. Gerade wurde der Nebenraum, die *Enoteca*, geöffnet. Ein schlanker, lustiger Kellner erschien und winkte eifrig die ganze Schlange herein.

Auch Swantje Siel zählte zu den Erlösten. Rasch folgte sie samt ihrem roten Rollkoffer und hörte im Vorübergehen aus einem Trupp bereits gesättigter Gäste den verheißungsvollen Satz: »Also ich könnte sofort noch einmal mit den Antipasti beginnen!«

Dann fand sie sich in der wunderbar dämmerigen *Enoteca* wieder, zwischen dunklen Holzregalen mit hunderten Weinflaschen.

Sie durfte Platz nehmen an einem der kleinen Zweiertische. Die tropfende Jacke hängte sie über die Stuhllehne. Vor ihr flackerte eine Kerze. Sie atmete tief durch. Geschafft!

Als sie die Speisekarte aufschlug, wurde sie durch ein Foto belehrt, dass der Kellner in Wahrheit der Wirt war und Mimmo hieß. Er war wohl einmal Radrennfahrer gewesen. Dafür sprach nicht nur sein sportlicher Körperbau. Oben auf den Weinregalen standen ringsum Rennräder von *Bianchi* und *Basso*. Die Reifen so dünn wie Frauenfinger. Und an den Wänden hingen überall Schwarz-Weiß-Fotos des *Giro d' Italia*, die in diesem Kontext das Motto suggerierten: *Mit Wein zum Sieg!*

Swantje bemerkte irritiert, dass sie in ihrer Ecke als Einzige solo inmitten von filmreifen Liebespaaren saß, alle halb so alt wie sie. Zwei Verliebte am Nebentisch fütterten einander mit Löffeln – *Probier mal mein Tiramisu! Und du meine Pannacotta!* –, was Swantje albern fand – sie teilte nie ihr Essen, und säße ihr Romeo persönlich gegenüber. Ihr war klar: Auch wenn sie für ihre Jahre flott aussah – in den Augen dieser Kinder wirkte sie mit ihrem grauen kurzen Strubbelhaar und den beiden nicht versteckten Hörgeräten wohl wie eine ältliche Archivarin, die die Hoffnung auf einen Mann im Leben endgültig aufgesteckt hatte.

Und dabei erwartete sie gerade einen Mann, sogar einen deutlich jüngeren, der allerdings in seinem Erscheinen nicht berechenbar war.

Unvorsichtigerweise hatte sie zu Mimmo gesagt: »Es kommt noch jemand! Bitte nur einen Prosecco!« Jetzt, da der zweite Prosecco zur Neige ging, bedauerte sie das zutiefst. Einen dritten konnte sie unmöglich bestellen, ohne als überzeugte Aktivistin des Alkoholismus zu gelten.

Also bestellte sie die kleinen, nein, mittelgroßen – oder, was soll's, großen Antipasti. Und ach ja, (mit halblaut hastiger Stimme) einen Rosso. Warum nicht? Wer weiß, was Benedikt sich diesmal leisten würde.

Benedikt. Ja, Benedikt Bileam würde auf jeden Fall mit seinem Auftritt für erstauntes Verstummen der Kinoliebespaare sorgen! Er war eine Erscheinung! Mit seiner blonden zurückgekämmten Mähne, der ranken schlanken Zwei-Meter-Statur, dem schallend-subversiven Kinderlachen, bei dem wildfremde Menschen unwillkürlich mitlachten.

Benedikt war ihr Lieblingsneffe – zugegeben, auch ihr einziger Neffe. Zwischen ihnen beiden gab es ein tiefes Band, seit sie ihm als Fünfjährigen anhand eines blauen Plastikkreisels die Unendlichkeit erklärt hatte – oder zumindest das, was sie als Fachanwältin für Mietrecht darüber wusste.

Benedikt, mittlerweile selbst schon an die Dreißig, war ein Sonderfall. In jeder Hinsicht. Er war der sprunghafteste, in seinen Einfällen unberechenbarste Mensch, den es geben konnte.

Alles, was er tat, tat er aus Begeisterung – oder gar nicht. Mit neun Jahren hatte er eine Comic-Gestalt erfunden: *Gerold unterm Tisch.* Das war ein Junge, der unter dem Wohnzimmertisch lebte und die Gespräche der Erwachsenen von unten kommentierte. Als seine Eltern die Blätter gefunden hatten, waren sie bleich geworden, so treffend waren die Kommentare. Swantje glaubte noch heute, das war die Initialzündung für die Scheidung der beiden gewesen. Der Vater, Unternehmensberater, war ausgezogen. Ohne Erklärung. Vermutlich, da er sich einem Kommentar von *Gerold unterm Tisch* nicht gewachsen fühlte. Benedikt lebte von da an allein mit seiner Mutter, die im Sekretariat des Münchener Literaturhauses arbeitete. Benedikts Schulzeit war für alle Beteiligten die Hölle. In der sechsten Klasse legte er seinem Mathematiklehrer einen dreißigseitigen Beweis vor, dass der Satz des Pythagoras falsch sei und die gesamte Mathematik widerlegen würde. Der Lehrer hatte eine schlaflose Nacht mit den komplexen Darlegungen verbracht, zwischendurch zweifelnd, ob er einen kleinen Pascal oder einen Vollidioten in der Klasse hatte, und Benedikt am Morgen gesagt, dass er sich geirrt habe. Benedikt fühlte sich missverstanden und rührte von da an kein Mathematikbuch mehr an. Die meisten Lehrer hassten ihn. Eine Deutschlehrerin sagte zur Mutter, Benedikt sei zweifellos eine Art von Genie – nur ein Genie, das zu absolut gar nichts nützlich wäre.

Gefürchtet waren seine Wortmeldungen, die immer begannen mit der Wendung: »Meine Gegenfrage …« Selbst wohlgesonnene Lehrer riefen ihn bald nicht mehr auf.

Eines Tages entdeckte Benedikt eine Zeitungsnotiz über einen Mann, der versucht hatte, sich nach Einnahme einer Riesendosis Schmerztabletten den Blinddarm selbst mittels eines Schweizer Taschenmessers zu entfernen.

Die Mutter war durch sein beharrliches Interesse an diesem Thema und akribische medizinische Recherchen des Sohns so alarmiert, dass sie ihn zum ersten Mal in ihrem Leben anschrie: »Du bist krank!« Worauf er nur mit den Achseln zuckte: »Meine Güte! Wenn das so einen Aufstand gibt, dann eben nicht!« Benedikt verfügte bei aller Leidenschaft über weit mehr Selbsterkenntnis und Selbstironie, als man ihm zutraute.

Der Vater hatte sich in Benedikts Erziehung ein letztes Mal engagiert, kurz nachdem der Sohn das Abitur (durch welches Wunder auch immer) absolviert hatte.

Bei einem der allmonatlichen Pflicht-Treffen hatte Benedikt plötzlich Interesse an einer Analyse der Finanzkrise gezeigt, was im Vater die trügerische Hoffnung auf ein BWL-Studium des Sohns geweckt hatte. Er organisierte für ihn ein Praktikum im Betrieb eines Freunds.

Benedikt hatte allerdings eine Finanzkrise im alten Ägypten gemeint, für deren Studium er mit glühendem Eifer in der Staatsbibliothek Hieroglyphen entzifferte. Er schrieb dem Vater eine Dankeskarte, meinte aber, er sehe keinen Ansatz, wie ihm ein Praktikum in einem Kugellagerbetrieb für die Erforschung der wirtschaftlichen Strukturen unter Ramses dem Dritten hilfreich sein könnte. Der Vater gab es auf. Er fand sich damit ab, dass sein Sohn nicht zu retten war.

Swantje war der einzige Mensch, der nach wie vor an Benedikt glaubte. Vielleicht, weil er ihr genaues Gegenteil war. Sie zielstrebig, er planlos. Sie Vernunft, er Begeisterung. Sie Fachanwältin für Mietrecht, die als Hobby Straftäter verteidigte, er – was auch immer … Zusammen ergänzten sie sich wunderbar. Trotz der räumlichen Trennung – sie in ihrer Kanzlei in Bremen, er mit seiner Mutter in München – war das enge Band nie abgerissen.

In dem Moment servierte Mimmo die »großen Antipasti«, und Swantje blieb erst einmal die Spucke weg – »Familienportion« wäre treffender gewesen. Es war wie in einem Comic: Sie allein und verloren vor diesem Mount Everest von mariniertem Gemüse und duftendem Meeresgetier. Dazu noch der bestellte Rosso – *»Salute!«* Alle Gäste starrten sie an. Warum musste sie auch so gierig sein!

»Benedikt, komm!«, flehte sie still. »Komm sofort! Vertilge den Berg mit deiner ganzen Begeisterung und deinem Wolfshunger, für den du so berühmt bist!«

Sie faltete in Zeitlupe die Serviette auf. Eigentlich wirklich sehr romantisch hier. Wenn nur Benedikt endlich käme! Sie merkte erst jetzt, wie sehr sie ihn vermisste.

Sie hatte ihn ein, nein, fast zwei Jahre nicht mehr gesehen. Die ganze Sache mit ihrer Scheidung. Aber das Tal der Tränen lag hinter ihr. Sie konnte ihre Höhle wieder verlassen. Wie es Benedikt wohl ging? Die Nachrichten waren spärlich gewesen. Im Gegensatz zu ihr, die eine passionierte Briefeschreiberin war, gab es von Benedikt allenfalls kryptische Blitzlichter. Spät nachts einmal eine

Mail von ihm. Ein Caravaggio-Gemälde, auf dem er eine Gestalt mit einem Pfeil markiert hatte. Über die Bedeutung rätselte sie noch immer. Benedikt kam mittlerweile in die Jahre. Fast dreißig. Kein Kind mehr. Die Tatsache, dass er das Architekturstudium nun auch geschmissen hatte (vermutlich, weil er keine Pyramiden bauen durfte), beunruhigte sie doch etwas. Sie führte das Rotweinglas zum Mund – exzellenter Primitivo! –und sah wie durch eine Hellseherkugel eine verschwommene Gestalt vor sich auftauchen. Sie setzte rasch ab und verschluckte sich beim Anblick.

Benedikt! Ihr kleiner Neffe Benedikt! Mit schlohweißem Haar!

Während sie hustete, klopfte er ihr lachend auf den Rücken. »Tante Swantje! Nicht erschrecken! Ich bin's doch nur! Ja, ja, ich weiß! Ich bin ein Opa geworden! Liegt bei uns in der Familie! Du weißt ja, Papa war auch mit dreißig schon weiß!«

Dann lachte er sein schallend-subversives *Gerold*-Lachen, dass der ganze Raum grinste.

Wenn das kein Überraschungsdate war!

Als Swantje klar gemacht hatte, dass sie keine Erste Hilfe mehr brauchte, faltete Benedikt seine große Gestalt auf dem kleinen Stuhl vor ihr zusammen.

Passend zur neuen Haarfarbe war er ganz hell gekleidet. Die Leinenjacke sah irgendwie selbst genäht aus. Seinen schlaffen Kaki-Rucksack schleuderte er achtlos unter den Tisch.

»Ich freue mich riesig!«, rief er. »Entschuldige, dass ich so spät dran bin. Es gab noch einen kleinen Zwischenfall. Ich bin mit dem Zug gekommen. Ganz pünktlich. Aber gleich hinterm Bahnhof sah ich eine Katze auf einem Laternenmast sitzen, ganz oben, und schreien. Keine Ahnung, wie sie das geschafft hatte. Also rief ich mit dem Handy die Feuerwehr. Die kamen tatsächlich mit dem großen Löschzug. Als ich ihnen die Lage erklärt hatte, wollten sie aber die Leiter nicht ausfahren. Irgendein Schaulustiger meinte, ob ich nicht eine Pistole hätte, um die Katze runterzuschießen. Ich sagte, wenn ich eine Pistole hätte, würde ich sie zu etwas anderem benützen. Na ja, dann gab ein Wort das andere. Die Polizei kam auch. Du bist ja Rechtsanwältin. Und die beste. Du wirst mich da schon rausboxen. Die Katze war übrigens plötzlich verschwunden. Keiner hat gesehen, wie. Da hab ich mich dann einfach verabschiedet.«

»Benedikt!«, sagte Swantje. Sie nahm seine Hände. »Wunderbar, dass du da bist! Los, bestell was! Nimm Wein! Hier, ein Glas! Und stürz dich gleich auf die wunderbaren Antipasti! Ich hoffe, sie reichen!«

»Tut mir leid«, erwiderte Benedikt. »Ich muss dich enttäuschen! Ich bin Asket geworden! Ich habe mir das Essen abgewöhnt und das Trinken schon lang.«

Zehn Minuten später schob er die leere Platte zur Seite und erklärte, nun doch etwas Hunger zu haben. Rasch winkte er Mimmo herbei und bestellte nach intensiver Beratung die nach der Wirtin benannten *Spaghetti Grazia*. Dazu ein Viertel Pinot Grigio.

»Die Architektur ist also endgültig vorbei?«, fragte Swantje.

»Architektur? Schon seit Ewigkeiten, ich komme gerade aus Dublin. Eigentlich wollte ich mein Englisch verbessern. Das hatten mir Freunde geraten. Aber dann habe ich spontan dort Altgriechisch gelernt, bei einem ganz verschrobenen Professor, in seiner Privatwohnung. Nur drei Studenten. Zwei saßen auf dem Bett, einer auf dem Schreibtischstuhl. An der Wand waren auf Regalbrettern Gipsbüsten aufgereiht. Man musste beim Übersetzen immer aufpassen, dass einem nicht Homer oder Plato den Schädel einschlugen. Mein Englisch habe ich auch verbessert. Allerdings nur den englischen Homer-Wortschatz. Das Ganze hatte übrigens einen politischen Hintergrund. Ich hatte nämlich den Einfall: Wie wäre es, die sprachlichen Nachteile von Flüchtlingskindern auszugleichen, indem der Unterricht in unseren Schulen generell auf Altgriechisch gehalten wird? Da hätten alle dieselben Chancen. Kein Heimvorteil. Was meinst du? Außerdem schadet es niemandem, als ersten Lehrer Sokrates zu haben! Wobei – immer muss das auch nicht gut gehen, ein Philosoph als Lehrer. Ich meine, Aristoteles hat Alexander den Großen erzogen, der danach die halbe Welt kaputt geschlagen hat, und Seneca war der Hauslehrer von Nero …«

Swantje dachte an ihre Schriftsätze, ihre Klienten, die sich über Wohnungsmängel und Vertragsklauseln zankten.

Und dagegen nun Benedikt! Swantje seufzte so tief erleichtert auf, als wäre sie nach langer Zeit nach Hause gekommen.

Lächelnd erhob sie ihr Glas und prostete ihm zu. *Kling!*

Die Liebespaare ringsum hatten es aufgegeben, noch um Aufmerksamkeit zu buhlen – Swantje und Benedikt hatten gewonnen.

»Weißt du, was mich derzeit fasziniert? Neuroparasiten!«, verkündete Benedikt übergangslos.

Zu seinen großen Vorzügen (zumindest in Swantjes Augen) gehörte, dass er immer nur von sich und seinen Interessen sprach. Man musste nie in den trüben eigenen Erinnerungen herumstochern. Man bekam immer fangfrische Begeisterung geliefert.

»Neuroparasiten?«

»Ja, weil –«, Benedikt holte tief Luft. »Also Parasiten sind ja an sich schon hochinteressant, oder?«

»Allerdings«, sagte Swantje. Die Erinnerung an ihren Ex-Mann war noch frisch.

»Aber Neuroparasiten sind wirklich faszinierend: Man muss sich das bloß vorstellen: Parasiten, die in einen fremden Organismus eindringen und nicht nur an ihm nagen und zehren, sondern sein Gehirn manipulieren und ihm ihren Willen aufzwingen. Komplett. Zum Beispiel: Da gibt es im mittel- und südamerikanischen Regenwald einen winzigen Fadenwurm, *Myrmeconema neotropicum*, der will unbedingt in einen bestimmten Vogel gelangen, der sein Endwirt ist. Was macht er? Er dringt in eine Ameise ein und manipuliert deren Färbung und Verhalten, sodass sie mit hoher Wahrscheinlichkeit von diesem Vogel gefressen wird. Wahnsinn, oder? Ein Parasit, der das Verhalten seines Wirts fernsteuert und ihn zur Marionette, zum willenlosen Zombie verwandelt! Die befallenen Tiere werden versklavt bis zum Suizid, um den Interessen des Parasiten zu gehorchen. Ich will gefressen werden, sagt der Parasit zu seinem Wirt, also lass du dich mit mir fressen! Ich will ins Wasser gelangen, also stürz du dich mit mir ins Wasser! Und das Härteste: Es gibt sogar Neuroparasiten, die Menschen befallen können! Toxoplasmose zum Beispiel. Bei Katzen, du weißt ja. Und genau diese einzelligen Parasiten *Toxoplasma gondii* können auch den Menschen befallen und bei ihm Schizophrenie und

Depressionen bis zum Selbstmord auslösen. Das ist noch gar nicht ansatzweise erforscht.«

»Gruselig«, gab Swantje zu. »Und das beschäftigt dich?«

»Ja, das interessiert mich brennend, liebe Tante! Das hat doch gewaltige Konsequenzen! Woher wissen wir, welcher Neuroparasit in uns sitzt und sagt: *Studiere Architektur!* oder *Heirate diesen Mann!* Ist das nicht wie mit den biblischen Dämonen, die Menschen rütteln und schütteln und sie geifern und fluchen und schlimme Dinge tun lassen oder sie sogar ins Feuer werfen? Die Sünde! Das Böse! Vielleicht sind das nicht wir – sondern irgendwelche Neuroparasiten?«

»Furchtbar«, sagte Swantje.

»Meine Gegenfrage«, erwiderte Benedikt: »Könnte es nicht eine große Hoffnung sein? Beseitige den Neuroparasiten – und alles ist gut.«

In diesem Augenblick erschien die Wirtin, eine üppige süditalienische Schönheit mit schwarzer Designerbrille, und servierte eigenhändig die ihr gewidmete Pasta, die intensiv nach Scampi und Knoblauch duftete.

»Grandios!«, rief Benedikt, der wahrer Kunst immer Beifall zollte.

»Ich liebe sie!«, lachte Grazia und strich über ihre Hüften: »Alles *Spaghetti Grazia! Buon appetito!*«

Und für eine halbe Stunde durfte Swantje den seltenen Anblick eines schweigenden Benedikts genießen.

»So«, seufzte Benedikt. »Nun muss ich leider ebenfalls einem fremden Willen folgen, nicht dem eines Neuroparasiten, aber dem meiner Blase. Weißt du, wo die Toiletten sind?« Damit lachte er sein schallendes *Gerold*-Lachen. Im Nebenzimmer hörte man als Echo, wie jemand ihn nachahmte.

Dann sah Swantje den jugendlichsten Greisenkopf, der ihr je begegnet war, um die Ecke verschwinden.

Nach fünfzehn Minuten runzelte Swantje die Stirn, nach fünfundzwanzig Minuten war sie der Panik nahe. Da kam Benedikt kopfschüttelnd um die Ecke. »Hab mich verlaufen.«

»Verlaufen? Mein lieber Benedikt! Die Toiletten sind nur einmal ums Eck fünf Meter geradeaus.«

»Geradeaus ist bei mir nie einfach geradeaus«, erwiderte Benedikt kryptisch. »Das muss irgendwie mit der Krümmung des Raums zusammenhängen. Plötzlich stand ich auf einem finsteren Hof, wo Ratten umhersprangen. Dann fuhr ich in einem Aufzug und sah, wie jemand mit einem Schweißbrenner im Dunkeln herumfuhrwerkte, als würde er damit eine Oper dirigieren. Keine Ahnung, wie ich wieder hierhergekommen bin.«

»Ja«, sagte Swantje. »Dein Orientierungssinn ist legendär. Ich weiß noch, wie du etwa vier Jahre alt warst und ich zum Babysitten kam, plötzlich standst du heulend im Zimmer, weil du nicht mehr aus deiner Bettdecke herausgefunden hattest ...«

»Na ja, Odysseus hat auch Jahrzehnte gebraucht, um aus dem Mittelmeer herauszufinden«, sagte Benedikt. »Aber sag mal, wozu sind wir eigentlich hier? Du warst so geheimniskrämerisch. Sollen wir einen Mordfall lösen? Läuft hier ein alpiner Serienkiller herum?«

»Mordfall? Nein, lieber Neffe. Alles ganz harmlos. Habe ich dir je von Anna und Gérard erzählt?«

Benedikt zuckte mit den Achseln.

»Anna und Gérard habe ich vor fünf Jahren an der Ostseeküste kennengelernt, an einem extrem windigen Tag. Niemand sonst wagte sich ans tobende Meer. Nur wir drei. Wir mussten uns anbrüllen, um gegen die Brandung anzukommen. Trotzdem war es die zarteste und intensivste und herzlichste Unterhaltung, die du dir vorstellen kannst. Die beiden sind ein Liebespaar, wie man es nur aus Büchern kennt. Romeo und Julia und so. Menschen, von denen man nicht glaubt, dass es sie in Wirklichkeit gibt. Und dabei schon nicht mehr ganz jung. Fast fünfzig.«

(Nicht ganz jung?, dachte Benedikt. Ein Greisenpaar! Aber er sagte es nicht, da Swantje selbst schon auf die sechzig zuging.)

»Anna ist noch immer sehr schön und schlaksig und blond, mit japanischen Tattoos von seltsamen Kraken auf den Armen. Gérard dagegen stammt aus Südfrankreich und ist rund wie ein Heißluftballon, ich hatte an dem Tag die ganze Zeit Angst, er würde davonfliegen, obwohl bei ihm die Gefahr sicher am geringsten war. Er wirkt immer verlegen und etwas tapsig, begeht dauernd Ungeschicklichkeiten, scheint aber ein brillanter Koch zu sein. Das konnte ich noch nicht ausprobieren, aber diesmal hat Anna es mir versprochen. Dabei ist Gérard der sensibelste, zartfühlendste Mensch, den ich kenne. Die beiden sind im Leben ziemliche Loser. Ständig in Geldnot. Vielleicht muss das so sein, wenn man nur für seine Liebe lebt. Kann ich nicht beurteilen. Sie haben sich jedenfalls mit Gelegenheitsjobs durchgeschlagen. Als Bademeister, glaub ich. Eine Hundeschule hatten sie auch. Und irgendwann waren sie angestellt in einem Klettergarten, obwohl ich wirklich nicht weiß, was Gérard dort machen konnte, vielleicht hat er als Sicherungsgewicht gejobbt. Das ist nicht böse gemeint – ich liebe ihn wirklich heiß und innig. Jedenfalls vor einem halben Jahr der Glücksfall. Das große Los! Annas Großtante stirbt und hinterlässt ihr ein allerdings ziemlich heruntergekommenes Haus in Kochel samt rund 200.000 Euro. Die beiden konnten ihr Glück nicht fassen. Jetzt renovieren sie den alten Kasten und wollen eine Pension daraus machen – und Gérard träumt von einem Nobelrestaurant …

Bisher ist das alles noch Zukunftsmusik. Bisher sind sie noch dabei, Löcher zu verspachteln und den Hausschwamm zu bekämpfen. Aber immerhin, drei, vier Zimmer sind schon notdürftig fertig. Und wir dürfen als erste Gäste dort Probe wohnen. Was sagst du? Zu Gast bei Romeo und Julia in Kochel?«

»Wow!«, sagte Benedikt. Es war nicht klar, ob der das Angebot meinte oder die beiden Gläser Grappa *aufs Haus*, die der todmüde Mimmo vor ihnen zwinkernd aufstellte – sie waren tatsächlich die letzten Gäste.

»Es geht übrigens nicht nur ums Wohnen«, fügte Swantje hinzu, während der Grappa in ihrer Kehle brannte. »Die beiden kommen mir so zart und hilflos und verletzlich vor in ihrer Liebe. Und nun haben sie zum ersten Mal Glück. Irgendwie habe ich das Gefühl, dass ich sie beschützen muss.«

»Wovor?«

»Keine Ahnung. Vor Neid. Vor bösen Mächten. Vor dem Schicksal.«

»Bin dabei! Ich bin ein erstklassiger Bodyguard!«, rief Benedikt. Zu diesem Schlusswort leerten sie ihre Gläser.

Draußen erwartete sie die Dunkelheit. Die Berge mächtig.

Schwarz. Ihre Anwesenheit mehr zu spüren als zu sehen. Aber gewaltiger, als wenn man sie am Tag sah. Eine tiefe archaische Präsenz.

Swantjes roter kleiner Rollkoffer machte in der Stille einen Höllenlärm auf dem Gehweg. »Ist das dein ganzes Gepäck?«, fragte sie.

Benedikt hielt den leer wirkenden Military-Rucksack empor: »Survival Kit! Damit hab ich schon den Amazonas bereist!«

Ihre Stimmen klangen lauter als in der Stadt. Jedes Wort hallte wie in einem antiken Theater. »Wohin?«

»Nicht weit«, antwortete Swantje. Sie gingen an einem dunklen Minigolfplatz vorbei.

»Minigolf, Tante! Minigolf ist perfekt für mich! Da bin ich Meister!«

»Stopp!«, rief Swantje und hielt ihn an der Schulter fest. »Wir müssen über die Mittenwalder Straße! Aber Vorsicht! Tagsüber riskiert man hier jedes Mal sein Leben. Das ist die Durchgangsstraße. Lauter verrückte Raser. Bärtige Motorradrocker in den Sechzigern. Und hier in der Kurve sieht man sie immer zu spät. Nachts ist natürlich weniger Verkehr. Aber man kann Pech haben. Irgendein besoffener Discoheimkehrer. Peng. Vorbei. Das kann man vermeiden, indem man die Ampel hier benutzt. Auch nachts.« Sie drückte den Knopf. Die rot leuchtenden Lettern SIGNAL KOMMT! wirkten in der dunklen Einsamkeit surrealistisch.

»Ja«, sagte Benedikt. »Aber du weißt ja, in der griechischen Tragödie verfällt man seinem Schicksal gerade dadurch, dass man es umgehen will.«

»Klugscheißer!«, erwiderte Swantje. Sie schaute auf die Uhr.

»Oje! Schon nach elf! Eigentlich waren wir für neun angekündigt. Ich hoffe, die beiden sind überhaupt noch wach. Anna und Gérard wollten uns ja eigentlich selbst bewirten, aber ich dachte, ich hab meinen Lieblingsneffen nun so lange nicht gesehen. Da will ich ihn ein, zwei Stunden erst mal für mich haben …«

Sie stiegen eine dunkle Straße hinauf, die auf einen Hügel führte. Links ein schwarzes *Café & Hostel*, das aber Ferien zu machen schien. Rechts weiter oben ein kleines weißes Kircherl, eher eine Kapelle. Hinter Bäumen tauchte ein Bauernhaus auf. Der Zaun überwuchert von Büschen und Blumen. Alles schaute verwildert und verwunschen aus.

»Wenn uns hier jemand die Kehle durchschneiden wollte, hätte er es leicht«, sagte Benedikt.

Swantje lachte, klinkte das Türchen auf und ging über einen Kiesweg durch den geheimnisvoll duftenden Bauerngarten voraus. Dann zog sie an einer wahrhaftigen Klingelschnur. Schritte knarzten rasch eine Treppe herunter. Die Tür flog auf. Eine blonde, sehr schöne Frau, etwas außer Atem, stand vor ihnen. Sie erinnerte Benedikt auf den ersten Blick frappierend an Botticellis *Primavera*, besonders in diesem geblümten Kleid, das sie sicher nicht jeden Tag trug. Anna fiel Swantje um den Hals. Dann reichte sie sie weiter an einen verlegenen Mann von imposantem Leibesumfang, der sie sehr zart auf beide Wangen küsste: »Bon soir!« Gérard, mit angegrauten Locken und Nickelbrille, trug ein Leinenhemd, groß wie ein barockes Schiffssegel, und eine Jeans voller Farbspritzer.

»Und du«, sagte Anna, »du bist Benedikt, gell?«

Die beiden fielen sich um den Hals. Anna küsste ihn einfach auf den Mund. »Oha«, rief Swantje. »Liebe auf den ersten Blick! Das muss man als Nordlicht erst einmal verkraften.«

Gérard umarmte Benedikt und lächelte scheu. Warum Anna Gérard liebte, war auf den ersten Blick klar: Ein Walfisch der Güte und Empfindsamkeit, dessen Tiefe man die unerhörtesten Walgesänge zutraute.

»Ich hoffe, es ist nicht schlimm, dass wir so spät kommen!«, bemerkte Swantje mit schlechtem Gewissen.

»Nein! Gar nicht!«, erwiderte Anna. »Wollt ihr noch einen Imbiss? Wein?« Dabei musste sie gewaltig gähnen und Gérard gähnte unwillkürlich mit. Ein sanftes Walfischgähnen. Alle lachten.

»Keine Angst!«, beruhigte sie Benedikt. »Wir sind genauso hundsmüd wie ihr! Wir brauchen nur irgendwo ein Hundekörberl.«

»Das wird für deine langen Haxen kaum reichen! Aber kommt mit! Ich bring euch gleich zu euren Zimmern und mach euch dabei eine Blitzführung durchs Haus, damit ihr euch auskennt. Also hier gleich rechts neben dem Eingang ist die Küche, links das Wohn- und

Esszimmer. An diesem Bauerntisch bekommt ihr morgen das Frühstück. Ich weiß, alles ist hier noch ein bisserl düster. Riecht auch eine Spur nach Kuhstall. Stammt alles von meiner Erbtante. Wir haben fürs Erste ihre Möbel behalten. Vielleicht finden die Gäste das …«

» … urisch«, ergänzte Gérard, worüber wieder alle lachten.

»Hier gleich neben der Küche die Treppe nach oben, wo unser Schlafzimmer ist. Die Treppe knarzt … also der Boden knarzt hier überall, das merkt ihr ja, aber die Treppe knarzt wie die Hölle, da müssen wir was machen … aber keine Angst, wir bleiben bis zum Frühstück in unserem Bett und stören euch nicht. Hier unten der Gang. Rechts Bad und Klo und ein Gästezimmer. Links zwei Gästezimmer, in denen ihr schlaft. Hinten noch ein kleineres Zimmer, das man zur Not auch vermieten kann. Eher ein Hundekörberl …« Anna öffnete alle Türen. Man sah dunkle Bauernbetten, aber mit neuen Matratzen und Decken.

»Ganz rasch zeig ich euch noch das obere Stockwerk.« Alles knarzte die Stufen empor. Anna hatte mit dem Höllenlärm nicht übertrieben. »Also im Prinzip dieselbe Aufteilung wie unten. Vorn statt der Küche und dem Esszimmer zwei Wohnzimmer, die Gérard gerade renoviert …« Alle blickten in ein Chaos aus Leitern, Farbtöpfen, Tapeten. Gérard lächelte verlegen. »Hier der Gang. Rechts Bad, Klo, eine Vorratskammer. Links unser Schlafzimmer und daneben eine winzige Kammer. Noch ein Hundekörberl … Also ihr seht, alles leicht zu finden.«

»Leicht? Für mich ist das ein Labyrinth«, erwiderte Benedikt.

»Für dich ist auch die eigene Bettdecke ein Labyrinth«, flüsterte Swantje ihm boshaft zu.

»Und wer schläft im Hundekörberl? Der Minotaurus?«, fragte Benedikt, ohne auf die Neckerei einzugehen.

»Nein! Bislang nur der Hausschwamm!«, lachte Anna.

»Und wann wollt ihr die Pension eröffnen?«, forschte Swantje mit zweifelndem Blick in Richtung der Renovierungsarbeiten.

»Also eigentlich haben wir seit vorgestern geöffnet. Wir stehen sogar schon im Internet. Aber die Saison beginnt schlecht. Viel Regen. Und wir haben ja keine Stammgäste. Das dauert sicher noch Tage, bis uns jemand entdeckt. Und bis dahin seid ihr unsere Premiumgäste!«

2

Als Swantje am nächsten Morgen erwachte, glaubte sie, dreitausend Jahre unter einem Berg begraben geschlafen zu haben. Sie wälzte mit übermenschlicher Kraft das Felsmassiv ihrer Daunendecke von sich und sammelte in archäologischer Kleinarbeit ihre Knochenreste zusammen. Als sie das Gefühl hatte, das Skelett beisammenzuhaben, schleppte sie es unter die Dusche.

Das magere Brünnlein, das aus dem ebenfalls prähistorischen Duschkopf tröpfelte, brachte sie nach und nach wieder zur Besinnung.

Der erste Gedanke, der ihr kam: Warum hatte sie Benedikt eigentlich immer für ein zölibatäres Wesen gehalten? Oder vielmehr: für ein ewiges Kind, das die Schwelle der Pubertät nie überschreiten würde? Wegen seines Kinderlachens? Seiner Verweigerung gegenüber der Erwachsenenwelt? Tatsächlich war ihr nie in den Sinn gekommen, er könnte eine Freundin oder gar mehrere Freundinnen oder einen Freund haben. Er hatte nie eine Silbe geäußert – und sie hatte nie gefragt, obwohl sie sonst in Beziehungsdingen eher als neugierig und tratschsüchtig galt.

Benedikt war eben ihr kleiner Neffe, dem man allerlei Schabernack zutraute, aber bei Gott keine Liebschaften.

Die gestrige Szene mit Anna, so harmlos sie war, hatte dieses Bild plötzlich in den Karton der alten Erinnerungen verschwinden lassen. Ja, plötzlich gab es das Bild eines Benedikt, der eine Frau zwar nicht leidenschaftlich, aber lebhaft küsste. Irgendwie versetzte ihr das einen Stich ins Herz. Weil die Zeit verging? Weil sie alt wurde? Weil die Kinder groß werden? Weil nichts so bleiben kann, wie es ist?

Jedenfalls nahm sie sich vor, heute ein wenig nachzubohren. Vielleicht hatte er bereits zwei Ehen hinter sich und mehrere Kinder gezeugt – und sie wusste nichts davon.

Als sie die Zähne geputzt und ihre nasse Stachelfrisur irgendwie angeordnet hatte, setzte sie die Brille auf und legte ihre beiden Hörgeräte an.

Da vernahm sie Benedikts helles *Gerold*-Lachen, begleitet von Annas Alt. Was geht da ab? Schnell! Nichts verpassen!

Swantje öffnete die Tür und war erst einmal sprachlos, welchen Höllenlärm das machte. Aber offensichtlich hatte sie nichts zerbrochen, das gehörte so. Der nächste Schock war der Holzboden im Gang. Nur ein Schritt – und das Holz schrie empört auf. Als wäre sie einer Katze auf den Schwanz getreten. Gestern Nacht, zusammen mit den anderen, war ihr das gar nicht so extrem aufgefallen. Wie konnte man sich hier auf gesittete Weise fortbewegen, ohne den gesamten Hausstand in Mitleidenschaft zu ziehen?

Gérard, der in diesem Moment den Gang entlangkam, machte es ihr vor – ein gleichzeitiges Donnern, Quietschen und Kreischen, als rumpelte eine Dampflok in den Bahnhof ein.

Er grüßte Swantje mit einer zarten Verneigung. Ohne weitere Hemmungen quietschknarzpolterte Swantje ihm nun hinterher.

Als sie vor Gérard, der ihr mit einer galanten, wenn auch nur angedeuteten Verneigung die Tür aufhielt, die Küche betrat, hörte sie Benedikt gerade dozieren:

»Die Idee ist einfach, es gibt nicht nur ein Universum, sondern unendlich viele. Als wäre die Wirklichkeit ein Hotel mit unendlich vielen Stockwerken, Milliarden und Abermilliarden und wir bewohnen nur eines davon. Aber zugleich gibt es in unendlich vielen Stockwerken über und unter uns unendlich viele Annas und Benedikts. Jede mögliche, jede überhaupt denkbare Welt existiert wirklich, jede mögliche Geschichte spielt sich irgendwo ab. Das ist doch krass! Ich meine, in einer Welt sitzen wir hier und sprechen miteinander, während Benedikt und Anna in einer anderen möglichen Welt zur gleichen Zeit Walzer tanzen oder einem Engel begegnen (sofern man Engel für möglich hält) oder einen Mord begehen – und noch Milliarden andere Dinge tun.

Mit einem Wort: Das Universum ist ein *Multiversum*. Was hältst du davon?«

»Wunderbar!«, sagte Anna, die ihm gerade die dritte Portion Rühreier auftürmte und dabei seine Wange streichelte. »Sofern nur sämtliche Benedikts in sämtlichen möglichen Welten nun satt sind, denn mehr Eier habe ich nicht. Ich muss erst wieder einkaufen.«

»In anderen möglichen Welten hast du bereits Milliarden Eier eingekauft«, erwiderte Benedikt kauend.

»Keine Eier mehr?«, unterbrach Swantje. »Liebe Anna, ich fürchte, ich muss dich an zwei Dinge erinnern: Erstens, *ich* bin deine Freundin und zweitens, was du da mit meinem Neffen treibst, ist Verführung Minderjähriger.«

»Tante Swantje!«, rief Benedikt und verschluckte sich. »Sorry! Dich hab ich ganz vergessen! Hier! Nimm meine Eier! Ich hab schon genug!«

»Kein Problem! War nur Spaß!«, sagte Swantje. »Iss nur! Ich finde schon was. Du wächst ja noch!«

»Nein«, rief Benedikt und rumpelte entschieden auf. »Für mich ist es jetzt sowieso Zeit zum Morgenspaziergang. Anna – in welcher Richtung geht's zum See?«

Während Swantje nun tatsächlich seinen Platz und seine Eier übernahm und während Gérard am Nebentisch seiner Lieblingstätigkeit nachging (er zeichnete erstaunliche Mandalas), gab Anna Benedikt eine kurze Wegbeschreibung.

»Ich werd's schon finden. Was sind das eigentlich für grausliche Viecher auf deinen Armen, diese japanischen Tattoos?«

»Erkläre ich dir in einem anderen Universum! Jedenfalls nicht deine Neuroparasiten …«

Kurz darauf schritt Benedikt in dieser möglichen Welt den Pfad zum See hinunter, an Bäumen und Wiesen vorbei, die noch feucht waren von einem leichten Regen. Die Berge waren übrigens weg. Verschwunden. Verschluckt vom Nebel.

Die kleine Welt der Bauernhäuser, die geblieben war, sah aus wie in einer trüben Schneekugel ohne Schnee. Eine Idylle, die doch irgendwie trügerisch wirkte.

Benedikt spazierte an einigen nassen Büschen vorbei – er bog um eine Ecke und trat an eine kleine Mauer. Und da war er, der See, als hätte er ihn erwartet.

Benedikt stand da und atmete.

Der See schien nur einzigen Satz zu sagen, mit jedem Wellenschlag: *Ich bin tiefer, als du denkst.*

Benedikt genoss diesen Satz und schloss kurz die Augen, um ihn in sich dringen zu lassen.

Dann öffnete er sie wieder. Über die dunklen Berge und Hügel wehten Nebelschwaden. Alles sah aus wie eine Landschaft in *Der Herr der Ringe*. Dunkel. Archaisch. Mysteriös.

Welche Menschen hatten hier schon gelebt? Vor Jahrhunderten? Jahrtausenden? Welche Dramen hat sich hier abgespielt? Welche Gewalt?

Besonders interessierte ihn eine kleine dunkel bewaldete Kuppel, die am linken Ufer wie eine Burg aus dem Wasser ragte.

Benedikt ging ein Stück am Ufer entlang. Enten und schwarze Vögel, die er nicht kannte, zogen weite Kielspuren. Ein paar orange Bojen schaukelten glucksend. Auf einer Bank saß ein junges Mädchen in Joggingkleidung und hörte mit Ohrstöpseln lautlose Musik.

Rechts stand ein Campingbus. Ein Mann stieg hustend in Unterhosen aus und kramte in einem Rucksack.

Benedikt blieb noch einmal stehen. Nahm das Bild des Sees in sich auf.

»Suacha Sie wos?«, hörte er eine Frauenstimme krächzen.

Benedikt fuhr herum. »Wie bitte?«

Eine alte Frau im Regenmantel und mit Fahrrad stand vor ihm. »Suacha Sie wos? Ham Sie wos verlorn? Dann müassn S' zum Heiligen Antonius betn!«

»Nein, nein«, sagte Benedikt. »Ich hab nichts verloren! Vielen Dank!«

»San Sie da sicher? Nix verlorn? Sie schaugn aber so, als ob Sie wos suacha tatn. Des wissen die meisten Leut ja heutzutag gar nimma, dass ma do zum Heiligen Antonius betn muass!«

»Doch«, sagte Benedikt und nickte lächelnd. »Das weiß ich schon noch! Meine Großtante aus Hornstein hat das auch immer gesagt, dass man da zum Heiligen Antonius beten muss!«

»Heiliger Antonius, kreuzbraver Mo, pack mi am Schüppl und führ mi dran no!«, betete die Frau ihm vor.

»Ja, ja«, lachte Benedikt, »am Haarschüppl! Gell!«

»Ja, genau! Des is nämlich scho a Fügung. Wissn Sie des, dass scho boid da Heilige Antonius sein Geburtstag hot?«

»Nein, das wusst' ich nicht«, gab Benedikt zu.

»Schaun S'!«, sagte die Alte und kramte ein kleines Papierstück hervor. »Da hob i a Heiligenbuidl für Sie! Vom Heiligen Antonius! Des is da wichtigste Heilige! Dea findt ois! Dea bringt ois zruck! So an Heilign braucht ma heutzutag am meisten! I höif eahm oft, wann er's mia sogt! Gestern erst! Die Blumentöpf von da Frau Eberswald, die verschwunden warn. I hab sie gfunden und zruckbracht. Da Heilige Antonius hot ma s' zoagt! Hot mi hiegfüat! Oder domois des Göid! Auf Hella und Pfennig! Zruckzoiht! I loss ma nix nachsogn! Ich höif bloß dem Heilign Antonius!«

»Das ist schön«, sagte Benedikt. »Übrigens«, versuchte er das Thema zu wechseln, »vielleicht können Sie mir helfen – wissen Sie, was das da drüben ist? Diese dunkle Halbinsel da?«

»De Jocher Birg moanan S'? Des erzöih i Eahna. Woin S' mi net a Stückerl begleiten?« fragte die Alte. »Nur do an Berg 'nauf zur Mittenwoider. Dann kenna mia no a bisserl ratschn. Dann erzöih i Eahna wos.«

Benedikt zögerte kurz, ob er wirklich schon wieder auf demselben Weg zurückgehen sollte, auf dem er gerade gekommen war, aber die Jocher Birg interessierte ihn brennend. »Gern«, sagte er.

Also stiegen sie im Schneckentempo vom See wieder zur Hauptstraße hinauf, während die alte Frau, die schon ein bisserl was Hexenhaftes hatte, ihr Fahrrad schob und ihm erzählte.

»Auf da Jocher Birg, da ham friehra die Kelten ghaust!«

»Wirklich? Kelten?«, entfuhr es Benedikt.

»Jo, freili! Kenna Sie die Kelten? Des warn sündige Heidn! Gonz a grausams Voik. Hoibnackert sans rumglaufen. Menschenfresser! Heidnische! Und die Weiber von dene erst! Gonz nackert! Sündig, sog i. Der Heilige Antonius hätt de olle bekehrt und tauft und zu guade Christenmenschen gmacht! I höif ja immer dem Heilign Antonius! Prankl hoaß i übrigens!«

»Sehr erfreut! Ich heiß Benedikt!«

»A scheena Name! A Papstname! Da ko nix passiern!«, rief Frau Prankl. »So, jetzt samma auf da Mittenwoider, jetzt steig i aufs Radl.

I muass schnöi no zur Frühmess. Pfia Gott! Und denkan S' an den Heilign Antonius.«

Benedikt sah, wie gerade ein Auto die Mittenwalder entlangraste. »Moment!«, wollte er noch rufen, da sprang Frau Prankl samt Fahrrad direkt vor das Auto, dass die Bremsen quietschten, Benedikt blieb fast das Herz stehen, der Autofahrer fluchte aus dem Fenster. Aber Frau Prankl, beschützt vom Heiligen Antonius, schwang sich unbeirrt in den Sattel und radelte voll Gottvertrauen die Rennstrecke im vollen Karacho hinunter – so schnell, dass sie den heidnischen Motorradrockern mit ihrem Tempo Angst gemacht hätte.

Benedikt schaute ihr bewundernd nach, dann stand er einen Augenblick ratlos. Woher war er noch mal gekommen? Er blickte sich zweifelnd um, als er Annas Stimme hörte. »Bist du schon zurück?«

Tatsächlich stand er fast wieder vor der Pension.

»Ich geh grad zum Großeinkauf«, rief Anna und schwenkte ihren Korb. »Ihr sollt ja satt werden. Vor allem muss ich Eier kaufen. Irgendwer hat alle aufgegessen.«

Benedikt grinste. »Anna, weißt du was über die Jocher Birg? Haben da wirklich Kelten gehaust?«

»Ja, das stimmt schon!«, sagte Anna. »Die Jocher Birg, das war wohl in Keltenzeiten so eine Art Fliehburg. Da gibt es Ruinen. Die wurden bis heute noch nicht archäologisch untersucht. Ich hab da im Haus ein Zeitungsblatt dazu. Wie kommst du darauf?«

»Eine gewisse Frau Prankl hat es mir erzählt!«

»Ah, die Prankl! Da hast du ja unsere Dorfheilige kennengelernt – oder die Dorfhex', wenn man so will. Die ist schon ziemlich verrückt. Vermutlich weißt du jetzt alles über den Heiligen Antonius von Padua ...«

»Allerdings!«, gab Benedikt zu.

»Über die Prankl gibt's tausend Geschichten hier im Ort«, fuhr Anna fort. »Als junges Mädchen war sie wohl in der Metzgerei Verkäuferin und hat ein paar Mark aus der Kasse gestohlen. Man rief die Polizei, sie versuchte rasch noch, das Geld zurückzulegen, und bekam einen Nervenzusammenbruch. Seither der Spleen mit dem Thema *Stehlen und Zurückgeben*. Und mit dem Heiligen Antonius.

Manche sagen auch, sie hat vor zwanzig Jahren ihren Mann mit Tollkirschen vergiftet, weil er ihr nicht oft genug in die Kirche ging. Auf Frauen ist sie im Allgemeinen sehr schlecht zu sprechen, vor allem auf junge, schöne. Alles heidnische Weiber für sie. Ich bin da eine große Ausnahme. Seit ich ihr ein Schachterl mit Heiligenbildern geschenkt habe, die noch von meiner Tante da waren, steh ich bei ihr ganz hoch im Kurs.

Sie ist eigentlich den ganzen Tag nur damit beschäftigt, zu irgendwelchen Gottesdiensten oder in irgendwelche Kapellen oder auf Friedhöfe zu radeln und Heiligenbilder zu sammeln und zu verteilen. Man kann sie zu jeder Tag- und Nachtzeit mit ihrem Fahrrad treffen. Manchmal ist sie schon um vier Uhr früh auf dem Radl unterwegs in irgendeiner heiligen Mission …«

»Ich hab eben noch mitbekommen, wie die Prankl fast überfahren worden wäre …«, erwiderte Benedikt.

»Das ist nichts Besonderes«, lachte Anna. »Die Prankl mit ihrem Fahrrad – die ist gemeingefährlich! Wie sie immer die Mittenwalder mit all den Rasern überquert! Sie macht's wie die Rehe beim Wildwechsel! Sie wartet nicht, bis die Straße frei ist – sie wartet geradezu, bis ein Auto *kommt* und springt dann auf ihr Fahrrad und prescht los. Jedes Mal quietschen die Bremsen und jedes Mal bleibt einem fast das Herz stehen. Ein Wunder, dass die noch keiner überfahren hat! Die braucht schon all ihre Heiligenbildl. Anders kann man sich das nicht erklären … Aber«, fragte Anna in anderem Ton, »wie ist das jetzt? Wollt ihr zur Jocher Birg? Soll der Gérard euch mit dem Bus hinfahren?«

»Ja, rasend gern«, rief Benedikt.

»Ihr könntet natürlich auch eine Wanderung dorthin machen«, meinte Anna, »aber wie ich dich kenne, willst du lieber sofort auf den Ruinen herumkraxeln! Geduld ist, scheint mir, nicht deine Stärke!«

»Anna!«, sagte Benedikt. »Wie kannst du mich nach so wenigen Stunden nur so tief kennen!«

Gegen zehn Uhr ließ Gérard die beiden, Benedikt und Swantje, auf einem Waldweg aus dem Kleinbus. Es hatte doch etwas länger gedauert. Swantje wollte ihren Kaffee nicht hinunterstürzen, Anna machte den beiden noch Brote und Gérard musste erst einige Sachen aus dem Bus räumen, damit er hineinpasste. Unterwegs hatte er verlegen gelächelt und geschwiegen. Erst als Swantje nach seiner Heimat Südfrankreich fragte, war er etwas in Fahrt gekommen. »Ja, es is sehr schön!«, hatte er gesagt. »Die Weinberge! Meine Familie sagt immer, isch soll 'eimkommen … Aber Kochel is auch sehr schön …«

Die Jocher Birg ragte verheißungsvoll vor Swantje und Benedikt empor. Von dieser Seite sah man nur schroffe Felswände. Unbezwingbar. Zumindest für Swantje.

Sie gingen an einem Weidezaun vorbei und bogen auf einen kleinen Weg ein. Dann traten sie unter den Schatten der Bäume. Einen richtigen Aufstieg gab es nicht, hatte Anna gesagt. Nur verschiedene Trampelpfade. Man musste halt schauen, dass man irgendwie lebend hochkam, zwischen Baumstämmen und Felsen. Die Jocher Birg war offiziell nicht erschlossen. Der Aufstieg nur halb legal. Pärchen trieben sich da oben rum. Jugendliche zum Kiffen und Biertrinken. Wildcamper. Ab und zu Hobbyarchäologen, um mit dem Sondengerät zu suchen, was eigentlich verboten war.

Swantje hatte ordentliche Bergstiefel angezogen. Benedikt trug eine Art von Espadrilles, mit denen er schon bei den ersten Schritten im feuchten Matsch einsackte. Das störte ihn aber nicht, er kletterte rasch und eifrig, auch wenn er immer wieder ausrutschte, worüber er nur lachte.

»Pass bloß auf!«, rief Swantje, die ihm langsam und bedächtig nachstieg. »Ich möchte dich deinen Eltern wohlbehalten zurückerstatten.«

»Bist du sicher, dass nicht zumindest mein Vater ganz zufrieden wäre, wenn ich mir hier den Hals bräche?«

»Benedikt! So etwas sagt man nicht!«, fühlte Swantje sich verpflichtet zu antworten, obwohl sie im Stillen dachte, dass er vermutlich nicht ganz unrecht hatte.

»Übrigens«, fuhr sie fort, »darf ich dir eine andere Frage stellen? Zu einem intimen Thema?«

»Fragen darfst du alles. Ob ich antworte, hängt von der Frage ab.«

»Gibt es derzeit eine Frau in deinem Leben? Ich meine, wir haben noch nie über so etwas gesprochen …«

»Oh, fuck!«, schrie Benedikt auf. Er war aber nur von einem Felsbrocken abgeglitscht und hatte den Schuh verloren. »Entschuldigung, Tante! Ja, das ist ein komplexes Thema …«

»Ich meine«, insistierte sie vorsichtig (sie wollte nicht beim einzigen Versuch schon wieder aufgeben), »lebst du in einer Beziehung?«

»Technisch betrachtet, nein!«, antwortete Benedikt und zog sich den völlig verschlammten Schuh wieder an. »Na ja«, fügte er grinsend hinzu. »Irgendeinen Grund müssen meine weißen Haare ja haben. Aber weißt du, obwohl ich katholisch bin, bin ich nicht so sehr fürs Beichten. Erstens passe ich mit meinen langen Haxen eh in keinen Beichtstuhl und zweitens … zweitens, *wenn* in mir was rumort, dann muss ich damit nicht andere belästigen. Das mach ich lieber mit mir selber aus …«

»Wie damals, als du dir den Blinddarm selbst mit dem Schweizer Taschenmesser herausnehmen wolltest?«, warf Swantje ein.

»Exakt!«, lachte Benedikt. »Alles andere finde ich indiskret.«

Swantje merkte, dass ihr beim steilen Aufstieg zwischen all den Bäumen und Felsen langsam die Puste ausging. In ihrer Kanzlei musste man im Grunde nicht einmal die paar Meter vom Schreibtisch zum Drucker notgedrungen zurücklegen. Benedikt hingegen mit seinen langen Beinen, seinen noch nicht dreißig Jahren und seiner wilden Begeisterung zügelte vermutlich nur aus Mitleid sein Tempo, sonst wäre er längst am Gipfel angelangt.

»Lass dich nur nicht von mir aufhalten!«, rief sie zu einer Felswand empor, denn Benedikt war verschwunden. »Stürm ruhig schon voraus! Du kannst ja die Brotzeit auspacken! Bis dahin bin ich auch da. Hoffentlich …«

»Kein Problem, liebe Tante!«, kam es von oben zurück. »Nur noch eine Biegung, dann bist du oben!«

»Oh, wow!«, hörte sie ihn jubeln. »Das ist ja gigantisch! Da sieht man ja noch Mauern und Tore! Wahnsinn!«

Swantje aktivierte ihren Reservetank und gelangte wirklich mit dem letzten Tropfen ihrer Kraft oben an.

Schnaufend und mit verschleiertem Blick schaute sie sich um.

Vielleicht etwas übertrieben von Benedikt, aber tatsächlich, man sah etwas.

Benedikt sprang wie eine Bergziege von Hügel zu Hügel, von Mauerrest zu Mauerrest und erklärte mit leuchtenden Augen, wo er Gemächer, Wälle, Einfahrten, Tore, Zinnen erkannte.

Swantje zweifelte etwas, war sich aber nicht sicher. Vielleicht hatte Benedikt ja auch ein Blitzstudium der Archäologie absolviert. Leere Bierdosen und Lagerfeuerreste wirkten etwas desillusionierend – aber Benedikt ließ sich nicht in seiner Vision beirren.

»Stell dir vor, hier, auf diesem Boden haben vor über zweitausend Jahren wirklich Menschen gelebt, geliebt, gehofft, gekämpft, von denen wir fast gar nichts wissen …«

Ich weiß ja im Grunde auch von dir, meinem eigenen lieben Neffen, den ich seit der Geburt kenne, fast gar nichts, dachte Swantje, sagte es aber nicht.

»Stell dir einen Kelten vor, stell ihn dir bildlich vor! Wie er vor dir steht! Bärtig, im langen Mantel, in der Hand die Streitaxt!«

Swantje hob den Blick und war einen Augenblick sprachlos über Benedikts imaginativ-visionäre Kraft – vor ihr stand ein stoppelbärtiger Mann im langen Umhang und mit einer Axt in der Hand!

»Nicht erschrecken! Keine Angst! Bitte!«, sagte der Kelte. »Ich campe hier nur! Gerade wollte ich ein Feuer machen! Ihr könnt euch gern dazusetzen.«

»Als Rechtsanwältin möchte ich juristische Bedenken gegen das Feuer anmelden«, hob Swantje an, worauf der Kelte sich korrigierte: »Sie können sich gerne dazusetzen, Frau Rechtsanwältin.«

Tatsächlich prasselte schon bald ein lustiges Feuerchen und Benedikt saß in schöner Eintracht als Kelte neben dem Kelten, während Swantje in einiger Entfernung abgerückt die Rechtsanwältin blieb.

»Bist du nur zum Campen hier oder aus archäologischem Interesse?«, fragte Benedikt den Fremden.

»Na ja, beides. Ich studiere Archäologie, aber ich finde auch, das ist ein ausgezeichneter Platz zum Campen. Und man fühlt die Kraft dieser Steine. Als hätten sie die Lebenskraft von Generationen in sich gespeichert.«

»Du studierst Archäologie? Grandios! Dann weißt du ja Bescheid!

Stimmt das, was ich gelesen hab: dass die Kelten einen irrsinnigen Schädelkult betrieben? Es heißt, besiegten Feinden schlugen sie die Köpfe ab und hängten sie ihren Pferden um den Hals. Daheim nagelten sie die mumifizierten Dinger dann als Trophäen an die Wand!«

»Na ja, der griechische Historiker Diodor erzählt im ersten Jahrhundert vor Christus solche Geschichten. Man sollte vorsichtig sein …«

»Die spannende Frage ist doch: Was dachten die Kelten, wenn ihnen im Wohnzimmer die toten Feinde entgegenglotzten? Hatten sie dabei tiefe philosophische Gedanken? Oder fanden sie das einfach urgemütlich wie ein Hirschgeweih in der Bauernwirtschaft?«

»Benedikt!«, rief Swantje entsetzt.

»Nein, im Ernst, Tante! Das ist doch hochinteressant! Das sagt doch unendlich viel über das Verhältnis einer Kultur zum Tod!«

Sie schüttelte nur den Kopf und lehnte später auch das fragwürdige Dörrfleisch ab, das der zottelige Mann ihnen anbot und als beste Survival-Nahrung anpries. »Das ist so was Ähnliches wie Pemican bei den Indianern«, erklärte er. Swantje konnte bei diesen dunklen Fetzen nur an mumifizierte Schädel denken und hielt sich an Annas Brote. Doch Benedikt griff im Gegensatz zu seiner Tante begeistert zu und verzehrte den halben Vorrat des Kelten, bis dieser seine Schatzkiste wieder schloss.

»Ja«, rief Benedikt und streckte sich der Länge nach aus. »Ein großartiger Schlafplatz. Hier müssen wir auch übernachten, Swantje!«

Aber Rechtsanwältin Swantje Siel hörte gar nicht zu. Ihr reichte es jetzt mit den Kelten und der Archäologie und dem Schädelkult. Sie verscheuchte ärgerlich ein paar Stechmücken und googelte nach dem nächsten Motorschiff, das am Fuß der Jocher Birg ablegen und sie so rasch wie möglich zur Pension und in die Zivilisation zurücktragen sollte.

Das weiße Schiff legte gleich neben dem Schwimmbad *Trimini* bei der Seepromenade an. Als Tante und Neffe den steilen Weg unter Alleebäumen in Richtung der Mittenwalder hinaufstapften, erblickten sie ein großes Gebäude mit Wirtsgarten davor.

»*Kocheler Stuben*«, las Benedikt. »Swantje! Da will ich essen! Schau, da vorn ist ein schöner Tisch!«

»Essen? Das ist nicht dein Ernst! Du hast doch gerade erst gegessen! Wir sind nur hundertfünfzig Meter von der Pension entfernt! Anna hat sicher etwas vorbereitet!«

»Ja, aber hundertfünfzig Meter schaffe ich nicht mehr! Ich bin im Unterzucker! Ich werde ohnmächtig!«

»Bist du neuerdings Diabetiker?«

»Nein, wieso?«

»Kommt gar nicht in Frage! Anna hat garantiert gekocht!«

Aber Benedikt saß bereits an einem Tisch mit weißer Decke und winkte Swantje herbei, die ihm seufzend folgte.

Von der Terrasse blickte man über Bäume auf bläuliche Berge, die heute in leichten Dunst lagen.

»Ist doch wunderbar hier! Gib es zu, Tante!«

»Ja, wunderbar! Aber Anna hat sicher gekocht ...«

»Nur eine kleine Brotzeit ...«

Interessiert studierten die beiden die Speisekarte. Der Wirt musste frankophiler Bayer oder bayernliebender Franzose sein. Bayerische und französische Spezialitäten präsentierten sich Seite an Seite.

»Wie wär's mit Froschschenkeln? Oder Weinbergschnecken? Oder Bouillabaisse, lieber Neffe?«, fragte Swantje.

»Nein, ich nehme den Zwiebelrostbraten mit Speck-Bratkartoffeln und kleinem Salat.«

»Bist du wahnsinnig? Kleine Brotzeit?«

Aber Benedikt wedelte bereits einer Bedienung lebhaft mit der Speisekarte zu. Swantje gab jeden Widerstand auf und bestellte nun auch eine Kochelseerenke, was immer daraus werden mochte.

Die Bestellung hatte ein netter hagerer Kellner mit kleinem Bärtchen entgegengenommen, der irgendwie geheimnisvoll wirkte. Als er gegangen war, sagte Benedikt:

»Seltsame Hosen und Schuhe hat er an. Wie aus einem anderen Jahrtausend.«

»Sind sie.«

»Wie meinst du das?«

»Solche Kleidung trägt man auf Mittelalter-Märkten oder Fantasy-Festivals. Der Sohn meines Kollegen war mal in der Szene aktiv. Historisch nicht so streng. Eher ein bunter Haufen, der sich da herumtreibt. Ziemlich schräg.«

»Wirklich?«

»Ja! Da gibt es Leute, die steigern sich in die Sache so hinein, dass sie am Ende glauben, in einem anderen Jahrhundert zu leben. Der Sohn meines Kollegen zum Beispiel fühlte sich irgendwann als Kelte. Der hatte genau solche Hosen und Schuhe und eine Streitaxt ...«

»Ein Kelte ... schon wieder!«, rief Benedikt. »Das ist doch unfassbar.«

Nach einer Pause fügte er hinzu: »Hast du eigentlich manchmal auch das Gefühl, dass Dinge um dich herum vorgehen, von denen du gar nichts weißt?«

»Wie meinst du das?«

»Dass alle Menschen um dich herum dir nur etwas vorspielen. Dass sie sich verschworen haben, dir etwas vorzumachen. Dass du der Einzige bist, der harmlos durch die Welt stolpert, während zugleich hinter deinem Rücken die ungeheuerlichsten Dinge geschehen?«

»Nein«, sagte Swantje. »Und du solltest besser auch vorsichtig sein mit solchen Gedanken.«

3

»Ihr glaubt's nicht, was passiert ist!«, begrüßte sie Anna am Gartentor. Ihre Augen glänzten fast fiebrig, sie hatte vor Aufregung rote Flecken im Gesicht und hantierte mit einer Sektflasche.

»Wir haben hohen Besuch!« Die beiden starrten sie ausdruckslos an. Benedikt musste erst aus seiner Keltenrolle in das passende Jahrtausend heimfinden, Swantje aus einem eben im Geiste entworfenen Schriftsatz zurückkehren.

Anna winkte sie heran, um mit ihnen die Köpfe zusammenzustecken, und flüsterte: »Ihr kennt doch den Schauspieler Gralmann? Ich meine *den* Gralmann! Den Burgschauspieler! Der sitzt bei uns im Garten!«

»Leon Gralmann!«, rief Swantje. »Wahnsinn! Den hab ich seinerzeit als Studentin ab und zu bei meinen Münchentouren in den Kammerspielen gesehen! Gralmann! Das ist meine Jugend!«

»Gralmann?«, fragte Benedikt. »Hat der nicht in Stummfilmen mitgespielt? Ich dachte, der ist längst tot ... Wieso sitzt der bei euch im Garten?«

»Ja«, tuschelte Anna ihnen zu. »Der ist unser neuer Nachbar! Das große Haus dort drüben – gleich über der Straße. Das hat er sich zur Villa ausbauen lassen. Wir wussten schon, dass ein neuer Nachbar einzieht – aber doch nicht Gralmann ...! Jedenfalls ist er mit seiner Frau und Tochter zu einem Vorstellungsbesuch vorbeigekommen.

Wir haben uns glänzend unterhalten, auch Frau und Tochter sind sehr nett. Sie haben Zwetschgendatschi mit uns gegessen – Verzeihung, der war eigentlich für euch bestimmt, ich hol später neuen – und Kaffee getrunken und waren ganz begeistert von dem verwilderten Garten und von uns. Und das Beste: Sie haben schon gesagt, wenn sie mal Freunde zu Besuch haben und wir gescheit eingerichtet sind, schicken sie uns die als Gäste. Stellt's euch vor! Was das für eine Werbung für uns wäre. Wobei«, (sie neigte den Kopf vor), »natürlich hätten die Platz genug für Gäste in ihrem Kasten, aber wie ich die Frau verstanden habe, ist Gralmann eher der Eigenbrötler und ganz froh, wenn er Gäste zu uns abschieben kann …« Sie lachte. »Also kommt! Ich stell euch vor! Benedikt! Hilfst du mir mit dem Sekt?«, sagte sie im Gehen. »Den wollte ich gerade anbieten, aber ich bekomm den Korken nicht raus …«

»Siehst du!«, raunte der Neffe seiner Tante zu. »Sei mir dankbar, dass wir uns eben noch so zünftig gestärkt haben! Hier frisst uns der Künstler-Seniorenausflug den Kuchen weg!«

Aber Swantje reagierte nicht. Offenbar verzaubert von dem großen Namen und Jugenderinnerungen schritt sie begeistert hinter Anna her. Benedikt hingegen, dem an Gralmann vor allem das Eigenbrötlertum sympathisch schien, hätte lieber auf die Störung verzichtet.

»Ich weiß gar nicht, was ihr beiden geraucht habt«, murrte er halblaut. »Der *große* Gralmann! Die Stummfilmleiche …«

»Sch, Benedikt!«, sagte Anna. »Sei kein Spielverderber …«

Und da saßen sie auf Korbstühlen um den Gartentisch, inszeniert wie auf einer Bühne. In der Mitte natürlich Gralmann, im weiten kuttenartigen Lodenmantel, mit weißwallendem Haupthaar, scharfen Gesichtszügen und immer noch dunkel glühenden Augen. Links neben ihm ein blasses, hellblondes Mädchen mit denselben dunklen Augen, die aber eher unsicher hin und her huschten, rechts die Schauspielerfrau, die Benedikt an ein Skelett mit roter 70er-Jahre-Perücke erinnerte und die gerade irgendetwas hervorsprudelte, worauf aber weder Vater noch Tochter noch sonst wer achtgab.

Die Rollen waren auf den ersten Blick klar verteilt. Beziehungsweise, es gab eigentlich nur eine einzige Rolle: Das Genie Gralmann, vom Genie Gralmann gespielt. Die Tochter, die sich halblaut als Lara vorstellte, war Groupie des Vaters. Christa, die Gattin, eine permanent mit verwaschener Stimme plappernde Souffleuse, die nicht bemerkte, dass niemand den Text vergessen hatte und niemand ihre Einflüsterungen brauchte, und die im Grunde ein Leben lang nur immer und überall die Dramaturgie störte und alle nervte.

Die gegenseitige Begrüßung und Vorstellung erfolgte quasi nur als ungeschickte Unterbrechung eines Auftritts von Gralmann, die der Hauptdarsteller aber ausnahmsweise gnädig durchgehen ließ, als wäre unverschuldet verspätetes Publikum eingetroffen.

Er demonstrierte gerade, dass wirklich geniale Schauspielkunst sich beim stummen Verzehr eines Stücks Zwetschgendatschi ebenso zeigt wie in einem Monolog von King Lear.

Swantje und Anna setzten sich fasziniert auf ihre Logenplätze und folgten gebannt jeder Geste des großen Mannes.

Von der Seite her betrat, gewissermaßen auf Zehenspitzen, Gérard die Bühne mit einem Tablett voller Sektgläser und schaute so unbeholfen drein wie ein Darsteller einer Laienbühne, der aushilfsweise mit Profis spielen darf.

Anna machte ihm ein kurzes Handzeichen, er solle noch warten, weshalb Gérard in der Bewegung erstarrte.

Erst als Gralmann mit seiner Zwetschgendatschi-Pantomime am Ende war und in einer Handbewegung mit seiner Gabel die Vortrefflichkeit des Genusses auf den theatralischen Höhepunkt brachte und alle in gleichsam applaudierendes Gelächter ausbrachen, stupste Anna Benedikt an, nun zur Feier der Premiere den Sekt zu entkorken.

Einen Augenblick erwog Benedikt den dramatischen Effekt, wenn er den Korken an den Kopf des Hauptdarstellers knallen ließe, beherrschte sich aber dann doch.

Der Korken flog in eine unverbindliche Richtung, der Sekt schäumte.

Alle prosteten – nicht einander, sondern eigentlich nur Gralmann zu – bloß Benedikt hob sein Glas in Richtung Lara. Eine stille Protestaktion, die nur die Betroffene selbst bemerkte – und Gralmann, leicht irritiert. Ein Querulant im Publikum. Unerhört.

»In meinen kühnsten Träumen«, sagte Swantje gerade hingerissen, »in meinen kühnsten Träumen hätte ich mir das 1988 als kleine Zuschauerin im Theaterparkett nicht erhofft, einmal mit dem gewaltigen Gralmann Sekt zu schlürfen!«

Benedikt starrte sie an, als hätte sie den Verstand verloren. »Schade«, flüsterte er ihr zu, »dass jetzt *Gerold unterm Tisch* nicht dabei ist. Der hätte seine Freude!«

Aber Swantje ging diesmal nicht auf ihn ein. Nun war Benedikt irritiert.

»Gewaltig! Gewaltig! Was ist gewaltig!«, rief Gralmann. »Ein Dreck ist gewaltig! Ich bin gar nichts! Ein Schauspieler ist gar nichts! Nur so« – Gralmann streckte die Hand mit großer Geste aus – »kann er alles sein!« Dann lachte er schallend und alle lachten mit ihm – nur Benedikt über ihn, was wiederum mit hoher Sensibilität vom Genie bemerkt wurde.

»So!«, sagte Gralmann in kumpelhafter Weise zu Swantje, um den schlechten Querulanten-Geschmack aus dem Mund zu bekommen. »1988 haben Sie mich gesehen? Ach, wir sagen doch alle *du*, nicht wahr? Unter Freunden …« (Benedikt starrte in den Himmel). »So, du hast mich 1988 gesehen? Sicher war ich schlecht! Gib's zu! Grottenschlecht!« Alle lachten, mit der erwarteten Ausnahme. »Wer nicht schlecht sein kann, grottenschlecht, kann auch nicht gut sein – nicht *wirklich* gut! So ist das überall! Du zum Beispiel, Benedikt!« Der Angesprochene verschluckte sich am Sekt. Oh, verdammt! Gralmann versuchte sich an einem überraschenden Frontalangriff! »Was ist deine Profession, Benedikt? Was treibt dich um? Was zwingt dich ins Leben? Womit ringst du?« Ja, Gralmann hatte einen Coup gelandet! Zieh den Querulanten auf die Bühne! Dann sehen wir schon, ob er sie ausfüllen kann, diese Null!

Wie gerne hätte Benedikt nun gesagt: »Ich mache gar nichts!« Aber das hätte zu sehr geklungen wie: »Ich bin gar nichts!«

»Schwer zu sagen«, antwortete Benedikt und schaute in sein Glas. »Vor allem enttäusche ich meine Eltern.« Zum Teufel!, dachte er. Welcher Dämon ist in mich gefahren? Lasse ich mich so vorführen? Als armseliger Jammerlappen neben dem großen Genie?

»Na also, Benedikt!«, dröhnte Gralmann im Brustton des Triumphs. »Die Eltern enttäuschen! Großartig! Fabelhaft! Etwas Besseres kann man gar nicht tun! Wie ich immer sage: Nur wer die Eltern grottenschlecht behandelt, kann ihnen eines Tages wirklich Gutes tun! So ist das immer und überall! Nur wer grottenschlecht sein kann, kann wirklich gut sein!«

»Das war natürlich nur ein Scherz!«, erwiderte Benedikt mit bösem Lächeln. »In Wahrheit promoviere ich in Soziologie. Das war ein soziologisches Experiment, das ich mit dir durchgeführt habe, Freund Leon!«

»Ja, wirklich, Benedikt!«, gab Gralmann voll generöser Herablassung zurück. »Und was war das für ein Experiment?«

»Ein Experiment über die Vorhersagbarkeit menschlichen Verhaltens: Demütige Selbstdarstellung provoziert notgedrungen selbstgefällige Herablassung beim Gegenüber.«

Swantje starrte Benedikt an. Was sollte das werden? Ein Amoklauf?

Benedikt hingegen hatte die Schrecksekunde des auf die Bühne gerufenen Querulanten überwunden. Er hatte seine Rolle gefunden: Die von *Gerold unterm Tisch*! Und mit diesem Gegner würde Gralmann es nicht ganz so leicht haben wie mit dem verdatterten Benedikt.

Gralmann, seinerseits nun aus dem Text gebracht, versuchte es mit der Verzögerungstaktik, indem er eine Frage stellte: »Aha, sehr interessant! Sehr interessant! Und worüber geht deine Dissertation, wenn man fragen darf?«

»Ich arbeite über weibliche Anbetung und hysterischen Geniekult als Wurzeln des Faschismus.«

Gralmann musste das erst einmal verdauen, bevor er die Verzögerungstaktik um eine weitere Frage verlängerte: »Und wo, bitte sehr, verläuft nach deiner Meinung die exakte Grenze zwischen berechtigter Verehrung und hysterischem Geniekult?«

»Dafür«, antworte Benedikt, »ist der entscheidende Parameter in der Soziologie die Kotzgrenze.«

Einen Augenblick war es so still im Garten, dass man jede einzelne Biene summen hörte.

Sogar Christas ununterbrochenes unbeachtetes Gemurmel war verstummt.

Einen Augenblick hatte jeder die Vision zweier sich am Boden wälzender und ineinander verbissener Kämpfer.

»Wie bitte?«, Gralmanns dunkler Blick bohrte sich in den unendlich rotzfrechen Blick von *Gerold unterm Tisch* – minutenlang – und unterlag.

Gralmann lachte auf! Laut schallend! Schlug die Hände klatschend zusammen! »Wunderbar! Benedikt! Du bist ein Genie! Besser kann man es nicht sagen! Grandios! Ich umarme dich!«, so stieß er mit theaterfüllendem Bass hervor – hütete sich allerdings, die Umarmung zu versuchen.

»So!«, rief er seinen beflissenen Damen zu. »Aufbruch! Nach diesem *coup de theatre* – kein Wort mehr! Aber wir erwarten euch vier natürlich zum Abendessen zu uns! Drüben in der Villa! 19 Uhr?«

Christa schien durch die Einladung völlig aus dem Konzept und flüsterte nur: »Ja, natürlich, natürlich …«

Als alle standen, ergab sich eine unerwartete Umverteilung der Rollen. Der große Gralmann war der Kleinste. Ein Zwerg neben der Bohnenstange Christa und im Grunde nicht größer als die zierliche Lara – sogar kleiner, hätte sie es gewagt, sich zu ihrer vollen Höhe zu erheben. Gralmann schien sich des schiefen Bilds bewusst zu sein, denn der Abgang verlief ohne Formalitäten und geradezu fluchtartig.

Als sie allein im Garten standen, klatschte Anna zweimal in die Hände: »Meisterhaft«, sagte sie und sah ihm ernst ins Gesicht. »Glückwunsch dem Sieger!« Benedikt war verwirrt. War das Lob echt oder Ironie? War Anna ihm böse? Er sah ihr nach, wie sie entschlossen zur Pension schritt, als wäre sie selbst eine Schauspielerin.

Swantje zog ihn am Ohr: »Also was war das denn? Man demontiert doch keine Theaterlegenden! Nur so zum Spaß! Der Mann ist echt ein großer Schauspieler.«

»Wenn er auch so nervt!«, brummte Benedikt über die Schulter. Dabei begann er, das schmutzige Geschirr auf das Tablett zu räumen, und trug es zum Haus mit dem stillen Triumph eines Kelten, der den Schädel seines getöteten Gegners aus der Schlacht trägt.

Der Rest des Nachmittags verging in einer Art Katerstimmung, die dem Siegesrausch folgte.

Anna und Gérard ließen sich nicht mehr blicken und hantierten wohl im Verborgenen.

Benedikt und Swantje hielten in ihren Zimmern Siesta, wobei Benedikt, der sich in Kleidern auf der Decke ausgestreckt hatte, nicht schlafen konnte, sondern ununterbrochen an Anna dachte. Es bedrückte ihn wirklich, dass er sie vielleicht verletzt hatte. Außerdem musste er ständig über die Tattoos auf ihren Armen grübeln. Diese monströsen Kraken, die so gar nicht zu Annas heiterem Gemüt passten – was sie wohl bedeuten mochten?

Ja, er hatte Anna wirklich gern. Für sie würde er sich eventuell sogar bei Gralmann entschuldigen. Nein, das vielleicht nicht. Aber bei ihr in jedem Fall.

Benedikt wälzte sich unzufrieden und sprang dann plötzlich auf. Er quietschte den Gang entlang und polterte die Treppe hinunter, und alle Geräusche schienen ungehört zu verhallen wie in einem menschenleeren Haus.

Er ging hinaus in den Garten, wo ihn unerwartet heiß die Sonne empfing. Ja, in den Bergen wechselte das Wetter, wie es ihm gefiel, mitunter von einer Sekunde zur anderen. Völlig unberechenbar.

Benedikt sah den Garten zum ersten Mal in Ruhe. Bisher war er immer abgelenkt gewesen durch Menschen. Überhaupt, das musste er zugeben, nahm er die Natur nicht allzu sehr zur Kenntnis. Aber selbst ihm fiel auf, dass sich dieser Garten wohltuend von vielen anderen Gärten hier unterschied. Die meisten Gärten im Ort schienen wie von Gärtnern gepflegt und so sorgfältig arrangiert wie der Münchner Hofgarten. Sauber gejätete Beete. Englischer Rasen. Rosen wie für die Weltausstellung. Leuchtende Geranien. Alles ein bisschen wie auf Wahlplakaten. Hier aber herrschte das Chaos. Die Wildnis. Alles schien frei zu wuchern.

Gérard hatte zwar auf Annas Wunsch eine Sense und einen Mäher gekauft, auch eine Baumschere. Aber er war einfach zu sensibel. Wenn er einen Ast absägen sollte, war das für ihn, als hätte man ihm gesagt, er solle einem Täubchen den Hals umdrehen. Er spazierte zwar, um Anna eine Freude zu machen, mit irgendeinem blitzenden Werkzeug hinaus, kam dann aber nach längerer Zeit mit irgendeiner genuschelten Entschuldigung zurück. Es sei noch »zu viel Saft« in dem Baum oder er »könne nicht die Rinde beschädigen«. Dann zog er sich in die Küche zurück, ordnete in der Speisekammer Milchtüten und Weinflaschen, als Ersatzhandlung und Zeichen seines guten Willens und damit Anna doch eine Freude hätte – und kehrte zufrieden zu seinen Mandalas zurück. »Was soll man machen«, hatte

Anna heute Morgen seufzend zu Benedikt gesagt. »So ist er und so liebe ich ihn.« Und Gérard, der am Nebentisch Mandalas zeichnete, hatte ohne aufzuschauen den kostbaren Anflug eines Lächelns gezeigt.

»Sie, Herr Benedikt«, unterbrach ihn eine schrille Stimme in seinen Gedanken. Frau Prankl mit dem Fahrrad am Zaun. »Sagn S' amoi, wos warn denn des füa zwoa wuide Weiber voahin im Garten? De rothaarerte Bohnastang! Streng katholisch san die ned, des seh i glei. Heidnische Goaßn. Passen S' fei auf, Herr Benedikt! Auf sich und Eahna Tantn! Soiche Weiber san Hexn! Gfährlich! Vergessen S' ned, zum Heilign Antonius z' betn! I muass weida, in d' Kirch.«

»Viel Spaß«, sagte Benedikt etwas unpassend, was ihm auch sofort aufs Brot geschmiert wurde.

»Aufn Spaß kimmt's ned o, Herr Benedikt, sondan auf's Hölln-feuer. Oda woin Sie da neikemma?«

Benedikt räumte ein, dass er das, wenn möglich, vermeiden wollte.

»I bet' füa Eahna!«, rief Frau Prankl großzügig und raste schon wieder im Rockertempo den Hügel hinunter zur Hauptstraße.

Benedikt warf einen Blick auf die Uhr. Noch massig Zeit und niemand zu sehen. Wahrscheinlich schlief Swantje tief und fest. So beschloss er, allein auf Tour zu gehen, noch einmal hinunter zum See.

Er war so in Gedanken versunken über Anna, die Tätowierungen, das Höllenfeuer, Frau Prankl, dass er den Weg gar nicht wahrnahm. Plötzlich stand er am See, als hätte man ihm die Augen verbunden und ihn hingeführt.

Die Berge und der See sahen nun völlig anders aus. Leuchtend, ebenfalls wie auf einem Wahlplakat. Man erblickte in der Ferne das Walchensee-Kraftwerk. Aber all das war Täuschung. Die wahren Berge, der wahre See – das war die mystische, dunkle, drohende Landschaft, die er heute Morgen gesehen hatte. Nichts für bayerische Wahlplakate. Es sei denn, man suchte Wähler in der Gothic-Szene.

Überrascht bemerkte Benedikt, dass nur ein Punkt in dieser Landschaft den Wandel zum Wahlplakat nicht mitmachte: Die Jocher Birg. Selbst im strahlenden Sonnenschein lag sie dunkel und verwunschen da. Wuchsen dort andere Bäume? Gab es das? Er wollte nachforschen.

Während er nachdachte, stellte er fest: Auch die Spaziergänger am See waren jetzt durch ein Wahlplakat-Publikum ersetzt. Joggende Senioren in greller Freizeitkleidung, die ihm demonstrierten, dass sie ihm mit ihren 75 Jahren immer noch davonlaufen konnten und Galapagos-Schildkröten überleben würden. Junge Paare, Hand in Hand. Drei Schulmädchen, die barfuß lachend aus dem Wasser kamen. Lustig gepunktete Hunde und satte Babys.

Benedikt lief ziellos einfach immer weiter. Er hatte längst die Orientierung verloren, es war ihm egal. Plötzlich erschien eine gewaltige Schwimmbadanlage: Wellnesscenter, Kristalltherme, wie Prachtplakate warben.

Benedikt schritt durch einen Tunnel, in dem es nach Schwimmbad roch, dahinter erschien zur linken Seite des Wegs wieder der See, während rechts pagodenartig gebaute bayrische Hütten den Hügel hinaufklommen. Auf einer Aussichtsplattform standen ein dicker nackter Mann und zwei nackte junge Frauen, die aus der Sauna gekommen waren – so selbstverständlich nackt wie Nymphen und Faune in einer antiken Ausstellung.

Etwas weiter erschienen Pfahlbauten im See, die prähistorisch anmuteten, dann eine Art Waldweg, an dessen rechter Seite sich ein steiler bewaldeter Hügel erhob, dem er folgte.

Ganz unerwartet tauchte links eine Art urzeitlicher Sumpf auf, der gar nicht nach Kochel passte. Er sah aus, als wäre das eine Begräbnisstelle der Kelten und als könnte aus dem fauligen Wasser jederzeit eine Totenhand, halbskelettiert, auftauchen. Irgendwelche Pflanzen verströmten zudem eine Art Verwesungsgeruch – obwohl Benedikt nicht wusste, wie Verwesung wirklich roch.

Dann gab der Wald ihn frei, er stand an einem Friedhof mit Kapelle, man sah das Dorf mit dem weißen Kircherl und einige alte Bauernhöfe.

Benedikt folgte dem Weg einfach weiter.

Wieder hatte er dieses seltsame Gefühl, als wäre all das nur eine Kulisse. Als würde er die ganze Zeit hier hinters Licht geführt – und in Wahrheit spielten sich hinter seinem Rücken unfassbare Dinge ab. Das Gefühl verunsicherte ihn. Er versuchte instinktiv, seine Wahrnehmung zu schärfen. Wie Tiere, die bei Gefahr Witterung aufnehmen.

Da weideten einige Ziegen am Hang. Sie meckerten und starrten Benedikt mit ihren seltsam entrückten Augen an. Augen von Märtyrern oder Amokläufern, die Benedikt unheimlich waren. In manchen Ländern waren diese Augen eine Delikatesse.

Was ihn von den Ziegen trennte, war ein gelber Elektrozaun. Frühkindliche Erinnerung. Als Kind hatte Benedikt einen solchen Zaun einmal angefasst. Eine tief mystische Erfahrung bis unter die Schädeldecke. Als er später von Teresa von Avila und deren Ekstasen las, stellte er sich das ähnlich vor. Zwei Tage hatte der kleine Benedikt damals gebraucht, um wieder aus den himmlischen Chören in die Menschenwelt und ihre Sprache zurückzufinden. Vielleicht war er nie ganz zurückgekehrt. Vielleicht hatte sich damals einiges entschieden.

Swantje hat recht, dachte er. Man sollte gewissen Gedanken oder Ahnungen nicht zu sehr nachhängen, wenn man bei Verstand bleiben will. Mitunter sind die Dinge auch einfach so, wie sie scheinen.

Benedikt hatte auf einmal Lust, die steilen Stufen, die entlang der Ziegenweide den Hügel emporsprangen wie die Treppe von *Aracoeli* in Rom, mit seinen langen Beinen hinaufzujagen. Wo war er nur?

Benedikt bog um eine dichte Tannenhecke – und stand vor der Pension. Anna kam gerade in den Garten und warf etwas in die Mülltonne. Als sie ihn sah, lächelte sie und winkte. Sie wirkte nicht böse, aber irgendwie verändert. Weich und ernst und geheimnisvoll. Sie hat gerade mit Gérard geschlafen, dachte Benedikt. Sie liebt ihn grenzenlos.

»Na endlich«, rief Swantje, die mit einer Kaffeetasse vor sich auf einem weißen Gartenstuhl saß. »Hast du unsere Einladung vergessen?« Sie trug ein schwarzes Cocktailkleid und hochhackige Schuhe. Benedikt hätte nie für möglich gehalten, dass sich solche Kostbarkeiten in ihrem roten Rollkoffer befanden.

»Ist das dein Ernst?«, fragte Benedikt. »Gehst du zu einer Theaterpremiere?«

»Lieber Benedikt«, sagte Swantje tadelnd. »Wir haben etwas gutzumachen! Also benimm dich, mein heiß geliebter Neffe! Sei so geistreich, wie du willst – aber lass *Gerold unterm Tisch* daheim!«

»Schade«, grinste Benedikt boshaft. »*Gerold* hat schon seinen Frack angelegt und freut sich den ganzen Nachmittag!«

Mit diesen Worten ging er ins Haus, um sich umzuziehen.

Im Zimmer stellte er sich kurz vor den kleinen Spiegel und betrachtete sich. Dann nahm er aus der Hosentasche einen roten Gummiring, streifte seine weißen Strähnen mit den Fingern zurück und fixierte sie mit dem Gummi zu einem Pferdeschwanz. Fertig! Auf in den Kampf!

Draußen lief Benedikt, da noch niemand da war, gedankenverloren einmal ums Haus herum.

In einiger Entfernung ragte das Schauspielerhaus. Benedikt glaubte, an einem offenen Fenster im ersten Stock Lara zu erkennen, die sich die weizenblonden Haare auskämmte. Sie hielt inne. Benedikt bezweifelte, dass sie ihn sah, spürte aber ihren braunen Blick. Sie machte eine schüchterne Geste, als würde sie zu einem Winken ansetzen. Dann war sie verschwunden.

Benedikt dachte an Laras Augen. Dieselben Augen wie der Vater, aber völlig anders. Immer in Bewegung. Unsicherheit, hatte er erst gedacht. Aber war das Unsicherheit? Oder etwas anderes? Unrast? Unfriede? Unmut? Unlust? Ungeduld? Un? Un? Un? In jedem Fall etwas mit »Un«, da war Benedikt sich sicher.

Als er seine Tour ums Haus vollendet hatte, hörte er Stimmen, und die Szene war völlig verwandelt.

Am Zaun hatte eine Gruppe junger Radfahrer gehalten. Sie nahmen gerade ihre Helme ab.

Eine Frau mit blonden kurzen Haaren rief: »Habt ihr noch Zimmer frei? Drei Stück? Ach, nein, vier! Nur bis morgen?«

»Ja, klar!«, antwortete Benedikt aufs Geratewohl. »Nur herein!« Immerhin Gäste. Rausschmeißen konnte Anna sie immer noch.

Und in dem Moment kam Anna auch aus der Tür gelaufen. »Ja, hallo! Willkommen! Nur herein! Wir sind zwar gerade erst am Einrichten, es geht noch drunter und drüber, aber wenn euch das nichts ausmacht, bringen wir euch schon unter! Wie viel seid's ihr? Drei?«

»Vier«, rief das Mädchen. Und ohne weitere Diskussionen stellten sie die Rennräder in den Garten und schnallten die Packtaschen und Rucksäcke ab und trampelten über die Schwelle.

Annas Gesicht erschien noch einmal im Türrahmen. »Mein Gott!«, sagte sie halblaut. »Die ersten Gäste! Unsere Zimmer sind noch gar nicht fertig! Was mach ich bloß? Wo ist denn der Gérard? Gérard!«, schrie sie nach drinnen. Verwirrt erschien Gérard aus dem Schuppen.

»Gérard, schnell, schnell! Wir haben unsere ersten Gäste!«

»Mais les chambres ne sont pas prêtes …«, flüsterte er ihr auf französisch zu, in der vagen Hoffnung, die Ankömmlinge würden ihn so nicht verstehen.

»Ja, ich weiß«, sagte Anna lachend und küsste ihn auf den Mund. »Du schaffst das schon! Gott sei Dank hab ich vorhin noch einen Großeinkauf gemacht …«

Die beiden verschwanden nach drinnen, man vernahm hallende Schritte, Quietschen, Poltern, Gerumpel. Die stille Pension schien eine Wesenswandlung durchgemacht zu haben.

So ähnlich wie die Berge im grellen Licht. Von nachdenklich verwunschen zu zünftiger Ausflugs- und Brotzeitstimmung. Was, wie Benedikt überlegte, vermutlich genauso ein Trugbild war wie die Berge auf Wahlplakaten.

»Können wir was helfen?«, sagte Swantje im Cocktailkleid halblaut gegen das Haus hin. Natürlich hörte sie niemand. Aber sie hatte ihre Hilfe angeboten.

Das Tohuwabohu dauerte eine halbe Stunde. Dann trat so etwas wie eine leichte Beruhigung ein. Wie wenn sich die Theaterbesucher an ihren Plätzen alle eingefunden haben und das erste Klingelzeichen ertönt ist.

Anna erschien wieder, mit wehendem Haar. »So«, schnaufte sie. »Geschafft! Alle verstaut wie die Ölsardinen. Aber jetzt muss ich euch etwas gestehen. Eure Zimmer sind weg! Also keine Angst, wir bringen euch natürlich unter. Du, Swantje schläfst mit mir im Ehebett, da können wir dann noch quatschen. Und du, Benedikt, musst dir leider mit Gérard die kleinste Kammer oben teilen.«

»Das Hundekörberl, meinst du? Wo der Minotaurus wohnt?«, fragte Benedikt.

»Ja, genau! Wo der Minotaurus wohnt! Seid ihr einverstanden? Bitte! Bitte! Nur bis morgen! Aber es sind unsere ersten Gäste. Und wir schaffen euch auch euer Gepäck gleich rüber. Gérard macht das. Es ist ja eh nicht viel. Und morgen wieder Luxusleben! Okay?« Und bevor Benedikt und Swantje antworten konnten, fuhr sie fort: »Ach, und der Besuch heute Abend – also für uns wird das natürlich nix mehr. Völlig unmöglich. Wir haben ja ein Haus voller Gäste. Ich hoffe nur, die erwarten jetzt kein Abendessen ... Euch viel, viel Spaß! Bis später!«

Auch Anna, dachte Benedikt, ist jetzt verwandelt. Wie die Berge. Nicht mehr die flirtende Anna, die ihm am Morgen Eier gebraten hatte, auch nicht die verwunschene und geheimnisvolle Anna vom Nachmittag, sondern eine königlich-bayerische Pensionswirtin Anna, wie aus dem Prospekt.

»Und Benedikt«, rief Anna ihm in diesem Augenblick nach. »Vergiss deine Keltenaxt nicht!«

4

Es waren nur wenige Meter bergan. Swantje nutzte sie, um Benedikt nochmals einzuschärfen: »Und, lieber Neffe, im Ernst: Benimm dich! Was immer du von ihm halten magst. Der Mann hat mit Mario Adorf und Sean Connery gedreht!«

»Meine Gegenfrage: Vielleicht waren das ja auch Pfeifen?«, erwiderte Benedikt.

»Langsam verstehe ich deine Lehrer«, wollte Swantje gerade entgegnen, da standen sie schon am prächtig geschwungenen Gartentor und abrupt auch vor Lara, die ihnen mit zwei Sektgläsern entgegenkam, in denen jeweils drei Johannisbeeren kreiselten.

»Oh nein, schon wieder Alkohol«, rief Benedikt verzweifelt. »Seit einem halben Jahr habe ich keinen Schluck getrunken. Und nun eine Party nach der anderen! Wie soll das weitergehen?« Damit stürzte er das Glas hinunter. »Bitte sehr! Für diesen Abend lehne ich jede Verantwortung ab.«

Swantje warf ihm einen alarmierten Blick zu.

»Ich bringe Ihnen sofort noch ein Glas«, sagte Lara und drehte sich um.

»Dir! Wir duzen uns doch alle!«, rief Benedikt ihr hinterher.

»Ach ja«, antwortete Lara verlegen (wenn es Verlegenheit war) über die Schulter. »Entschuldige! Ich bringe dir noch ein Glas!«

Als sie den geschwungenen Kiesweg hinaufstapften – nicht der richtige Laufsteg für High Heels, wie Swantje nun innerlich fluchend bemerkte –, sahen sie oben auf der Terrasse den einsamen Gralmann stehen. Er trug wieder den weiten Lodenmantel, höchst unpassend für den mittlerweile recht heißen Juniabend, und blickte in Denkerpose und mit eisernem Profil über das Land. Vielleicht versuchte er, Benedikt so mit dem Anblick seiner Größe zu zermalmen.

»Triumph des Willens! Leni Riefenstahl hätte ihre Freude!«, bemerkte dieser gerade halblaut zu seiner Tante. »Nein, nein! Ich bin schon still!«

Gralmann breitete die Kuttenarme aus. »Willkommen!« Er schüttelte ihnen die Hände mit seinen dramatischen Greisenklauen, die er alsogleich zu den Gipfeln ringsum erhob. »Die Berge! Was braucht es da noch an Worten! Darum bin ich hier! Hier und nirgends sonst auf der Welt! Die meisten Freunde sind ausgewandert! Einmal Hollywood und schon größenwahnsinnig! Aber was soll ich in L. A.? Oder auf Korsika, wo mein lieber Freund Pietro …«

»Nein, Papa! Roberto! Roberto Benigni!«, korrigierte Lara.

»Ach ja, danke, Lara! Wo Roberto seine Villa hat? Hier bin ich daheim. Der Mensch muss seine Wurzeln kennen!«

Glücklicherweise hielt Lara gerade, als Benedikt die Lippen öffnete, ihm ein zweites Sektglas hin. »Für dich«, sagte sie und schaute ihn unerwartet lustig mit den tiefbraunen Augen an. Oder war es Spott?

»Danke, liebe Lara!«, antwortete Benedikt, selbst nun unsicher, und verneigte sich. Dann zwang er sich, mit dem ersten Schluck zu warten, obwohl die Johannisbeeren im Sekt voller Ungeduld kreiselten und herumsprangen wie junge Hunde, die nicht verstehen, warum man nicht mit ihnen spielen will.

»Du hast mit Benigni gespielt?«, frage Swantje atemlos. »Wirklich? Den vergöttere ich! Als Pinocchio! Oder der Vater im KZ!«

»Ja, Benigni ist ein wirklich lieber Freund, seit vielen Jahren«, erwiderte Gralmann, dem die Richtung der Unterhaltung in eine ungünstige Richtung abzuschweifen schien. »Ich hab ihn seinerzeit immer gegen unseren Regisseur in Schutz genommen! Ich sagte, der Junge kann das! Der hat das Potenzial zu Weltklasse! Wir drehten damals in Rom mit …«

»Wo ist denn Christa?«, fragte Benedikt abrupt. »Vielleicht muss sie noch das Huhn schlachten und braucht Hilfe beim Festhalten? Ich schau mal!« Und ließ den Meister mit der Tante einfach stehen.

Lara war verschwunden. Benedikt lief ungeniert ins Haus und folgte dem scharfen Duft und Zischen von Knoblauch.

Tatsächlich stand Christa da über den Herd gebeugt und fuhrwerkte herum wie in einem Slapstick. Vermutlich hatte sie noch nie gekocht. Oder sie kochte täglich und hatte ihren höchst eigenwilligen Stil entwickelt. Jedenfalls war sie gerade dabei, Scampi in wild spritzendes Öl zu werfen, spitzfingrig und angeekelt, mit kleinen Aufschreien, als wären es Spinnen, die sie gerade gefangen hatte. Daneben sprudelte Nudelwasser. Offensichtlich gab es die Kafka-Variante von *Spaghetti Grazia*, wie Benedikt illusionslos konstatierte.

Als Christa ihn sah, lachte sie über sich selbst. »Ist das nicht furchtbar? Diese nackten kleinen Dinger? Ich komme mir vor, als würde ich Babys grillen.«

Sie kam Benedikt plötzlich gar nicht mehr so dumm vor.

»Glaubst du an Seelenwanderung?«, fragte sie über die Schulter, während sie mit komisch verzerrtem Gesicht einen Kochlöffel nahm und in der Katastrophe herumstocherte. »Ich meine, es muss doch Abermilliarden Scampi in den Weltmeeren geben – und das heißt doch, dass der Wahrscheinlichkeit nach jeder von uns früher oder später auch mal Scampi war oder ist …«

Benedikt lachte. »Exakt!«

Christa wandte sich schnaufend um. Aus der Nähe sah sie nicht mehr wie ein Skelett aus, eher wie eine Skulptur von Giacometti. »Weißt du, Lara und ich sind eigentlich Veganer, aber Gralmann (sie nannte ihren Mann tatsächlich *Gralmann*) hat seine Gewohnheiten. Er braucht sein Steak. Richtig blutig. Er braucht Blut. Rotes Blut. *Was wäre Shakespeare ohne Blut gewesen?* Das sagt er immer. *Kannst du dir einen veganen King Lear vorstellen?* Na ja, eine andere Generation. Den änderst du nicht mehr. Aber er ist doch noch recht fit für sein Alter, findest du nicht? Ein Herz wie ein Ochse, sagt der Arzt. Mit achtzig Jahren! Vermutlich halten Wutausbrüche doch jung«, sagte sie kichernd mit einer Bosheit, die Benedikt ihr nicht zugetraut hätte. »Die Wutausbrüche, der Jähzorn, das ist alles besser geworden, seit er im letzten Sommer die Therapie in der Bildhauerwerkstatt gemacht hat. Wenn es ihn packt, stürzt er einfach in sein Atelier und haut auf einen Stein ein. Früher hatten wir ein richtiges Atelier im Haus, das haben wir beim Umzug jetzt in den Schuppen draußen verlegt. Jedenfalls baut er seinen Jähzorn an Marmor ab. Oder an Granit. Oder er rennt stundenlang durch die Natur, ich hab immer etwas Angst, dass er nicht mehr heimkommt. Manchmal scheint mir fast, dass sein Geist so langsam auf die Reise geht …

Ich meine«, fügte sie mit gesenkter Stimme hinzu und schloss die Küchentür, obwohl der Dampf erstickend war, »ich meine, er steht nicht mehr wirklich auf der Bühne, das weiß du ja, nicht? Das will er natürlich nicht hören. Aber sein Gedächtnis lässt stark nach, er kann sich die Texte nicht mehr merken, der letzte Regisseur hat ihn regelrecht rausgemobbt und mittlerweile bringt er auch im Alltag so manches durcheinander … *Merde!*«, schrie sie auf. »Die Scampi sind, glaub ich, verbrannt!« Sie schleuderte die Pfanne in die Spüle. Lachte schrill auf. »Und was machen wir jetzt?«

Benedikt nahm eine Gabel und spießte einen Scampi auf. »Ist doch perfekt!«, meinte er kauend.

Es war ein Fehler gewesen, Christa nicht zuzuhören. Christa war ein Volltreffer.

Lara kam in die Küche, um nach dem Essen zu fragen. Christa zeigte ihr die Bescherung. Die beiden hielten sich die Hände vor den Mund und wurden von stummer Heiterkeit geschüttelt. Zwei schadenfrohe Veganerinnen. So viel Revolutionsgeist in diesen heiligen Hallen!, dachte Benedikt. Woher kommt der auf einmal? Vorher saßen die beiden wie zwei einfältige Lämmchen neben ihm. Aber vermutlich braucht es in jeder Form von Diktatur heimliche Ventile, damit man sie aushält.

Als alle um den Terrassentisch platziert waren, trug Lara mit bewundernswerter Beherrschung und Unschuldsmiene die Pasta mit Scampi auf. Alle griffen zum Besteck. Nur Gralmann stutzte. »Was ist denn mit den Scampi passiert? Sind die ins Höllenfeuer geraten! Christa, du weißt doch! Du hast einfach kein Gespür für die große Kunst der Küche!« Zu den anderen gewandt: »Verzeihung, aber das ist eine Krankheit von mir! Professionalität! Das bin ich gewohnt! Immer und überall Professionalität! Ich weiß, Kollegen haben sich über mich beschwert, weil ich keine Kompromisse mache! Kompromisse! Wohin kommt man damit? Zur Mittelmäßigkeit! Zur Banalität! Aber niemals zur großen Kunst!«

Lara atmete tief.

»Na schön«, lenkte Gralmann ein und hob eine aufgespießte

Scampi empor. »Dann sind sie eben ins Höllenfeuer geraten, diese nackerten kleinen Barockengerl! Dann haben sie sich eben die Flügel verbrannt – und der Teufel frisst sie!« Damit verschlang er sie.

»Wenn man den Teufel ruft …«, begann Benedikt, was Gralmann überhörte.

»Wisst ihr übrigens, was für eine hinreißende Schauspielerin unsere Lara ist?«

Lara, die wie Christa Tofuscheiben verspeiste, legte die Gabel weg, wurde noch mehr »un-« und sagte: »Papa, bitte!«

Wie alle Jugendlichen es tun, wenn Eltern Peinliches sagen. Aber es klang irgendwie anders und sie sah ihn nicht an.

»Nein, es ist die Wahrheit, liebe Lara, ob du es hören willst oder nicht! Sie ist atemberaubend! Sie spielt, wie nur kleine Mädchen spielen können, wenn sie alleine im Haus sind – geniale kleine Mädchen! Was sie macht, ist Zauberei – viel zu schade für Publikum! Viel zu schade für die Bühne! Ihr wisst ja, Picasso sagte immer, er würde alles geben, um zu malen wie ein Kind – und ich würde all meine Kunst geben, um zu spielen wie unsere Lara!«

Die Situation wurde langsam unerträglich.

»Lara kommt gerade aus Toulouse«, sagte Christa unvermittelt. »Sie hatte dort ein Stipendium. Sie ist sehr begabt, aber eher …« Sie hielt inne. »Leider musste sie abbrechen. Wegen ihrer Gesundheit. Schwindelanfälle, auch plötzliche Angstanfälle …«

»Was erzählst du denn da für Zeug!«, fuhr Lara auf. »Du weißt es doch gar nicht. Es war ganz anders. Ihr wisst alle nichts.« Sie sprang vom Tisch auf, dass ihre Gabel zu Boden polterte, und lief nach drinnen.

»Die Nerven!«, erklärte Gralmann. »Sie ist hypersensibel. All wir Künstler sind hypersensibel. Und sie ist Künstlerin hoch zwei …«

Zum Nachtisch erschien Lara aber wieder, als wenn nichts gewesen wäre. Benedikt betrachtete ihre langen weißen Finger und spürte verwundert, wie sehr er wünschte, dass ihre braunen Augen ihn ansehen würden.

Sie löffelte aber nur stumm und in sich gekehrt die vegane Version von Crème brûlée .

»Grappa?«, fragte Christa.

»Aber selbstverständlich!«, dröhnte Gralmann. »Wie sagt der allzu abgedroschene Geheimrat? Jugend ist Trunkenheit ohne Wein! Also wir brauchen den Wein zur Jugend! Salute!«

Benedikt stand mit seinem Glas auf und folgte Lara, die im langsam dämmernden Garten verschwunden war. Gralmann schaute ihm scharf hinterher. Swantje stellte dem großen Tragöden rasch eine Frage über seine Zeit an den Münchner Kammerspielen und er ging darauf ein und begann zu schwadronieren.

Lara stand an einem Strauch, schaute ins Leere und zupfte an Blättern.

Als sie Benedikt hörte, wandte sie sich um und sah ihn dunkel an.

Benedikt drehte nachdenklich sein Grappaglas in der Hand. Er wusste nicht, wie anfangen: Du erinnerst mich an die Jocher Birg? Glaubst du an Paralleluniversen?

Da sagte Lara einfach: »Komm, ich zeig dir mein Zimmer!«

Erlöst stieg Benedikt mit ihr die breite Holztreppe empor, die im Gegensatz zu jener in der Pension nicht knarzte, allenfalls leise hüstelte wie ein diskreter Butler.

»Hier! Mein Reich!«, sagte Lara und klappte die Tür auf.

Benedikt erstarrte. Er wusste nicht, was er erwartet hatte. Jedenfalls nicht das.

Die untere Ebene: ein gewöhnliches Studentinnenzimmer. Unordentlich. Etwas verspielt. Kleiderhaufen, Krimskrams, aufgeklappter Laptop.

Aber die Wände ringsum tapeziert mit Porträtfotos und Zeitungsausschnitten des großen Gralmann in seinen bedeutendsten Rollen.

»Ein Horror!«, entfuhr es Benedikt. »Du wohnst ja in einem Gruselkabinett. Ich fühle mich wie in dem Mordhaus in Hitchcocks *Psycho*!«

So, dachte er. Das war meine Chance. Vorbei.

Aber Lara lächelte ihn offensiv und geradezu triumphierend an. »Ich wusste, dass du das sagen würdest. Darum habe ich es dir gezeigt. Und falls du noch Zusatzinformationen brauchst: Mit dem Laptop schreibe ich an einer Masterarbeit in Theaterwissenschaft über meinen Vater. Jetzt rattert es natürlich in deinem Gehirn. Sigmund Freud. Vaterkomplex. Missbrauch. Blablabla. Krankkrankkrank. Meinst du, du eröffnest mir damit eine Welt? Du hast mich jetzt analysiert bis in meine Seelentiefen? Alle, alle, alle reden so. Alle Kommilitonen, Freunde, sogar meine Professorin, die die Masterarbeit betreut. Mein Freund hat eben aus diesem Grund mit mir Schluss gemacht. Die arme kleine Lara muss gerettet werden vor dem Monster. Nicht einmal ein paar Wochen Toulouse hält sie ohne ihren Vater aus, ohne einen Nervenzusammenbruch zu bekommen. Krankkrankkrank. Ihr wisst alles über mich. Jeder weiß alles über mich. Dabei wisst ihr gar nichts.«

»Und wie ist es dann?«, fragte Benedikt. »Wenn ich alles falsch verstehe, dann sag mir, wie es richtig ist.«

»Es gibt keine einfache Wirklichkeit. Alles ist komplex«, sagte Lara. »Vielleicht verschlingt mein Vater mich? Vielleicht verschlinge ich ihn? Vielleicht versucht ihr alle, mich zu verschlingen? Vielleicht ist er, weil er mich verschlingt, der Einzige, der mich wirklich ernst nimmt? Vielleicht ist all das nur Quatsch und Gerede? Vielleicht geht es hier gar nicht um fressen und gefressen werden, sondern um Liebe? Vielleicht besteht jeder aus vielen Welten und auf jeder gilt eine andere Wahrheit?«

»Glaubst du an Paralleluniversen?«, fragte Benedikt jetzt doch. »Unendlich viele Paralleluniversen mit allen denkbaren Möglichkeiten?«

»Nein!«, erwiderte Lara ohne Zögern. »Das ist mir zu einfach. Es gilt nicht alles. Es gibt schon eine bestimmte Wirklichkeit, aber die kann eben sehr, sehr, sehr komplex sein. Und lässt immer viele Interpretationen zu.«

»Mir ist aufgefallen«, sagte Benedikt, »dass die Berge und der See hier jeden Tag in einem anderen Licht erscheinen. Als wären sie völlig verschiedene Individuen. So meinst du?«

»Ja und nein. Es geht nicht nur ums Licht. Es hat auch mit Labyrinthen zu tun.«

»Und in jedem Labyrinth sitzt ein Monster, ein Minotaurus, der jeden frisst«, ergänzte Benedikt.

»Nicht jeden«, sagte Lara und schaute auf eine Weise, dass ihm fast unheimlich wurde. »Vielleicht frisst der Minotaurus jeden außer der armen kleinen Lara? Oder vielleicht ist die arme kleine Lara selbst der Minotaurus? Und wer weiß. Der Minotaurus ist ja auch nur ein armes Opfer. Übrigens gefällt mir das Labyrinth ebenso wenig wie die Paralleluniversen. Ich denke eher an chinesische Schachteln. Es geht nicht ums Rauskommen, sondern ums Öffnen – hier«, sagte sie und warf eine rote Lackschachtel auf ihr Bett. »Schau, ob du sie aufbekommst.«

Benedikt nahm das nicht nur als rhetorische Frage. Er fingerte mit vollem Eifer an der Schachtel herum, überzeugt, Lara zu überraschen. Dass er sie nicht aufbekam, verstimmte ihn tatsächlich.

Lara lachte. Was ihn noch mehr wurmte.

»Es gäbe natürlich noch die Methode von Alexander dem Großen«, murmelte er.

»Kaputt machen?«, fragte Lara. »Wie Alexander den Gordischen Knoten? Die Schachtel einfach an die Wand schmeißen? Mit dem Beil draufhauen? Ja, das geht – aber das gilt nicht. Dann ist sie nicht offen, sondern kaputt.«

»Aber es gibt noch eine weitere Möglichkeit«, fuhr Benedikt fort. »Man kann die Schachtel einfach auf dem Regal stehen lassen, ohne an ihr herumzumachen. Mit der Zeit merkt man gar nicht mehr, dass sie ein Rätsel ist. Dann erscheint sie einem so solide wie ein romanischer Quader.«

»Exakt!«, sagte Lara und blickte ihn so dunkel an, dass ihm seltsam wurde.

»So, und nun gehen wir wieder nach drunten«, fügte sie hinzu.

Benedikt folgte ihr belämmert und hilflos wie noch nie in seinem Leben. Er wusste nicht, was soeben geschehen war. Aus irgendeinem Winkel seines Gehirns erschien Luhmanns Begriff der Trivialmaschine. Benedikt wusste gar nicht mehr, was damit gemeint war – er wusste nur eines: Lara war das Gegenteil einer Trivialmaschine.

Als die beiden nach draußen kamen, erleuchteten einige Fackeln den schon fast dunklen Garten. Die anderen standen gerade neben dem Schuppen, wo Feuerholz aufgeschichtet war. Gralmann hatte den Mantel abgelegt, die Ärmel hochgekrempelt und demonstrierte Swantje am Hackklotz, dass er auch mit achtzig Jahren noch in der Lage war, ein Holzscheit mit einem einzigen Schlag zu spalten.

Gerade sprang ein Klotz mit einem Hieb *Klack!* in zwei Teile. Swantje und Christa applaudierten. Letztere eher pflichtgemäß. Sie musste wohl öfter diesem Kunststück applaudieren.

»Papa«, sagte Lara unerwartet dominant, als hätte sie plötzlich die Macht übernommen. »Ich habe Benedikt eben versprochen, dass du den *Archaischen Torso* vorträgst.«

Was zur Hölle …, dachte Benedikt. Vielleicht war die arme kleine Lara tatsächlich das Monster im Labyrinth … Ungefragt bediente er sich noch einmal ausgiebig an der Grappaflasche.

»Ach, Ezra!«, rief Gralmann, der gerade die Glieder triumphierend streckte und sich von Christa den Mantel wie eine Toga umlegen ließ. »Ezra Pound ist Scheiße! Das hab ich Peymann immer gesagt. Einfach Scheiße …«

»Nicht Pound!«, korrigierte Lara. »Rilke, Papa!«

»Ach so«, stotterte er verwirrt, »ja, habe ich Pound gesagt … Nein, Rilke, Rilke ist Scheiße, habe ich Peymann immer gesagt … Aber dieses *eine* Gedicht … Welches meintest du, Lara?«

»*Archaischer Torso*, Papa!«

»Ach ja, ja … Torso … ich glaube, das ist jetzt nicht der Moment …«

»Doch, Papa«, insistierte Lara unerbittlich. »Ich habe es versprochen!«

Was treibt sie da?, dachte Benedikt und füllte das Schnapsglas erneut.

»Wie …«, stotterte Gralmann, »wie war der Anfang … hilf mir doch bitte, mein Liebes …«

»*Wir kannten nicht* …«, soufflierte Lara mit klarer Stimme.

»*Wir kannten nicht* …«, stammelte Gralmann.

»Weiter Papa … *sein* …«

»*Wir kennen* …«

»*Kannten*, Papa!«

»*Wir kannten nicht … ihr … sein* … was?«

»Es ist jetzt vielleicht wirklich nicht der richtige Moment«, versuchte Swantje zu retten.

»*Sein*, Papa!«, beharrte Lara. »*Sein unerhörtes Haupt!*«

»*Wir … kennen … sein Haupt … sein unerhörtes … uner* …«

»Bitte!«, flehte Christa.

»*Haupt!*«, sagte Lara, messerscharf akzentuiert. »Papa! *Haupt!*«

»*Wir* … NEIN!«, schrie Gralmann in rasendem Zorn, packte die Axt und schlug sie in die Schuppenwand, dass sie zitternd stecken blieb.

Dann rannte er in großen Schritten in das dunkle Haus.

»Es tut mir so leid«, sagte Christa. »Bitte geht, ich muss jetzt nach ihm schauen.«

Leise fügte sie hinzu: »Also weißt du, Lara …«

Lara stand heiter und gelassen vor den beiden und geleitete sie höflich zum Tor und wünschte formvollendet eine gute Nacht.

»Mein Gott«, stöhnte Swantje, als sie außer Hörweite waren. »Was für Psychopathen! Das ist ja ein Irrenhaus! Ich habe gedacht, es gibt Tote! Mir zittern immer noch die Knie! Hätte nicht *Gerold unterm Tisch* dieses eine Mal hilfreich wirken können?«

»Der hat sich vor Angst nicht unterm Tisch hervorgewagt«, sagte Benedikt, der tatsächlich weiche Knie hatte.

Eines war klar: Die arme kleine Lara war vielleicht nicht das Monster in diesem Labyrinth, aber die arme kleine Lara konnte definitiv ein Monster sein.

Zu seiner Überraschung spürte Benedikt, dass diese Erkenntnis nichts daran änderte, dass er den heftigen Wunsch hatte, in ihre tiefbraunen Augen zu schauen. Im Gegenteil.

Und noch eins spürte Benedikt: dass nach einem halben Jahr Abstinenz eine halbe Flasche Grappa keine gute Idee gewesen war.

»Moment!«, sagte Benedikt.

»Ist dir schlecht? Kotzt du?«, fragte Swantje.

»Ich kotze nie!«, war die Antwort. »Ich muss nur meine Blase entleeren.«

Als die beiden zur Pension gelangten, empfingen sie lebhafte Stimmen. Die drei neuen Gäste genossen den immer noch lauen Juniabend. Sie saßen vor dem Haus auf Gartenstühlen, hatten Kerzen aufgestellt und sich Bier geholt und lachten ungeniert über die Geschichte, wie sie beim Überqueren einer Wiese fast ein Stier aufgespießt hätte. Der männliche Radfahrer imitierte das wilde

Schnauben, worüber die beiden Frauen vor Prusten fast von ihren Stühlen fielen.

Anna kam Benedikt und Swantje im Halbdunkel entgegen: »Na, war's ein schöner Abend?«

»Wir sind glücklich, dass es keine Toten gegeben hat«, erwiderte Swantje.

Anna ging gar nicht darauf ein, sondern flüsterte nur: »Wir sind ja froh, dass wir Gäste haben, aber die drei benehmen sich unmöglich. Ihr hört ja, wie laut die schreien und lachen, obwohl es schon nach elf ist. Ich fürchte, die Nachbarn schicken uns die Polizei. Außerdem soll ja noch ein vierter Radfahrer kommen, der aber immer noch nicht erschienen ist. Die anderen meinten jetzt, er kommt wohl auch nicht mehr. Jedenfalls sind wir beide nervlich am Ende. Der Gérard ist völlig aus dem seelischen Gleichgewicht. Er fühlt sich absolut überfordert. Dauernd musste er etwas bringen oder reparieren oder irgendwelche Auskünfte geben. Dann ist ihm noch ein Tablett mit Gläsern runtergefallen. Er hat versucht, sich mit Mandalas zu beruhigen – aber schaut's euch an. Die sagen wohl alles.«

Sie nahm von der Bank einen Block. Die Zeichnungen erinnerten Benedikt an Fotos, die er einmal in einer Zeitung gesehen hatte: Netze von Spinnen, die unter Drogen gesetzt worden waren.

»Jedenfalls«, fasste Anna zusammen, »der Gérard muss dringend ins Bett.«

»Dieser Herr hier auch«, sagte Swantje und deutete auf ihren Neffen. »Halbe Flasche Grappa.«

»Na, dann passt es ja. Wart, Benedikt, ich hol den Gérard, dass er dich in eure Notunterkunft führt. Du weißt ja. Ins Hundekörberl, wo der Minotaurus wohnt. Dann könnt ihr beide wenigstens schon mal schlafen. Ich muss noch wachbleiben, bis diese Bande im Bett liegt – aber du, Swantje, kannst ruhig schon hochgehen und dich ins Ehebett legen!«

»Also, wenn's recht ist, setz ich mich lieber noch hier in den Garten und warte mit dir«, sagte Swantje. »Mein Puls muss sich erst einmal beruhigen, bevor ich schlafen kann.«

»Wunderbar«, rief Anna. »Da kommen wir endlich zum Ratschen! Ich bin auch viel zu überdreht fürs Schlafen.«

Dann rief sie Gérard, der mit grauem Gesicht aus dem Haus erschien.

»Du möchtest schnell in die Bett?«, fragte er Benedikt. »Lieber plus confortable – oder nur schnell?«

»Nur schnell!«, war die hastige Antwort. So holte Gérard rasch Benedikts Gepäck – sprich: das sackartige Armeeutensil, das im Flur lehnte – und führte ihn zur Notunterkunft. »Eine moment!«, rief er beflissen. »Isch mache gleich. Isch bereite nur rasch vor.« Man hörte Poltern und Gerumpel, dann Gérards Stimme: »Voilà! Alles bereit!« Das Zimmer war im Grunde nur eine Abstellkammer, in die kaum mehr als zwei Betten passten. Eigentlich nur ein Bett und eine Matratze, die daneben lag und die so knapp an die Tür reichte, dass man sie anheben musste, um die Tür zu schließen. Zwischen Bett und Matratze hatte Gérard diskret und mit viel Mühe einen Paravent platziert. »Das Bett is für disch«, rief Gérard von draußen. »Das is bequemer!«

»Bloß nicht«, erwiderte Benedikt von drinnen, der sich in instinktivem Hang zur Horizontalen schon auf der Matratze ausgestreckt hatte.

»Bien!«, rief Gérard. »Dann lass misch bitte rasch rein, damit isch an dir vorbeikraxle.«

Seufzend setzte Benedikt sich noch mal auf, klappte die halbe Matratze zurück, um Gérard hereinzulassen, und zog dann die Zweimetergestalt so weit zusammen, dass Gérard ins Bett konnte, wobei der Paravent gefährlich wankte. Nach einigem Hin-und-Her-Manövrieren, das an die Filmszene erinnerte, in der Stan Laurel und Oliver Hardy versuchen, sich gemeinsam mit einer dritten Person in eine Telefonzelle zu quetschen, lag Gérard im hinteren Raum, Benedikt im vorderen. »Und falls du nachts noch Pipi musst …«, tönte Gérards Stimme aus dem Hintergrund.

»Muss ich nicht!«, waren Benedikts letzte Worte, bevor er in Tiefschlaf versank.

Die Frauen unterhielten sich noch etwas im Garten. Um zwanzig vor zwölf stand Anna auf. »So, jetzt reicht's! Bitte, bitte, liebe Gäste! Wär's wohl möglich, dass ihr drinnen weiterfeiert? Sonst rückt hier der Dorfgendarm an und mit dem ist nicht zu spaßen!«

Die Radfahrer lachten, schnappten ihre Kerzen und Bierflaschen und machten es sich im großen Ess- und Wohnraum im Erdgeschoss gemütlich. Die Party war für sie offensichtlich gerade erst im Beginnen.

Anna seufzte, klappte die Haustür zu und machte Swantje ein Zeichen, mit ihr die höllisch knarzende Treppe ins obere Stockwerk zu erklimmen, wo das große Schlafzimmer lag, das Anna heute ausnahmsweise mit Swantje und nicht mit Gérard teilte, während dieser gleich daneben in der Kammer mit Benedikt nächtigte. Anna legte den Finger auf die Lippen und flüsterte: »So leise wie möglich! Der Boden knarzt leider ganz furchtbar, aber wenn wir Glück haben, sind unsere Männer heute zu fertig, um aufzuwachen!«

Als die beiden es ins eheliche Schlafzimmer geschafft und die Tür geschlossen hatten, atmete Anna auf. »Geschafft! Die Radfahrer haben alle ihre Zimmer unten. Die stören hier oben niemand mehr, sofern sie nicht allzu laut herumgrölen. Wenn du willst, können wir zwei uns jetzt noch ein bisschen unterhalten. Willst du noch etwas? Wein oder so?«

Swantje schüttelte energisch den Kopf. »Bloß nicht«, sagte sie und ließ sich aufs Bett plumpsen. »Für heute bin ich abgefüllt mit absolut allem. Aber Quatschen wäre toll.«

So saßen die zwei schließlich in Schlafanzügen auf ihren Betten, die Decken wie Umhänge über die Schultern gelegt, und Swantje erzählte endlich, endlich, was sie so lange verschwiegen hatte. Die Stürme des letzten Jahrs. Den Verrat. Die Enttäuschung. Die Trennung. Das Tal der Tränen. Was dann tatsächlich mit real fließenden Tränen endete – und damit, dass Anna sie in die Arme schloss.

»Um Gottes willen!«, schrie Anna plötzlich auf. »Halb zwei! Ich muss ja um halb sieben schon wieder aufstehen, um für die Bagage drunten Frühstück zu machen! Das überleb ich nicht.«

»Tut mir wahnsinnig leid«, sagte Swantje. »Noch so ein Ding, das Jan nun auf dem Kerbholz hat! Kann ich dir irgendwie helfen?«

»Ach was«, sagte Anna, während sie den Wecker stellte. »Sieben reicht. Die Radfahrer gehen ja auch gerade erst ins Bett …«

Tatsächlich hörte man drunten gerade, wie Flaschen zusammengeräumt wurden und drei Stimmen einander recht fröhlich *Gute Nacht* sagten.

Also löschten auch Anna und Swantje endlich das Licht.

5

Benedikt schreckte hoch, weil sich ein Bergmassiv über ihn beugte und ihn sanft an der Schulter schüttelte: »Bon matin, Benedikt! Entschuldige bitte! 6 Uhr 30! Isch muss Anna in die Küsche helfen! Tut mir so leid!«

Benedikt, seinem realen Ich unendlich weit entfremdet, brauchte eine Weile, um diese Information zu begreifen und zu erfassen, wie diese Information sich auf dieses sein reales Ich beziehen könnte. Dann versuchte er stöhnend, aus den Tiefen des Universums in seinen Körper zurückzufinden, sich aus seiner Bettdecke zu wühlen und seine Giraffenbeine so weit anzuziehen, dass Gérard die Matratze hochklappen und die Tür weit genug öffnen konnte, um sein Bergmassiv hinauszuquetschen.

»Pardon!«, hörte Benedikt noch, als die Tür unter dem Federdruck der vorschnellenden Matratze wieder zuknallte und er, durch diese Mechanik aus seiner Position entriegelt, wieder ins Bett plumpste. Er erfasste die ersten Strahlen der Morgensonne und in der Ferne vernahm er noch den Gebirgsdonner von Gérards Schritten.

6 Uhr 33 polterte Gérards Faust an die eheliche Schlafzimmertür.

»Jessas!«, fuhr Anna hoch. »Der Gérard! Der weiß ja gar nicht, dass ich den Wecker später gestellt habe.« Sie sprang katzenflink aus dem Bett, fuhr in ihre Kleider und kämmte sich die Frisur mit den Fingern. Dann fasste sie Swantje an der Schulter: »Lass dich nicht stören, Swantje, schlaf ruhig weiter!«

Swantje, die ohne Hörgeräte nur Wortfetzen verstanden hatte, murmelte zu ihrem Kissen »Kann ich irgendwie helfen?« und sackte dann wieder in tiefe Träume.

6 Uhr 46 klopfte Annas Knöchel zart, aber bestimmt an die Tür der Kammer, in der Benedikt nun alleine schlief: »Benedikt! Benedikt!«,

rief sie mit unterdrückter Stimme. »Kannst du bitte, bitte aufstehen! Ich brauch deine Hilfe! Ganz dringend!«

Benedikt schaffte es diesmal dank der Morgenübung mit Gérard schon schneller, das militärische Programm (hochfahren, Beine anziehen, Matratze hochklappen, Tür öffnen) abzuspulen.

Anna genügte im Vergleich ein Katzenspalt, um zu ihm ins Zimmer zu witschen.

»Lieber, lieber Benedikt!«, sagte sie und strich ihm übers Haar. »Bitte, bitte, bitte, kannst du mir helfen! Bei uns herrscht das absolute Chaos! Ich muss Frühstück machen für die drei Radfahrer! Ich hab gestern nichts vorbereitet, es war so spät. Und die wollen schon bald wieder weiter! Allein schaff ich es nicht. Und der Gérard hat zwei linke Hände, und unter Stress schon gar, da beginnt er sofort zu zittern und macht alles kaputt. Gerade hat er sich noch die Finger verbrannt …«

»Ja, klar!«, murmelte Benedikt und streckte sich wieder auf der Matratze aus. »Nein, *jetzt!*«, rief Anna. »Verstehst du mich? *Jetzt!* Bitte, bitte! Hier! Ein Schluck Kaffee!« Und sie hielt ihm eine mitgebrachte Tasse hin. Er trank widerwillig, verschluckte sich und verschüttete einen Schwall auf den Teppich.

»Ganz egal!«, rief Anna und zerrte ihn mit aller Kraft empor.

»Ich muss mich doch anziehn!«, entgegnete Benedikt.

»Du hast dich gar nicht ausgezogen«, erwiderte Anna lachend.

Er rieb sich die Augen, ließ sich von ihr emporwuchten, mitschleifen, durch die Tür pressen und tappte blind hinter ihr her, den Gang entlang, treppauf, treppab, zu Schränken und Kammern, wie sie ihn führte und schubste, nahm einen roten Plastikcontainer mit Geschirr entgegen und stand schließlich in der Küche. Selbst in seinem Zustand erkannte er die Not und das Desaster.

Zu zweit begannen sie nun fieberhaft, verbrannten Porridge vom Herd und zerschlagene Eier vom Boden zu wischen, neuen Porridge vorzubereiten und neue Eier in Schüsseln aufzuschlagen und zu verquirlen. Benedikt deckte drüben im Aufenthalts- und Esszimmer den Tisch. Dazu musste er erst noch Kerzenstummel und Bierflaschen beseitigen, die die Radler nachts hinterlassen hatten. Er legte Wurst und Käse auf Platten (und zwar so, dass man nicht sofort merkte, dass es eigentlich zu wenig war.) Dann trug er Stühle aus allen Winkeln der Stube zusammen.

Und währenddessen hörte man Gérard eifrig durch die Gänge donnern und poltern und treppauf, treppab knarzend Sachen schleppen.

»Er will natürlich helfen, der gute Gérard. Ich hab ihm ein paar sinnlose Aufgaben gegeben«, flüsterte Anna Benedikt ins Ohr. »Dann ist er aufgeräumt und geht uns nicht im Weg um!«

7 Uhr 16 schellte es wild an der Pensionstür. Fäuste trommelten. Und eine unkenntliche Stimme schrie: »Aufmachen! Hilfe! Hilfe! Mord, Polizei! Die Lara! Die Lara ist ermordet!«

Anna und Benedikt waren wie vom Blitz getroffen. Anna sprang zur Tür und riss den Riegel zurück. Christa fiel ihr mit zerwühltem Haar entgegen. »Polizei! Polizei!«, wimmerte sie. »Die Lara ist tot! Erschlagen!«

Gérard stolperte in die Küche, kreidebleich und zitternd. »Was? Was? Was ist los? Mais non! Mais non!«

»Das ist unmöglich!«, schrie Benedikt mit einer Stimme, die er bei sich selbst noch nie gehört hatte. »Wo?«

»Drüben, drüben im Garten!«, kreischte Christa auf. »Warum tut denn niemand etwas! Versteht ihr denn nicht! Die Lara ist tot! Ermordet!«

Benedikt rannte aus dem Haus mit der ganzen Geschwindigkeit seiner langen Beine. Gérard folgte ihm, so rasch er konnte. Anna musste Christa halten, damit sie nicht umfiel, und kam deshalb langsamer voran. Die Radfahrer, die, vom Sturmklingeln und den Schreien geweckt, aus dem Tiefschlaf hochgefahren waren und die Dramatik der Situation augenblicklich erfasst hatten, rannten ebenfalls zum Ort der Katastrophe und überholten mit raschen Sprüngen Anna und Christa und Gérard.

Alle liefen sie durch die weit aufgerissene Gartentür, wo Benedikt sich eben über einen Gegenstand warf, der wie eine Schaufensterpuppe bäuchlings im Garten lag. Man sah nur einen Körper im Schlafanzug und mit blutig verklebtem weizenblondem Haar.

Benedikt riss die Gestalt herum und starrte in ein Paar braune Augen, weit aufgerissen – Laras Augen, die nun nicht mehr Laras Augen waren.

Lara existierte in diesem Universum nicht mehr, obwohl sie in zahllosen Paralleluniversen noch lachte, Tee trank, tanzte.

»Lara!«, schrie er und schüttelte sie, als müsste sie nur wieder zu Bewusstsein gebracht werden.

Gérard beugte sich vor und schlug dann beide Hände vors Gesicht und übergab sich in ein Rosenbeet.

Anna sah aus wie ein Gespenst und wiederholte immer nur: »Das kann doch nicht sein! Das kann doch nicht sein!«

Christa hing schluchzend an ihrem Hals und schrie: »Tut doch was!«

Tatsächlich riefen die blonde Radfahrerin und ihr Freund gerade gleichzeitig mit ihren Handys Polizei und Notarzt.

Plötzlich schlug Anna die Hand an ihre Stirn: »O nein! Das Fett steht ja noch auf dem Herd! Das Haus brennt ab!« In Windeseile jagte sie in großen Sprüngen zur Pension zurück.

Benedikt blickte ihr verständnislos nach, als hätte sie in einer unfassbar fremden urzeitlichen Sprache gesprochen.

Die brünette Radfahrerin mit dem Akzent sagte schüchtern: »Ich glaube, man darf nichts anfassen! Das ist doch ein Tatort!«

In der Ferne hörte man mehrere Martinshörner.

Plötzlich stand auch Frau Prankl im Garten. »I hob's glei gsagt. Vom Blitz derschlogn, des heidnische Weibsbild.«

Alles schien Benedikt wie ein absurder Traum.

»Mein Gott!«, schrie Christa abrupt auf. »Gralmann! Er weiß ja noch nichts! Seine Tochter!«

Fast in derselben Sekunde stürzte Gralmann im weißen Schlafanzug und mit wehenden weißen Locken aus der Tür und warf sich unter wilden, tierischen Lauten über die Leiche.

Christa rannte zu ihm, aber er stieß sie zur Seite. Man hörte ihn dumpf an Laras Körper gepresst wimmern.

Frau Prankl kletterte rasch die Stufen zur Haustür empor und holte Gralmanns weiten Lodenmantel, den sie durch die offenstehende Tür im Flur an der Garderobe erspäht hatte. Sie breitete den Mantel, der bei Licht allerdings nicht derselbe braune Mantel wie gestern, sondern ein blaues Pendant schien, über den schluchzenden Schauspieler:

»Schaun S', damit Sa se ned erkälten! Ois sei Ordnung! Betn S' zum Heilign Antonius!«

In dem Augenblick raste ein Streifenwagen mit Blaulicht und Sirene den Hügel empor und hielt mit quietschenden Reifen.

Eine Polizistin und ein Polizist sprangen heraus und rannten durch die Gartentür.

Der männliche Beamte, ein wahrer Hüne, brüllte mit Donnerstimme: »Ja, seid's ihr denn alle narrisch? Was ist denn das für ein Volksfest! Das ist ein Tatort! Ihr zertrampelt ja alle Spuren! Hier hat ja das ganze Dorf seine DNA verteilt! Raus! Alle! Sofort!«

Darauf begannen er und seine junge Kollegin mit blondem Zopf alle Anwesenden unter Einsatz brachialer Gewalt abzudrängen und von dem Grundstück zu entfernen.

Die Polizistin, die kaum die vorgeschriebene Mindestgröße erfüllte, brach Benedikt, der eben Laras Bein streicheln wollte, fast den Finger, führte ihn mit festem Griff zum Zaun und schleuderte ihn wie einen Gummiball nach draußen.

Gleich hinterher kam Frau Prankl geflogen, die lauthals jammerte: »Au! Au! I hob nix gstohlen! I hob doch den Mantel bloß seim rechtmäßigen Besitzer 'bracht! Heiliger Antonius! Huif!«

Der riesige Polizist hatte unterdessen zwischen der unbefugten Horde die restlos zerstörten Eltern erkannt. Er schien völlig verwandelt, als er behutsam an den über der toten Tochter schluchzenden Vater herantrat und ihm die Hand sanft auf die Schulter legte: »Mein Beileid!«, sagte er leise. »Aber schaun S', das ist ein Tatort … Ich müsst' Sie leider bitten …«

Christa nickte dem Beamten dankbar zu und zog Gralmann vorsichtig von Lara empor und führte ihn zur Seite, wo er als wimmerndes Häufchen Elend auf eine Treppenstufe sank.

Ein Notarztwagen schwankte den Hügel herauf, und zwei weitere Polizeiwagen trafen ein.

Pfosten wurden eingeschlagen und weiß-rote Polizeiabsperrbänder entrollt. Rasch war der Tatort großräumig abgesperrt.

Polizisten nahmen die Personalien aller Anwesenden auf, notierten erste Aussagen und schickten dann Nachbarn und Pensionsbewohner in ihre Häuser zurück.

Man wartete auf die Kripo, die Spurensicherung und den Gerichtsmediziner.

Benedikt, der noch immer am Zaun stand, wurde von der kleinen Polizistin, die ihn offenbar als ihre persönliche Aufgabe ansah, mit barscher Stimme verjagt: »Schleichn solln S' Eahna, hab i gsagt!«

Im Gehen sah er, wie ein Sanitäter Christa eine Decke umlegte und der Notarzt dem auf der Krankentrage sitzenden Gralmann eine Spritze gab.

Benommen taumelte Benedikt den Weg zur Pension zurück und trat in den dunklen Flur. Da erst kam ihm der Gedanke! Swantje! Wo war sie denn? Mit großen Sprüngen jagte er die knarzende Treppe empor und riss die Schlafzimmertür auf, ohne zu klopfen. Da lag sie noch im Bett, die Decke über den Kopf gezogen, die Hörgeräte auf dem Nachtkästchen neben ihr. Sie schlief. Schlief so tief und fest, als wäre nichts geschehen.

Benedikt packte sie an der Schulter und schüttelte sie heftig. Er weckte sie aus einer denkbaren möglichen Welt in eine undenkbare und unmögliche.

Man wartete. Eine Ewigkeit. Und dann die nächste Ewigkeit. Und dann die nächste. Die Situation der Bewohner in der Pension hatte ein Maß der Unerträglichkeit erreicht, dass Benedikt sich ernsthaft fragte, ob er schon gestorben sei und sich in der Hölle befinde.

Gérard hatte gesagt, er wäre krank, und sich, gleich nachdem Swantje das Bett verlassen hatte, direkt auf seine noch von ihrem Körper schlafwarme Seite des Ehebetts gelegt. Seitdem lag er dort, hatte die Decke über den Kopf gezogen und stöhnte nur ab und zu leise: »Mon dieu! Mon dieu!« Die sonst so tatkräftige Anna stand oder saß nur apathisch herum und ließ sich von Swantje, die die Regie übernommen hatte, in jede Position schieben oder setzen, die diese ihr vorschrieb. Sie trank gehorsam den Tee, den Swantje ihr gekocht hatte. Benedikt hingegen trank keinen Schluck aus seiner Tasse. Er schritt auf und ab wie ein Tiger im Käfig und starrte ab und zu aus dem Fenster wie aus einer Gefängniszelle auf die in strahlendem Licht leuchtenden Berggipfel, die taten, als sei die Welt noch dieselbe – als sei gar nichts geschehen. Und er dachte, dass dort gerade Wanderer zu ihren Vergnügungstouren aufbrachen oder in diesem Moment eine Brotzeit auspackten.

Die drei Radfahrer saßen im Gruppenraum etwas abseits beisammen und tranken Tee, für den sie sich überschwänglich bedankt hatten. Sie sprachen gleichsam aus Pietät nur im Flüsterton miteinander.

Swantje war die einzige Akteurin. Die Rolle der Krisenmanagerin war sie seit ihrer Kindheit gewohnt. Sie hatte als Sechsjährige ihre Mutter durch eine Scheidung und als Dreiundzwanzigjährige ihren zweiten Vater durch dessen Krebserkrankung bis zum Tod begleitet. Wenn andere verstummten, schluchzten, zitterten, erstarrten, kochte sie Tee, beantwortete Fragen, füllte Formulare aus. So war das immer gewesen.

Vielleicht, dachte sie gerade, fiel es ihr deshalb so schwer, wenn sie selbst einmal das Zentrum einer Katastrophe war. Ihre eigene Scheidung. Sie hatte damals nicht geweint. Swantje hatte nur für Swantje Tee gekocht. Eine andere Rolle kannte sie nicht. Zumindest bis gestern Abend.

»Wer kann das nur getan haben?«, sagte Anna plötzlich in den Raum. »Lara! Ich meine – warum?«

Nach einer Pause fuhr sie hoch: »Er hat sie doch nicht vergew …!?« Dann verstummte sie abrupt mit Blick auf Benedikt.

Andreas, der Radfahrer, wandte sich plötzlich an Swantje, als wäre sie die Amtsperson. »Verzeihung«, sagte er leise. »Wie lange müssen wir hier noch warten? Wir haben ja mit der ganzen Sache nichts zu tun. Wir wissen doch nichts. Wir haben hier nur Zwischenstopp gemacht.«

6

Kriminalhauptkommissarin Maria Kreindl stand im ersten Stock der Villa Gralmann in Laras Zimmer und schaute auf dieselben Berggipfel wie Benedikt, wenn auch aus anderer Perspektive und einen Tag später.

Sie stand an eben jenem Fenster, an dem Benedikt Lara vorgestern Abend gesehen hatte, als sie ihr Haar auskämmte. Auf den ersten Blick hätte man die Polizistin fast mit Lara verwechseln können,

Dieselbe Größe, dieselbe schlanke Figur und ebenso hellblondes halblanges Haar. Sogar die Kleidung – Jeans und T-Shirt – war ähnlich. Nur die Dienstpistole an ihrer Hüfte zerstörte die Illusion.

Die Augen von Maria Kreindl waren auch nicht braun, sondern türkis, und sie war etwas älter. Nicht um viele Jahre. Zweiunddreißig.

Dies war ihr erster eigener Fall. Sie war im Mai erst auf diese Stelle versetzt worden, und auf dem Land geschah bei der Kripo nicht viel. Man schob eine ruhige Kugel. Und nun gleich dieser Fall, der von Anfang an ein Desaster zu werden versprach.

Mordopfer: die Tochter eines weltberühmten Schauspielers. Also alle Ermittlungen unter den Augen der Weltpresse. Und schon vor dem Eintreffen der Polizei war die Leiche bewegt und betatscht worden – und alle verwertbaren Spuren hatte ein Haufen Dorfdeppen zertrampelt. Wem würde man die Schuld geben?

Einen Augenblick hatte Kreindl überlegt, ob sie sich krankmelden sollte. Immerhin hatte sie seit gestern Abend leichte Halsschmerzen. Die Versuchung war groß gewesen. Aber trotzdem. Ihr erster Fall. Keine Flucht vor dem Feind.

Kreindl summierte die Fakten, um sich zu beruhigen. Was wissen wir?

Die junge Frau war nach Aussage des Gerichtsmediziners nicht vor Mitternacht und allenfalls eine halbe Stunde später ermordet worden. Ein einziger Schlag auf den Hinterkopf, vermutlich mit einer

Axt, aller Wahrscheinlichkeit nach mit derselben Axt, die kurz zuvor noch in der Schuppenwand gesteckt hatte. Nach der Beschreibung eine eher kurze Universalaxt. Fast ein Beil. Also nicht allzu schwer zu verbergen. Das Tatwerkzeug war jedenfalls verschwunden.

Natürlich keine Zeugen der Tat. Sämtliche mögliche Spuren (DNA, Fußspuren, Fingerabdrücke) durch eine Elefantenhorde vernichtet, wie sie bitter rekapitulierte.

Das Opfer war von hinten überrascht worden. Keine Spuren eines Kampfes, keine Anzeichen für ein Sexualverbrechen. Offenbar auch kein Eigentumsdelikt.

Das Opfer trug einen Schlafanzug, das heißt ein langes T-Shirt plus Pyjamahose. Die Frau wollte also nur kurz in den Garten, aus unbekanntem Grund.

Alles deutete auf einen spontanen Entschluss. Und dass sie in Eile gewesen war oder schnell machen wollte.

Auch der Täter musste also spontan gehandelt haben. Es sei denn, er oder sie hätte das Opfer (per Handy, Mail, WhatsApp – das musste man noch kontrollieren – oder durch ein Zeichen: Klopfen, Winken, wie auch immer) herbeigerufen, um die Tat zu begehen.

Aber selbst dann noch war die Tat hoch riskant und kaum planbar gewesen. Eine Stunde vor Mitternacht erst waren die Gäste von Gralmanns aufgebrochen, im Garten der Pension hatte lange noch reges Treiben geherrscht, der Vater Gralmann war kurz vor der Tat im Garten herumspaziert, die Mutter hatte ihn ins Haus geholt – wohl nur Minuten, bevor der Mord geschah.

Wer hatte einen Vorteil vom Tod dieses Mädchens? Und wer ging dafür so spontan ein solches Risiko ein? Die Tat eines Geisteskranken? Aber wo sollte der gerade in diesem Moment herkommen in diesem beschaulichen Ort? Das klang äußerst konstruiert.

Häusliche Gewalt? Ein spontaner Wutausbruch? Des Vaters?

Immerhin hatte es zuvor wohl Auseinandersetzungen gegeben. Aber von der Art der Verletzung her eher unwahrscheinlich. Lara Gralmann war nicht im Streit jähzornig niedergeschlagen worden. Das wäre eine andere Wunde. Exakt von hinten und mit einem einzigen präzisen Hieb – das sah nach Vorsatz aus. Ein Familienstreit als Tatmotiv – nicht absolut ausgeschlossen, aber unwahrscheinlich. Das passte irgendwie nicht ins Bild.

Sagen wir: Ein Streit im Garten. Davon abgesehen, dass man vermutlich Herumgeschrei in der Pension gehört hätte – warum hätte das Opfer dann einen Schlafanzug getragen? Und gesetzt, der Streit fand im Haus statt und sie rannte aus der Tür: Konnte man erstens dem alten Mann zutrauen, dass er die Tochter einholte? Und zweitens: Selbst wenn, woher sollte er dann im jähen Zorn die Axt gehabt haben, die ja in der Schuppenwand steckte?

Und nehmen wir die Möglichkeit: Der Vater stand noch wütend vor dem Haus, die Tochter rannte aus dem Haus und hätte irgendetwas gerufen, das das Fass zum Überlaufen brachte – dieselben Fragen: Traut man dem Tattergreis solch eine Blitzreaktion zu? Und warum hatte er die Axt in der Hand? Alles nicht überzeugend.

Die Pensionsgäste. Zwei waren zu Besuch gewesen. Es gab wohl Reibereien. Aber eher mit dem Vater. Auf den ersten Blick kein greifbares Motiv.

Überhaupt schienen alle in der Pension ein Alibi zu haben. Die Pensionswirtin und eine Freundin hatten bis zwei Uhr morgens miteinander im ehelichen Schlafzimmer geschwatzt. Der Pensionswirt und der Freund des Hauses hatten gleich daneben in einem Zimmer Bett an Bett geschlafen. Die Radfahrer waren bis gegen zwei Uhr morgens zu dritt zusammengesessen. Und das im Aufenthaltsraum – direkt neben der Tür, wo sie quasi den Eingang bewachten. Das musste man natürlich noch alles genau überprüfen.

Wer kam sonst in Frage? Beziehungstat? Der Freund des Mädchens? Die Mutter hatte etwas von einem Freund gesagt, der Vater schien überrascht zu sein von dieser Nachricht. Die Mutter kannte den Freund nicht persönlich, hatte nur von ihm gehört. Die Tochter hatte wohl erst kürzlich Schluss mit ihm gemacht. Derzeit befand er sich angeblich in Indonesien. Auch das musste noch überprüft werden.

Kreindl starrte aus dem Fenster. Was hatte sie? Im Grunde nichts.

Sie drehte sich herum und ließ den Blick schweifen. Zwei Dinge in diesem Zimmer interessierten sie. Im Papierkorb befanden sich winzige Schnipsel eines Fotos. Und auf dem Tisch lag ein Bogen hellblaues Papier, auf dem links oben das Wort »Lieber« stand. Ein marmorierter Füller lag daneben, wobei die Kappe nicht aufgeschraubt war. Ein eben begonnener Brief – an wen? –, rasch unterbrochen – warum?

»Maria!«, hörte sie in der Tür die Stimme ihres Assistenten Kriminaloberkommissar Baumgartner, der nur ein Jahr jünger war als sie.

Er klopfte pro forma, steckte seinen verstrubbelten braunen Haarschopf durch die Tür und schaute sie mit seinen runden lustigen Augen an. »Es gibt drei Neuigkeiten!«

»Welche denn, Fabio?«

»Also erstens: Die Spurensicherung hat, wie du angewiesen hast, auch im Haus nach Blutspuren gesucht. Sie sind tatsächlich fündig geworden. Blutpartikel an dem braunen Lodenmantel von Gralmann, den dieser gestern noch getragen haben soll.«

»Blutpartikel?«, stieß Kreindl hoffnungsvoll hervor. »Wo? An den Ärmeln?«

»Nein«, entgegnete Baumgartner. »Das ist ja das Merkwürdige. Am Kragen. Also wenn du mich fragst – das Opfer hat den Mantel getragen, als es erschlagen wurde. Genauso sehen die Spuren aus.«

»Das ist ja Wahnsinn!«, rief Kreindl. »Das ändert ja alles! Aber warum hing der Mantel dann an der Garderobe?«

Baumgartner breitete hilflos die Arme aus. »Keine Ahnung! Aber so, wie es an diesem Tatort zuging … wie auf dem Münchner Stachus …«

»Also alles ins Labor!«, sagte Kreindl atemlos.

»Natürlich! Schon passiert!«, erwiderte Baumgartner.

Kreindl nickte ihm zufrieden zu: »Das ändert wirklich alles …«

»Ja, natürlich«, setzte Baumgartner ihren Gedanken fort. »Das heißt, dass das Opfer im Mantel des Vaters vielleicht mit ihm verwechselt worden ist … Ich meine, die Größe stimmt etwa und die Statur – und bei Nacht und von hinten hätte man die halblangen weißblonden Haare schon mit der weißen Schauspielermähne verwechseln können … Und ehrlich gesagt – bei dem Alten kann man sich Mordgelüste schon sehr viel leichter vorstellen als bei dem Mädel … es war ja offensichtlich kein Sexualdelikt …«

»Exakt!«, rief Kreindl und klopfte ihm auf die Schulter. Baumgartner war toll. Wenn der keine Freundin hätte, schoss ihr durch den Kopf. »Und die zweite Neuigkeit?«

»Hier!«, sagte er und hielt ihr eine Papiertüte entgegen, in der sich ein kleiner Gegenstand befand. »Das haben wir in der Tasche des betreffenden Mantels gefunden. Das ist so eine rot lackierte chinesische Lackschachtel mit Geheimfach. Sie gehörte nach Aussage der Mutter wohl dem Opfer.«

»Und?«, fragte Kreindl gespannt. »Was war drin?«

Baumgartner lachte. »Keine Ahnung. Wir konnten sie ja nicht aufmachen. Zumindest nicht, ohne alle möglichen Spuren zu verwischen. Ich dachte, wir schicken sie erst mal ins Labor. Die sollen sie untersuchen und dann aufmachen. Und wenn sie die Schachtel nicht aufbekommen, dann können sie sie von mir aus röntgen … oder was weiß ich. Irgendwas fällt denen ja immer ein.«

»Ich bekäme sie bestimmt auf!«, meinte Kreindl zuversichtlich. Sie drehte die Papiertüte mit dem Beweisstück in ihren Händen. Man sah, dass es sie in den Fingerspitzen kribbelte, einen Versuch zu wagen. Aber natürlich unmöglich. Die Spuren …

Sie seufzte.

»Immerhin, es tut sich was. Diese Fotoschnipsel aus dem Papierkorb bitte ebenfalls an unsere professionellen Puzzle-Meister – und auch den Brief und den Füller hier untersuchen … Übrigens«, unterbrach sich Kreindl selbst. »Du hast mit der Mutter des Opfers gesprochen?«

»Ja, ich war gerade noch bei den Gralmanns. Die wohnen ja jetzt nur ein paar Häuser weiter bei Freunden, irgendeinem Unternehmerpaar. Ziemlich protzig, wenn du mich fragst.«

»Wie geht's denn den beiden Gralmanns? In welcher Verfassung hast du sie vorgefunden?«, fragte Kreindl.

»Na ja«, antwortete Baumgartner. »Den Umständen entsprechend erstaunlich gut. Er hatte zwar einen Zusammenbruch. Sie war ebenfalls sehr angeschlagen. Die beiden bekamen dann natürlich medizinische und psychologische Betreuung. Jetzt sind sie schon wieder voll ansprechbar. Und er hält sogar ganze Monologe. Erstaunlich, wie schnell er sich vom Häufchen Elend zum

Burgschauspieler erholt hat. Das hab ich so noch nicht erlebt. Wenn meine Tochter mit dem Beil erschlagen worden wäre, ging's mir anders. Da wär ich erst einmal still. Aber ich bin auch kein weltberühmter Schauspieler. Ich hab noch nicht neben Sean Connery gespielt. Mit Künstlern habe ich keine Erfahrung. Vielleicht ist das deren Weise, alles durch Kunst zu verarbeiten. Vielleicht sind das alle solche Egomanen.«

»Hm!«, machte Kreindl. »Ach ja, und Neuigkeit drei?«

»Hängt unmittelbar damit zusammen. Es gibt eine Anzeige! Hier!« Baumgartner reichte ihr einen Zettel. »Die entsprechende Person ist übrigens eben erst auffällig geworden. Tatbestand der Bedrohung. Ich hab es gerade im INPOL abgefragt. Sogar von einer Waffe stand da was. Theoretisch ein Alibi – aber da werden wir noch mal genau hinschauen müssen …«

»Wow!«, entfuhr es Kreindl. »Jetzt kommt ja wirklich Fahrt in die Sache. Los. Packen wir's! Das reicht für einen Haftbefehl.«

In der Pension herrschte noch immer der äußerste Ausnahmezustand. Es waren jetzt mehr als 35 Stunden seit der Tat vergangen. Die Radfahrer hatten mit Zustimmung der Polizei die Pension gewechselt, waren aber in Kochel geblieben.

Swantje und Benedikt konnten dadurch ihre ursprünglichen Zimmer im Erdgeschoß wieder beziehen, die sie den Radlern hatten räumen müssen.

Gérard hatte seinen Platz im Ehebett ohnehin schon besetzt und seither nicht mehr freigegeben. Er erklärte, krank zu sein. Anna umsorgte ihn. Sie saß den größten Teil des Tags neben ihm am Bett, streichelte ihn und redete mit beruhigender Stimme auf ihn ein.

Ab und zu kam sie nach unten mit müdem Gesicht, schüttelte den Kopf und meinte: »Gérard ist völlig vernichtet. Er ist so sensibel. Er kann den Anblick nicht vergessen. Ich habe Angst, dass dieses Erlebnis bei ihm ein Trauma ausgelöst hat, so eine Posttraumatische Störung, wie man das von Soldaten oft liest, oder eine Depression oder so etwas. Ich weiß bald nicht mehr weiter. Wenn es nicht besser wird, braucht er Behandlung. Mir ist wirklich angst und bange um ihn …«

Swantje hatte die Rolle der Krisenmanagerin beibehalten und erfüllte sie perfekt.

Ohne ihre Umsicht, Sorge und Vernunft wäre die kleine Gemeinschaft, die sich wie eine Urmenschengruppe in ihrer Höhle ums Feuer drängte, ins Chaos gestürzt.

Swantje kaufte ein, telefonierte, kochte Essen, obwohl alle nur darin stocherten. Sie drückte Anna und Benedikt immer neue Teetassen in die Hand, auch wenn der Tee regelmäßig kalt wurde.

Benedikt litt nicht nur unter dem Schock der Ereignisse – er litt auch, wie Swantje sich eingestand, unter Liebeskummer – in seiner trostlosesten, weil unheilbaren Form: aus Liebe zu einer Toten.

Je mehr Zeit verging, desto klarer schien er sich eines Gefühls zu werden, das nur fatal sein konnte. Und leider gab es keinerlei Ablenkung, man konnte nur warten.

Swantje versuchte dennoch, ihm immer neue Aufträge und Aufgaben zu geben, die er alle traumwandelnd ausführte. Benedikt verstummt! Unfassbar, dass auch dies eine mögliche Welt sein sollte!

Swantje händigte ihm gerade ein Holzbrett, ein Messer und drei Tomaten aus, als es an der Tür klingelte. »Mach doch auf!«, ermunterte sie ihn gemäß ihrer Beschäftigungstherapie. Benedikt ließ das Holzbrett auf dem Tisch liegen und ging, drei Tomaten in der einen, das Messer in der anderen Hand zur Tür, um sie mit dem Ellbogen aufzuklinken.

Swantje hörte noch das Klacken, mit dem zwei Waffen aus ihren Holstern sprangen und hörte den doppelstimmigen Ruf: »Polizei! Waffe fallen lassen!« Das Messer polterte auf den Boden, die Tomaten rollten in den Flur. Sie sah Benedikts Schattenriss mit erhobenen Händen im Türrahmen und hörte seine fassungslose Stimme: »Ich schneide doch nur Tomaten …«

»Herr Benedikt Bileam!«, tönte Hauptkommissarin Kreindls scharfe Dienststimme, die so absolut nicht zu ihrer Lara-Erscheinung passte. »Ich verhafte Sie wegen des dringenden Tatverdachts Frau Lara Gralmann ermordet zu haben. Hier ist der Haftbefehl.«

»Lara?«, stammelte Benedikt völlig entgeistert.

»Na, wie viele Leichen haben wir denn?«, hörte Swantje nun Oberkommissar Baumgartners Stimme.

Mit diesen Worten drehte er ihn mit dem Gesicht zur Wand und legte ihm Handschellen an. »Sie haben das Recht …«

»Einen Moment«, rief Swantje unsichtbar aus dem Off. »Ich bin die Anwältin dieses Herrn! Ich will den Haftbefehl sehen! Welche Beweise liegen vor?« Ihr Gesicht, das von einer Sekunde zur anderen seine professionellen Züge angenommen hatte, erschien nun in der Küchentür.

»Aha!«, antwortete Kreindl. »Der Herr reist mit Anwältin. Sehr vorausschauend, falls man zufällig einmal des Mords beschuldigt werden sollte. Nach unseren Akten sind Sie erst vor drei Tagen hier in Kochel auffällig geworden und haben einen Passanten in Anwesenheit mehrerer Feuerwehrleute mit Gewalt oder vielmehr mit einer Pistole bedroht.«

»Mit einer metaphorischen Pistole! Mit einer imaginären Pistole! Das war nur eine Redensart!«, rief Benedikt, der die Sprache wiedergefunden hatte. »Ich bin absoluter Pazifist!«

»Benedikt, überlass mir das Reden!«, sagte Swantje.

»Für einen absoluten Pazifisten ist es aber schon eine Leistung, gleich zweimal in drei Tagen wegen Gewaltdrohung und Mordverdachts mit der Polizei zusammenzurumpeln«, entgegnete Kreindl.

»Zunächst –«, insistierte Swantje, »den Haftbefehl! Welche Beweise gibt es?«

»Der Haftbefehl ist hier«, erwiderte Kreindl. »Was die Beweise betrifft: Herr Gralmann hat ausgesagt, Herr Bileam habe gestern in betrunkenem Zustand seine Tochter belästigt und obendrein ihn selbst mehrfach beschimpft und attackiert. Außerdem soll ihr *Mandant* – bei dem Wort lächelte sie – ein Beil bedrohlich in Richtung von Herrn Gralmann geschwungen haben – und zwar genau jenes Beil, das nun vom Schuppen verschwunden ist und mit hoher Wahrscheinlichkeit die Tatwaffe darstellt …«

»Moment«, unterbrach Swantje. »Ich war gestern selbst bei der Einladung Gast. Ich kann bezeugen, dass weder eine Beschimpfung noch eine Attacke noch eine Bedrohung mit dem Beil vorgefallen ist …«

»Zudem«, fuhr Kreindl unbeirrt fort, »– und das ist die Hauptsache – beschwört Herr Gralmann, er habe kurz vor dem Tatzeitpunkt aus dem Fenster des Schlafzimmers im ersten Stock geblickt und von oben Herrn Bileam durch den Garten streifen sehen. Er habe dabei gedacht, Herr Bileam hätte etwas vergessen und geholt. Erst nachdem er den Schock der Tat verkraftet hatte, sei ihm die Bedeutsamkeit dieser Beobachtung klar geworden.«

»Herr Gralmann täuscht sich, da gibt es keinen Zweifel«, fiel Swantje ein, »denn mein Mandant hat das Haus zu dieser Zeit *nachweislich* nicht mehr verlassen …«

»Schließlich«, brachte Kreindl ihre Ausführungen zu Ende, »hat Frau Gralmann bezeugt, Herr Bileam sei mit der Ermordeten in ihr Zimmer gegangen und habe sich dort mit ihr unterhalten …«

»Was niemand bestreitet und nichts beweist …«

»Als Frau Gralmann, der es im Garten zu kühl wurde, nach oben ging, um sich einen Cardigan zu holen, will sie durch die angelehnte Tür gesehen haben, wie ihre Tochter Herrn Bileam eine rote Lackschachtel schenkte – und zwar eben jene, die wir in der Manteltasche des Opfers fanden.«

»Welcher Mantel? Welche Lackschachtel?«, fragte Swantje. »Das Opfer war im Schlafanzug.«

»Ich weiß, welche Schachtel sie meint!«, rief Benedikt aus. »Aber das war alles ganz anders … Und welcher Mantel? Ich habe mit eigenen Augen gesehen, dass Lara keinen Mantel anhatte …«

»Ach so, dieses Faktum ist Ihnen natürlich noch nicht bekannt«, fiel Baumgartner ein. »Wir konnten durch Blutspuren eindeutig beweisen, dass das Opfer zur Tatzeit den braunen Lodenmantel ihres Vaters trug, aus welchen Gründen auch immer, vermutlich wollte sie nur rasch in den Garten.«

»Aber wo war er?«, fragte Benedikt verständnislos. »Da lag nirgends ein Mantel …«

»Nein«, räumte Kreindl ein. »Der Mantel hing im Hausflur an der Garderobe. Irgendwer muss ihn dorthin gehängt haben …«

»Aber das ist doch absurd? Warum sollte jemand das tun?«, erwiderte Benedikt.

»Das wissen wir noch nicht. Aber die Tatsache ist einwandfrei bewiesen«, gab Kreindl zurück.

»Und in diesem Mantel war die Lackschachtel, die Lara mir gestern gezeigt – nicht geschenkt – hat? Das gibt doch alles keinen Sinn! Das ist ja wie in einem irrsinnigen Albtraum!«

»Erstens«, hob Swantje an. »Welches Motiv sollte mein Mandant haben, Lara Gralmann zu töten? Die beiden verbrachten, wie ich bezeugen kann, den Abend in bestem Einvernehmen …«

»Moment«, unterbrach Kreindl. »Sie vergessen, dass der Fund des Mantels ein neues Licht auf den Fall wirft. Wir halten es für möglich, dass eine Verwechslung vorlag – dass der Täter nicht die Tochter, sondern den Vater töten wollte und nur in der Dunkelheit einen schrecklichen Fehler begangen hat. Man muss sich vorstellen: Lara Gralmann im Mantel von Leon Gralmann, ihr halblanges, weißblondes Haar, das bei Nacht fast wie dessen weiße Schauspielermähne aussah … Da konnte der Täter sich leicht täuschen. Und dass Herr Bileam und Herr Gralmann keine Herzensfreunde waren, scheint zu stimmen.«

»Ja klar halte ich ihn für einen aufgeblasenen alten Esel!«, rief Benedikt. »Aber wenn ich alle Leute umbringen würde, die ich für aufgeblasene Esel halte, müsste ich jeden Tag ein Massaker begehen!«

»Wir brauchen hier gar nicht weiter zu diskutieren«, fiel Swantje ein, »da mein Mandant ein lückenloses Alibi für die Tatzeit hat.«

»Wer kann das bezeugen?«

Oh, Mist!, dachte Swantje. Daran habe ich gar nicht gedacht! Wenn ich denen nun den wimmernden Gérard als Hauptzeugen vorführe … das kann heiter werden …

Laut sagte sie: »Alle Bewohner der Pension können das bezeugen, mich selbst eingeschlossen. Herr Benedikt Bileam befand sich zur Tatzeit in einem Zimmer im ersten Stock dieses Hauses. Der Pensionswirt Gérard Durand schlief bei ihm im selben Zimmer, ich gleich daneben in einem Zimmer mit der Pensionswirtin. Herr Gérard Durand kann bezeugen, dass Benedikt Bileam das Zimmer von 23.30 bis 6.40 morgens nicht verlassen hat. Das wäre unter den gegebenen Umständen nicht unbemerkt möglich gewesen, wie Sie sich gleich selbst vor Ort überzeugen können.

Es gibt im oberen Stockwerk nur vergitterte Fenster und nur einen einzigen Zugang – über diese stark knarzende Treppe und den ebenso knarzenden Flur, was jeden unbemerkten Schritt unmöglich macht. Nicht nur, dass wir beide, die Pensionswirtin und ich, Herrn Bileam beim Verlassen des Raums gehört hätten (wir waren beide bis zwei Uhr wach), sondern am Fuß der Treppe im Aufenthaltsraum saß ebenfalls bis nach zwei Uhr morgens eine Gruppe von drei Pensionsgästen, an denen Herr Bileam hätte vorbeigehen müssen.«

(Gut gemacht, sagte sie zu sich selbst wie nach einem Plädoyer im Gerichtssaal. Aber lieber Gott, gib, dass sie nicht nach dem Hauptzeugen fragen, betete sie mit derselben verzweifelten Inbrunst und absurden Hoffnung wie ein unvorbereiteter Schüler, dass der Lehrer heute krank sein möge.)

»Dann würden wir zunächst gerne den Hauptzeugen Herrn Gérard Durand sprechen«, kam die unausweichliche Antwort von Hauptkommissarin Kreindl.

Waterloo!, dachte Swantje eben, als sie ein gewaltiges Poltern auf der Treppe hörte. Und da stand – wie ein plötzlich erschienener Erzengel oder wie ein auf die Bühne gezauberter Elefant oder wie beides zugleich – Gérard, gekämmt und mit Brille auf der Nase, und sagte mit klarer Stimme:

»Das bin isch! Isch kann bezeugen, dass Herr Bileam die ganze Na'ht das Zimmer nischt verlassen hat. Isch war immer bei ihm. Wenn Sie wollen, zeige isch Ihnen den Raum!«

Danke, lieber Gott!, betete Swantje. Danke, liebe, liebe Anna! Wenn du zu deiner Heiligsprechung noch eine Wundertat brauchtest – jetzt hast du sie vollbracht!

»Das Zimmer würden wir allerdings sehr gerne in Augenschein nehmen«, erwiderte Kreindl.

Sie wollte mit dem Kollegen und dem Gefangenen eben die Treppe emporsteigen, als Swantje sie zurückhielt. »Moment! Sind Handschellen jetzt allen Ernstes nötig?«

Kreindl nickte Baumgartner zu, der Benedikt die Handschellen abnahm. »Das war zur Eigensicherung«, fügte sie hinzu. »Gezückte Messer in der Hand von Verdächtigen machen uns etwas nervös ...«

Benedikt rieb sich die Handgelenke. Dann knarzten alle ins obere Stockwerk.

Oben empfing sie Anna: »Grüß Gott! Ich bin die Pensionswirtin. Ich kann Sie herumführen. Schauen Sie, gleich hier links nach vorn raus das große Wohnzimmer, das leider noch nicht fertig ist« – sie klinkte die Tür auf und deutete auf ein Chaos von abgelösten Tapeten, Leitern, Farbkübeln, Spachteln, Pinseln – »da gibt es noch viel zu tun. Derzeit unbewohnbar. Und hier«, sie wandte sich nach der anderen Seite, »ist der Gang! Mit dem knarzenden Boden«, fügte sie mit einem kleinen, traurigen Lächeln hinzu, während sie kurz auf der Stelle wippte (Baumgartner versuchte vergeblich, drei Schritte ohne Knarzen zu schleichen und schüttelte dann zur Chefin hin den Kopf). »Hier links«, fuhr Anna fort, »Bad, Toilette und Rumpelkammer, rechts unser großes Schlafzimmer, in dem gewöhnlich Gérard und ich schlafen, aber am Tag des Geschehens Swantje und ich – und hier schließlich das Zimmer, das Sie wohl am meisten interessiert: In dieser kleinen Kammer haben mein Mann und Herr Benedikt Bileam die ganze Nacht von halb zwölf bis um zwanzig vor sieben verbracht.« Mit Mühe presste sie die Tür gegen die Matratze auf und klappte diese dann zurück, sodass die Polizisten eintreten konnten. Alles war noch wie in der Nacht der Tat. Die Matratze, der Paravent und dahinter das Bett. Sogar die Kaffeetasse, die Benedikt versehentlich umgeschüttet hatte, stand noch unverändert am Boden und auch der riesige Kaffeefleck prangte noch auf der Matratze und dem Teppich. Niemand hatte einen Gedanken dafür übriggehabt, etwas zu verändern. Benedikt hatte nur seinen Rucksack nach unten in das neue Zimmer geholt.

»Was? Hier in diesem Wandschrank haben diese beiden Herren zu zweit genächtigt?«, fragte Baumgartner mit unterdrücktem Grinsen, während er abwechselnd Benedikts Zwei-Meter-Gestalt und Gérards Walfischumfang musterte.

»Alle anderen Zimmer waren von den Radfahrern belegt oder werden gerade renoviert«, erläuterte Anna. »Wir wurden halt von den Gästen überrascht. Es war ja nur für eine Nacht.«

»Und warum konnten die Herren nicht mit den Damen zusammen ins eheliche Schlafzimmer ziehen? Wäre das nicht bequemer gewesen?«, hakte Kreindl nach.

»Für die Herren schon«, gab Swantje zu. »Aber wir waren egoistisch. Außerdem wollten die Männer ja sofort schlafen gehen, beide waren todmüde. Die Pensionswirtin und ich haben dagegen noch bis um zwei Uhr morgens geredet. Wir wollten uns aussprechen, weil wir uns so lange nicht gesehen hatten.«

Kreindl und Baumgartner untersuchten das Zimmer genau. Sie ließen Gérard und Benedikt sich noch einmal auf Bett und Matratze ausstrecken und die Tür schließen, so gut das unter Polizeipräsenz möglich war. Es gab nur den einen Zugang. Durch das kleine Fenster hätte Benedikt sich nicht einmal dann quetschen können, wenn es nicht vergittert gewesen wäre.

Aufstehen und Fortschleichen wäre – wie mehrere Versuche Baumgartners zeigten – selbst bei größter Vorsicht nur mit Höllenlärm möglich gewesen, was man unter allen Umständen im Schlafzimmer und sogar im Erdgeschoss gehört hätte.

Die beiden Beamten kontrollierten alle Zimmer im oberen Stockwerk akribisch. Sämtliche Fenster waren klein und vergittert. »Meine Erbtante«, erklärte Anna, »hat in den letzten Jahren panische Angst vor Einbrechern gehabt.«

Es gab sonst keinen Zugang zum ersten Stock, außer eben der Treppe, vor der die Radfahrergruppe bis zwei Uhr morgens gefeiert hatte.

»Moment!«, sagte Kreindl. »Und diese Stiege?« Sie zeigte auf eine Hühnerleiter, die die Treppe nach oben forstsetzte und zu einer kleinen Klappe führte.

»Der Speicher«, sagte Anna. »Aber da geht's nicht weiter.«

»Und wie schaut's drinnen aus?«, fragte Baumgartner Gérard.

»Isch weiß es nischt. Isch war noch nischt droben«, erwiderte dieser – unnötigerweise, wie er an Baumgartners kaum verhohlenem Grinsen bemerkte.

Baumgartner kletterte trotzdem hinauf, rutschte durch die Klappe und kam nach zwei Minuten, in denen man ihn herumgehen und rumoren hörte, staubig und hustend zurück. »Keine Chance! Da kommt keiner raus!«

»Schön!«, sagte Hauptkommissarin Kreindl. »Wie es scheint, hat sich der Verdacht gegen Sie, Herr Bileam, damit nicht bestätigt. Tatsächlich haben Sie wohl ein Alibi. Fabio – fahr doch bitte rasch noch in die Pension rüber und befrage die drei Radfahrer, ob sie das Alibi ebenfalls bestätigen. Wenn ja, dann hat sich der Verdacht erledigt.«

Baumgartner lief sofort los. Man hörte das Polizeiauto starten und sich dann entfernen.

»Damit wir die Wartezeit nutzen, eine andere Frage«, sagte Kreindl in die entstandene Stille. »Nachdem in der Pension ja alle Anwesenden ein Alibi zu haben scheinen – sofern das jetzt bestätigt wird –: Hat jemand von Ihnen irgendeinen Verdacht, wer die Tat begangen haben könnte? Gibt es jemanden, der einen Groll gegen die Tochter *oder* – wie wir jetzt ebenfalls als Möglichkeit annehmen müssen – gegen den Vater hatte?

Ist Ihnen irgendetwas Verdächtiges aufgefallen? Auch Kleinigkeiten sind wichtig!«

»Na ja, wenn Sie so fragen«, antwortete Anna zögernd. »Etwas Komisches war da schon …«

»Nämlich?«, fragte Kreindl gespannt.

»Der vierte Radfahrer«, sagte Anna. »Also es waren eigentlich vier Radfahrer angekündigt. Ich habe vier Zimmer vorbereitet. Der vierte wollte verspätet nachkommen, kam aber nicht. Sein Zimmer blieb leer. Die anderen Radfahrer kannten ihn auch eigentlich kaum. Sie sagten, sie hätten ihn erst am selben Tag getroffen, und als er von ihrem Ziel hörte, wollte er sich ihnen anschließen. Aber wie gesagt, er kam nicht. Ohne abzusagen. Ich weiß nicht, ob das was bedeutet. Ich wollt es nur gesagt haben.«

»Zeigen Sie mir das Zimmer, das Sie für den vierten Radfahrer reserviert haben?«, fragte Kreindl.

»Na ja, für ihn reserviert kann man nicht sagen«, erwiderte Anna. »Ich habe eben vier Zimmer hergerichtet, wie die Radfahrer das dann untereinander verteilen wollten, hat mich nicht interessiert. Aber ich kann Ihnen die Zimmer unten zeigen – und das Zimmer, das sie dann eben für ihn übrig gelassen haben.«

Alle knarzten wieder ins Erdgeschoß hinunter, wo Anna nun eine zweite Führung machte:

»Also hier zur Stirnseite des Hauses hin ist der große Ess- und Wohnraum – da haben die Radfahrer gefeiert und der ist, wie sie sehen, offen zum Treppenflur hin, links liegt die Küche …«

»Wo man mit gewaltigen Messern Tomaten schneidet«, konnte Kreindl sich nicht verkneifen.

Benedikt öffnete den Mund, Swantje warf ihm einen warnenden Blick zu, und er blieb ausnahmsweise tatsächlich still.

»Hier ist der Gang nach hinten. Alles ähnlich wie oben. Links ein Gästezimmer, Bad, Toilette und eine Vorratskammer – rechts drei Gästezimmer. Das hinterste haben die anderen für ihren Freund übrig gelassen.«

»Den mysteriösen vierten Radfahrer«, setzte Kreindl fort und trat ein. Das Zimmer war nur spärlich eingerichtet. Ein Bett, ein kleiner Schrank. Ein vergittertes Fenster.

»Sind hier unten auch alle Fenster vergittert?«

»Ja«, antwortete Anna, »ich hab ja gesagt, die Tante war da panisch.«

Neben dem Bett, von diesem gleichsam versperrt, war aber eine Tür.

»Wohin führt diese Tür?«, fragte Kreindl.

»Da ist eine kleine Dusche und Toilette, aber die ist nicht ganz in Ordnung, die muss erst wieder instand gesetzt werden.«

»Und dahinter?«

»Da ist eine Tür in den Garten.«

»In den Garten?«, fragte Kreindl, plötzlich alarmiert. »Können Sie mir aufschließen?«

»Moment«, sagte Anna, »da muss ich erst den Schlüssel suchen. Gérard?« Man hörte die beiden eine Weile diskutieren und in Schubladen kramen.

Dann erschien Anna mit einem gewaltigen Schlüsselbund und meinte: »Also da müsste er irgendwo dabei sein.«

Das Bett wurde weggerückt. Nach einigem Probieren fand Kreindl den passenden Schlüssel und schloss auf. Muffiger Geruch schlug ihr entgegen. Ein winziger Raum mit wenig einladender Toilette und Duschkabine, beides sichtlich schon lange nicht mehr in Gebrauch. Ein Rollator, Toilettenstuhl, Inhalatoren und weitere Pflegeutensilien standen im Raum.

»Ja«, erklärte Anna, »das wurde in den letzten Jahren so eingerichtet, als eine rumänische Pflegerin sich um meine Tante kümmerte. Die Pflegerin wohnte in der Kammer, meine Tante in den nächsten beiden Erdgeschoßzimmern. Nach dem Tod der Tante hat man den Kram hier reingeräumt. Das fliegt natürlich alles weg. Wie gesagt, wir sind ja noch beim Renovieren. Die Gäste haben uns überrascht ...«

»Und das ist die Tür zum Garten«, meinte Kreindl und probierte wieder Schlüssel um Schlüssel, bis die Tür mit einem Klacken aufsprang. Tatsächlich. Sie stand im Garten. Hinter dem Haus.

»Wer hier gewohnt hätte, hätte also ungesehen das Haus verlassen können?«, sagte Kreindl nachdenklich.

»Ja, theoretisch«, entgegnete Anna. »Aber er hätte die beiden Schlüssel haben müssen. Und der vierte Radfahrer ist ja gar nicht erschienen. Und wenn, dann hätten ihn alle kommen sehen. Und er hätte erst einmal herausfinden müssen, dass das sein Zimmer ist.«

»Und wenn doch ein anderer der Radfahrer hier geschlafen hätte?«, sann Kreindl vor sich hin.

»Aber ich sag Ihnen ja, die Radfahrer sind vor zwei Uhr nachts nicht ins Bett gegangen, selbst wenn einer von ihnen das hintere Zimmer genommen hätte, wäre die Tat ja schon längst geschehen gewesen, oder?«

»Scheint so«, sagte Kreindl. »Wir werden der Sache trotzdem noch einmal nachgehen.«

In dem Augenblick klingelte ihr Handy. »Ja, alles klar! Okay! Danke! – Ja, Herr Bileam, die Radfahrer bestätigen ihr Alibi. Sie schwören jeden Eid, dass bis zwei Uhr morgens niemand unbemerkt an ihnen vorbeigekommen wäre. Es besteht also vorerst kein Verdacht mehr gegen Sie! Schönen Tag!«

»Einen Moment«, sagte Benedikt. »Ich möchte eine Anzeige machen!« »Benedikt!«, hörte er ein warnendes Zischen in seinem Ohr.

Unbeirrt fuhr er fort, mit der Sturheit des unbeliebten Schülers: »Ich möchte Herrn Gralmann anzeigen wegen Mordes an seiner Tochter Lara!«

»Und aus welchem Grund kommt Ihnen gerade jetzt dieser Geistesblitz?«, fragte Kreindl. »Das könnte jetzt keine Retourkutsche sein?«

»Ich habe mich gestern lange mit Lara unterhalten! Sie hat mir von den extremen Schwierigkeiten mit ihrem Vater erzählt! Er hatte eine kranke, eine missbräuchliche Beziehung zu ihr!«

»Benedikt!«, zischte die wohlmeinende Stimme. Laut setzte sie hinzu: »Mein Mandant will sich die Sache noch etwas überlegen …«

»Wie bitte?«, versicherte sich Kreindl. »Sie sagen, er hat seine Tochter missbraucht? Gibt es dafür irgendwelche Beweise?«

»Na ja, physisch missbraucht habe ich nicht gesagt, das kann ich nicht beweisen …«, gab Benedikt zu. »Aber schauen Sie sich ihr Zimmer an! Dieser Vater-Kult! Die tausend Bilder von ihm! Ihre Masterarbeit über den Vater! Das ist doch krank! Und wie er sie dominiert und manipuliert hat! Sie hat ihn zwar teilweise in Schutz genommen, aber das wirkte wie das Stockholm-Syndrom. Und als Lara gestern kurz vor Ende des Abends mit ihm über Rilke sprach, hat er ihr eine Riesenszene gemacht, völlig irre, hat das Beil in die Schuppenwand gedonnert und ist ins Haus gestürmt … Christa, seine Frau, sagte mir, dass er bei seinen regelmäßigen Wutausbrüchen immer in den Garten rennt. Ich bin überzeugt, als sie ihm später nachkam in den Garten, hat er sie aus kranker Eifersucht erschlagen! Und noch eins: *Wenn* jemand nicht Gralmann, sondern Lara erschlagen wollte, dann war es Gralmann! Denn er war der Einzige, der sie nicht mit sich selbst verwechseln konnte! Nicht einmal im Stockfinstern! Denn wie Wittgenstein in seinem Buch *Über Gewißheit* schreibt …«

»Herr Bileam«, sagte Kreindl und legte ihm die Hand auf den Arm. »Sie werden lachen, aber all das haben wir als Möglichkeit auch schon durchgespielt. Wir sind nicht ganz so blöd, wie Sie denken. Die Theorie führt nicht sehr weit. Aber danke! Wir werden das Alibi von Herrn Gralmann noch einmal genau überprüfen. Wir gehen jedem Verdacht nach. Und übrigens«, bemerkte sie noch in der Tür: »*Über Gewißheit* habe ich auch gelesen: *Ich weiß meinen Namen mit voller Bestimmtheit.* Zwei Semester Philosophie vor der Polizeischule …«

7

Benedikt stand in der kleinen Kocheler Kirche. Er war allein. Der einzige Besucher. Es war Tag drei nach dem Weltuntergang. Und wie bisher nach jedem Weltuntergang begann man zu begreifen, dass die Welt weiterexistierte. Der gestrige Polizeibesuch hatte die Pensionsbewohner durch einen zweiten Schock aus ihrer Schockstarre befreit. Es war ein wenig, als ob ein Chiropraktiker jedem einzelnen von ihnen mit einem kurzen schmerzhaften Gewaltgriff den erstarrten Nacken wieder eingerenkt hätte.

Gérard lag nicht mehr im Bett, sondern ging durchs Haus und begann, die Renovierungsarbeiten im oberen Zimmer fortzusetzen. Mit zwei linken Händen zwar und ohne sichtbare Fortschritte, aber er war den ganzen Tag beschäftigt. Sogar ein Mandala hatte er versucht, auch wenn es für Benedikt eher wie das Hiebgekritzel eines Schimpansen aussah.

Anna hatte die Rolle der Pensionswirtin wieder übernommen. Sie räumte auf, kochte, sorgte für ihre Gäste und sprach viel mit Benedikt.

Denn auch er war aus dem Verstummtsein erlöst worden. Dankbar nahm er jede Gelegenheit zu einem Gespräch wahr. Heute Morgen hatten Anna und Benedikt sogar zum ersten Mal wieder gelacht, ganz unerwartet herzlich, als sie die Semmeln beim Aufbacken zu Kohle verbrannt hatten. Benedikt fiel ein, dass seine Großmutter immer erzählt hatte, ihre heftigsten Lachanfälle hätte sie als Kind im Krieg gehabt, bei Hunger, Angst, zwischen den ständigen Bombenangriffen – »in den Pausen haben wir viel gelacht«, sagte sie oft, »wahrscheinlich, weil alles so absurd war und weil wir es sonst nicht ausgehalten hätten …«

Benedikt hatte es außerdem geschafft, sich von Laras totem Blick zu befreien, der ihn über Stunden in diesem grausamen Mord-Universum festgenagelt hatte. Jetzt schweifte sein Geist wieder ab, spazierte durch andere mögliche Universen, in denen Lara sich mit ihm unterhielt oder lachte.

Swantje hingegen war aus der Rolle der Krisenmanagerin befreit und schaltete, als hätte man einen Knopf gedrückt, wieder auf die Rolle als Pensionsgast um. Das hieß vor allem: Sie kümmerte sich um gar nichts mehr und verschlief wie ein Murmeltier den halben Tag.

Vielleicht ihre Form der Heilung, falls sie Heilung brauchte. Eine Schlafkur.

Benedikt fing wieder an, spazieren zu gehen. Bei ihm hieß das, einfach in Kochel wie in einem Labyrinth herumzuirren, bis er zufällig am Ausgang – also vor der Pensionstür – stand.

Heute war er bei seinen Irrwegen vor der kleinen weißen Dorfkirche gelandet und einfach eingetreten.

Schon als die Tür hinter ihm wieder zufiel, hatte diese Kirche ihn ergriffen.

So klein, so hell wie eine Puppenstube. Alles schien in Miniaturausführung. Der barocke Raum, der goldene Altar, die Heiligen, die Engel. Keine große Kunst, die einen zermalmte.

Nur klein und hell. Als thronte Gott in 150 Metern Höhe auf einer Wolke.

Dabei hatten hier Generationen von Menschen gesessen, gebeugt von Schwerarbeit, Kriegen, Hungersnöten, Unwetterkatastrophen, rigoroser Gesellschaftsordnung, rigoroser Religion, Geburtswehen, Schmerzen ohne Narkose und frühem Tod.

Links die Frauen. Rechts die Männer. Dicht gedrängt. Und wehe ein falscher Blick von Seite zu Seite. Ein Fehltritt und das Leben war eine Hölle, gegen die die gemalte ewige Hölle im Deckenfresko ein Klacks war.

Und trotzdem hatten sie hier gesessen, gebetet, gehofft und derselben Gottesmutter in die Augen geschaut, der Benedikt jetzt in die Augen schaute. Und dabei war all das Jahrzehnte und Jahrhunderte vorbei – und doch nicht lange her. In der Weltgeschichte ein Wimpernschlag. Für die Berge ein Nichts. All die Generationen, die hier gebetet hatten und jetzt tot waren. Genauso tot wie Lara, die erst vorgestern gestorben war. Aber ob eine Stunde tot oder tausend Jahre tot, macht keinen Unterschied vor der Ewigkeit. Alle Toten sind gleich alt.

Sah Lara ihn an? Schöne Vorstellung. Benedikt verweilte bei dem Gedanken, Lara würde ihn anschauen. Er versuchte, ihren Blick zu spüren.

Glaubte Benedikt an Gott? Die Frage war komplex. Oder auch wieder einfach. Benedikt glaubte an das Licht. An dasselbe Licht wie Platon, Plotin, Augustinus. Ob das den Dorfpfarrer zufriedengestellt hätte? Vielleicht. Früher nicht. Aber die heutigen Dorfpfarrer, die vor halb leeren Bänken predigten, waren bescheiden geworden. Benedikt hingegen fand Kirchen umso anziehender, je leerer sie waren. Umso mehr Platz für das Licht.

Manchmal kam es ihm mit den Religionen vor wie mit dem Mount Everest. Groß und heilig, so lange nur wenige Auserwählte unter unendlichen Anstrengungen und Entbehrungen und Todesgefahren den schneeweißen Gipfel erklommen. Mittlerweile standen die Erstbesteiger am Mount Everest Schlange wie an der Kasse im Supermarkt. Lebensgefahr nur, weil immer wieder in der Schlange Leute kollabierten. Der Gipfel verdreckt und vermüllt.

Aber hier – die leere Kirche. Das ist noch ein weißer Gipfel, dachte er. Oder wieder ein weißer Gipfel.

Woran erinnerte ihn das Rot von diesem Heiligenmantel?

Die Schachtel! Die rote chinesische Lackschachtel. Seit gestern dachte Benedikt immer wieder daran. Was konnte sie nur bedeuten? Weshalb hatte sie in der Manteltasche gesteckt? Wollte Lara tatsächlich zu ihm, nachts im Schlafanzug, um ihm die Schachtel noch zu bringen? Das klang absurd. Sie wusste ja gar nicht, in welchem Zimmer er war. Wollte sie sie vor die Tür legen? Wozu? Er verfluchte sich, dass er an jenem Abend die Schachtel nicht aufbekommen hatte. Wer weiß. Vielleicht wäre das die Lösung des Rätsels gewesen? Vielleicht wäre all das nicht geschehen?

Benedikt hörte das Knarren einer Bank. Erschrocken drehte er sich um. Ganz hinten im Kirchenschiff saß Christa. Hatte sie schon die ganze Zeit dort gesessen und er hatte sie nur nicht bemerkt? Jetzt nickte sie ihm zu und kam mit vorsichtigen Schritten, als könnte sie in der leeren Kirche jemanden stören, zu seiner Bank und setzte sich neben ihn.

Benedikt war unsicher. Ihm fiel seine Anzeige ein, mit schlechtem

Gewissen. Würde Christa ihn zur Rede stellen? Attackieren? Aber sie legte nur den Kopf an seine Schulter, berührte seinen Arm und sagte mit tränenerstickter Stimme: »Es tut mir alles so leid! Bitte, bitte verzeih ihm! Die Anzeige! Ich wollte das verhindern! Aber sein Jähzorn!«

»Alles gut! Alles gut! Mir tut es unendlich leid!«, sagte Benedikt und legte den Arm um sie.

»Es ist alles so furchtbar«, schluchzte Christa. »Warum Lara – warum das alles … Und Gralmann. Er tobt nur noch. Rast. Gibt mir die Schuld. Sagt, ich habe sie umgebracht. Seine Verwirrung. Er ist krank.« Sie tippte an ihre Stirn. »Dement. Seine Demenz nimmt zu. Er verwechselt jetzt alles. Er will dauernd in den Wald rennen. Mitten in der Nacht. Dieser Irrsinn. Ich zittere. Ich liege zitternd neben ihm im Bett. Ich muss ihn nachts einschließen, damit er nicht fortläuft. Aber eigentlich geht es schon lange so. Jahre. Weißt du. Du hast es gesehen. Lara. Lara hat ihn gequält. Manchmal. Er uns alle natürlich auch. Immer. Immer …«

Benedikt nutzte eine kurze Pause in ihrem Ausbruch, um einzuhaken wegen der Frage, die ihm auf der Seele brannte: »Die Schachtel? Was ist das mit der Schachtel? Weißt du das? Die rote chinesische Schachtel – was war damit? Warum war sie in Gralmanns Mantel?«

Christa schaute verwirrt: »Wirklich? In Leons Mantel? Wieso in seinem Mantel?«

»Weißt du das nicht? Lara hatte sich wohl, als sie in den Garten lief, den Mantel ihres Vaters umgelegt. Wie und warum verstehe ich auch nicht, aber die Polizei kann es beweisen. Und in der Manteltasche steckte die Schachtel.«

Christa überlegte. »Ich weiß nicht, was sie vorhatte … Als ich abends nach dem schrecklichen Auftritt, nach der Szene im Garten, noch in ihr Zimmer kam, um mit ihr zu sprechen … Ich habe ihr, ehrlich gesagt, Vorwürfe gemacht, ich weiß nicht, warum sie so aggressiv war, so gemein. Sie hat ihn vernichtet. Vor euren Augen. Vor dir. Das war grausam. Oder nicht? Das habe ich ihr gesagt. Jedenfalls, sie hat mir nicht geantwortet, schaute nur aus dem Fenster. Die Schachtel stand auf dem Tisch. Ich habe sie beim Reden in die

Hand genommen, nur so, automatisch – da sagte sie: Lass, die gehört Benedikt. Ich weiß nicht, warum. Das habe ich der Polizei gesagt. War das ein Fehler?«

»Nein«, sagte Benedikt. »Schon in Ordnung. Ist schon alles mit der Polizei geklärt.«

Nach einer Weile fragte er: »Können wir irgendwie helfen? Vor allem dir natürlich, meine ich …?«

Christa sah ihn an mit einem traurigen Lächeln. »Helfen? … Wie? Ich weiß es nicht …« Damit erhob sie sich aus der Bank und ging ohne Abschiedsworte ein paar Schritte, die auf den Steinfliesen hallten.

Schon im Gehen drehte sie sich um: »Ich weiß, es klingt jetzt ganz furchtbar, was ich sage. Bitte, bitte nicht falsch verstehen: Aber als Lara noch da war, war es fast noch schlimmer. Die letzte Zeit war die Hölle. So«, sagte sie und deutete auf die gemalten Seelen im Fresko-Höllenfeuer. »So! Nur noch viel schlimmer.«

Auf dem Heimweg – der wieder dem Zufallsprinzip folgte – dachte Benedikt noch über die Begegnung nach, die ihm immer seltsamer erschien. War Gralmann wirklich dement? Es stimmte: Er fand manchmal das rechte Wort nicht. Aber er sprach doch sehr präzise und zusammenhängend – war dement nicht übertrieben? Christa hatte Angst um ihn, zitterte, dass er nachts aus dem Haus stürzen könnte. Auch das schien Benedikt übertrieben. Aber wenn Christa übertrieb – warum? Was hatte sie davon? Und warum sprach sie so kritisch über Lara? Ja, auf dem Heimweg hatte er Lara auch ein Monster genannt. Aber schließlich – wenn man mit einem Monster zusammenlebt, wie Gralmann es zweifellos war, dann muss man selbst ein wenig ein Monster werden. Um zu überleben. Am meisten aber empörte ihn der Satz: »Als Lara noch da war, war es fast noch schlimmer.« War sie froh über Laras Tod? Im Grunde hatte sie Lara mit keiner Silbe bedauert. Nur Gralmann – und vor allem sich selbst. Hatte Christa Lara in Wahrheit gehasst?

Bei seinem ziellosen Umherirren war Benedikt gerade an das berühmte Denkmal gelangt: den Schmied von Kochel. In schwarzem Gusseisen auf einem Felsbrocken ragend. Mitten im Ort. Düster wie eine Moritat. Der legendäre Volksheld, der im Spanischen Erbfolgekrieg für die Bauern gekämpft und bei der Sendlinger Mordweihnacht 1705 den Heldentod gefunden hatte. So stand es auf der eisernen Tafel zu lesen. Die gewaltige schwarze Stachelkeule in der Faust des Schmieds, die Benedikt vor Kurzem noch lächelnd betrachtet hatte wie eine weit entfernte Legende – jetzt prallte er vor dem Anblick zurück wie ein scheuendes Pferd. Nein, er konnte sie nicht anschauen. Es war, als hörte er Laras Schädel zerkrachen. Sein Blick floh weg. In wilder Panik. Suchte irgendwo Halt.

Auf der anderen Straßenseite war ein Schreibwarenladen. Benedikt flüchtete sich einfach hinüber. Bremsen quietschten. Jemand hupte. Egal. Benedikt stürzte in das Geschäft. Die Verkäuferin hinter der Kasse, fast noch ein Kind, schaute ihn erstaunt an. »Zigarillos, bitte!«, stammelte er. Obwohl er eigentlich nicht mehr rauchte. »Die kosten sieben Euro!«, las das Mädchen von der Packung ab. Er kramte in der Hosentasche nach Münzen. Sein Blick irrte umher. Da der zweite Blitzschlag! Auf einer Boulevardzeitung – Laras Augen! Nein! Nicht auf einer! Auf allen Zeitungen! Lara am Strand! Lara mit Freunden! Lara auf einem Pony! Lara als Säugling! Lara mit Schultüte! Lara im Ballkleid! Ein ganzes Lara-Fotoalbum, auf sämtlichen Blättern der Yellow Press! In der isolierten Höhlengemeinschaft der Pension hatte seit Tagen niemand an Nachrichten, Zeitung, Fernsehen gedacht. Alle hatten in ihrem Mikrokosmos gelebt und dabei ganz vergessen, dass es den Makrokosmos gab – und dass Laras Tod nicht nur ihre Privatsache war.

Benedikt drehte wortlos auf dem Absatz um, zum Erstaunen der Verkäuferin, und stolperte aus dem Laden.

Ohne zu wissen, wie, stand er plötzlich wieder vor der Pension und klinkte die Tür auf.

Gleich links im Esszimmer saß Swantje, die gerade erst aufgestanden war, mit Schlafaugen und verstrubbeltem Haar am Tisch vor einer Tasse Kaffee und tippte auf ihrem Laptop.

»Tante Swantje!«, rief Benedikt ohne Gruß. »Auf allen Zeitungen ist Lara!«

»Ja, ich weiß«, antwortete Swantje ruhig. »Im Internet sowieso. Das Thema *Lara* rauf und runter. Ich verfolge die Berichte die ganze

Zeit über. Ich wollte nur nichts sagen. Es waren auch immer wieder Reporter da und haben drüben herumgeschnüffelt und fotografiert. Auch hier in der Pension haben Journalisten geklingelt und wollten Interviews. Ich habe zwei abgewimmelt, Anna hat einen rausgeschmissen und einen anderen aus dem Garten gejagt.«

Benedikt fiel aus allen Wolken. »Was? Journalisten? Hier im Garten? Wieso habe ich von alldem nichts mitbekommen?«

»Weil du, mein lieber Neffe, die letzten Tage in einer anderen Welt verschollen warst. Du hättest nicht einmal bemerkt, wenn die Pension in Flammen gestanden hätte.«

Jetzt, wo Swantje es sagte, dämmerte dunkel aus seinem Unterbewusstsein die Erinnerung an Wortwechsel an der Tür, die er für Vertreterbesuche gehalten hatte.

»Du hast übrigens Glück«, fügte seine Tante hinzu. »Der Mordverdacht gegen dich war wohl nur ein spontaner Geistesblitz der Polizei und wurde so rasch widerlegt, dass er in der Presse wie durch ein Wunder überhaupt nicht auftaucht. Deine gestrige Anzeige dagegen liegt ziemlich im Trend. Ich weiß nicht, ob die Zeitungen selbst darauf gekommen sind oder ob sie es von der Polizei haben. Ein großer Teil der Presse bezichtigt Gralmann des Missbrauchs und hält ihn für den Mordverdächtigen Nummer eins!«

»Unerhört! Infam!«, brüllte Gralmann mit theaterfüllender Stimme. Er saß auf einem weißen knarzenden Ledersofa in der Villa seines steinreichen Unternehmerfreunds. In der Hand schwenkte er eine Zeitung wie eine Revolutionsfahne. »Was ist das für eine unfassbare Schmutzkampagne? Muss ich mich so mit Dreck bewerfen lassen? Mit Scheiße? Wissen Sie, wer ich bin? Wer Gralmann ist? Burgschauspieler! Iffland-Ring! Dreimal für den Oscar nominiert und nur durch Intrigen ausmanövriert! Und ich, ich, das Genie Gralmann, muss mich hier als Kinderschänder, als Schänder der eigenen Tochter, als Mörder durch die Latrinen der Presse spülen lassen! Und warum? Weil die Polizei die ungeheuerlichsten Verdächtigungen gegen mich ausspricht! In welchem Polizeistaat leben wir? Gibt es keine Unschuldsvermutung mehr? Keine Rechte? Das ist eine Exekution! Sie wollen mich vernichten! Von wem werden Sie dafür bezahlt?«

Hauptkommissarin Kreindl, die auf einem zweiten weißen Ledersofa ihm direkt gegenübersaß, hatte seine Eruptionen bis zu diesem Punkt mit ungerührter Miene angehört. Ihr Blick war währenddessen über die gewaltigen modernen Gemälde und Skulpturen im Raum geschweift und hatte durch die Panoramascheibe die fernen Berggipfel betrachtet.

Nun unterbrach sie ihn scharf, aber sachlich: »Herr Gralmann, ich würde mir jetzt jedes Wort ganz genau überlegen. Ich verstehe Ihre Erregung, aber sie stehen nun um Haaresbreite vor einer Anzeige wegen Beamtenbeleidigung und Verleumdung.«

»Mein Gott!«, rief Christa, die soeben den Raum betrat. Sie war gerade von dem Kirchenbesuch zurückgekehrt und strich sich mit den Fingern das rote Haar zurück, das von einem leichten Regen feucht geworden war. »Bitte, Leon, mach dich nicht unglücklich. Sei nicht so cholerisch! Du redest dich noch um Kopf und Kragen! Die Polizei kann doch nichts dafür! Die tun doch nur ihr Bestes!«

»Wenn das ihr Bestes ist, dann ist ihr Bestes Sch …« Christa hielt ihm rasch die Hand vor den Mund und rutschte neben ihm auf das Sofa. »Bitte, Frau Hauptkommissarin«, flüsterte sie vertraulich, als würde Gralmann es dann nicht hören, »Sie dürfen es ihm nicht übel nehmen! Mein Mann ist völlig gebrochen und zerstört über diese schreckliche Tat. Sein Gesundheitszustand, seine psychische Verfassung …« Sie senkte die Stimme noch mehr. » … er ist manchmal gar nicht mehr er selbst. Er weiß nicht, was er sagt und tut. Fragen Sie seinen Arzt. Er ist nicht immer ganz bei sich …«

»Was?«, brauste Gralmann nun auf. »Fängt dieses Spiel jetzt wieder an? Willst du mich wieder als Idioten hinstellen? Als Kandidaten für die Klapsmühle?«

»Herr Gralmann«, fuhr Kreindl mit ihrer klaren Verhörstimme fort. »Ob es Ihnen nun gefällt oder nicht, es ist unsere Verpflichtung, allen Verdachtsmomenten nachzugehen, mögen sie noch so unwahrscheinlich sein. Ich muss deshalb einige Fragen an Sie richten – und je weniger Sie ausfallend werden, desto schneller geht es und desto weniger unangenehm wird es für Sie. Verstehen Sie das?«

Gralmann nickte mit einem gottergebenen Schnaufen und schaute zu den Berggipfeln hinaus. Christa legte ihre Hand wie ein Unterpfand auf seine.

»Tatsache ist«, sagte Kreindl, »dass Herr Bileam ein lückenloses Alibi für die Tatzeit besitzt.«

»Und wenn ich ihn mit diesen meinen eigenen Augen gesehen habe?«, rief Gralmann und stierte ihr mit mühsam unterdrücktem Zorn ins Gesicht.

»Wir haben das überprüft. Es ist ausgeschlossen. Er kommt als Täter nicht in Frage.«

Gralmann ließ sich in das Sofa zurückfallen, zuckte die Achseln, als wollte er sagen: »Ich gebe auf! Ich bin im Irrenhaus!« und starrte wieder zu den Bergen.

Christa streichelte seine Hand begütigend.

»Wir müssen also weiter ermitteln. Dazu gehört die Frage nach Ihrem Alibi.«

»Mein Alibi!«, explodierte Gralmann. »Das habe ich Ihnen doch gesagt, Herrgottsakrament! Sind Sie denn völlig ...« Christa legte ihm wieder die Hand auf den Mund.

»Er war mit mir in unserem Schlafzimmer«, antwortete sie für ihn. »Die ganze Nacht!«

»Und wie können Sie das so sicher sagen?«, insistierte Kreindl. »Sie haben doch auch geschlafen. Kann es nicht sein, dass Ihr Mann doch kurz aus dem Zimmer geschlichen ist?«

»Geschlichen!«, schnaufte Gralmann in Richtung eines unsichtbaren Publikums, das sich des Wahnsinns dieser Szene bewusst war.

»Nein, das kann nicht sein«, fuhr Christa fort. »Denn ich habe ihn eingeschlossen. Das mache ich jeden Abend, und ich verstecke den Schlüssel, damit er nicht fortlaufen kann ...«

»Was?«, schrie Gralmann. »Du sperrst mich ein! Das ist doch Freiheitsberaubung!«

»Liebe Frau Gralmann«, sagte Kreindl. »In diesem Punkt muss ich Ihrem Gatten allerdings recht geben. Er ist nicht entmündigt. Wenn Sie ihn einfach einsperren, ist das Freiheitsberaubung.«

»Aber das muss ich doch!«, rief Christa aufgeregt. »Er ist doch wie von Sinnen! Er rast und will in der Nacht herumrennen! Er weiß doch gar nicht, was er tut! Am Ende läuft er vor ein Auto oder fällt in den See! Er ist doch verwirrt im Kopf …«

Gralmann starrte Christa mit weitaufgerissenen Augen an, sodass Kreindl einen Augenblick dachte, er würde sie vor ihren Augen erwürgen.

Sie nutzte den Augenblick der Erstarrung, um in die bedrohliche Stille zu sagen: »In diesem einen Fall können Sie ihrer Frau dankbar sein, denn falls sich das bewahrheiten sollte, dass sie Sie eingesperrt hat, hätten Sie ein Alibi. Dazu noch an Sie die Frage, Frau Gralmann – wo hatten Sie denn den Schlüssel versteckt?«

»Das kann ich doch nicht verraten«, rief Christa. »Sonst weiß er es doch.«

Nun war Kreindl an der Reihe, tief durchzuschnaufen. »Sagen Sie es mir einfach!«

Christa beugte sich vor und flüsterte: »In der kleinen blauen Vase neben der Tür!«

»Genial!«, antwortete Kreindl. »Da hätte er natürlich lange suchen können.«

»Er schon!«, flüsterte Christa fast unhörbar mit bedeutsamem Blick.

Vielleicht, dachte Kreindl, ist diese Frau gar nicht so blöd, wie man denkt.

»Noch einen Punkt gäbe es zu klären«, hob sie wieder an. »Ich bitte Sie, sich nicht aufzuregen und meine Frage rein sachlich zu beantworten. Es gab in der Vergangenheit Missbrauchsvorwürfe zweier Schauspielerinnen gegen Sie.«

»Wie kommen Sie …?«, hob Gralmann an.

»Simple Eingabe Ihres Namens bei Google.«

»Alles Lüge«, donnerte Gralmann. »Alles Verleumdung. Alles vor Gericht widerlegt! Lesen Sie keine Zeitungen? Das ist heute modern! Missbrauchsvorwürfe! Woody Allen! Bill Cosby! Kennen Sie ein männliches Genie, das nicht verleumdet wird? Dabei drängen sich dir ja alle auf! Jede will mit dir ins Bett! Jede reißt sich die Kleider vom Leib für eine Rolle! Jede …«

»Halt den Mund!«, rief Christa überraschend scharf und laut. »Du redest Blödsinn! Und du weißt, was ich meine …!«

Diesmal klappte Gralmann einfach in sich zusammen wie ein Regenschirm und schwieg.

»Das wärs für heute«, schloss Kreindl und erhob sich. »Auf Wiederschaun!«

Als sie schon in der Tür war, hörte sie Gralmanns Stimme halblaut: »Unterbelichtete Polizistenschlampe!«

Da sie jetzt Feierabend hatte und ein Tisch mit einem Freund in ihrem Lieblingslokal reserviert war und sie wirklich nicht die geringste Lust auf den mit einer Anzeige verbundenen Schreibkram hatte, entschied Kreindl, die Äußerung nicht gehört zu haben.

Sie resümierte für sich: Alibi – null. Motiv – vielleicht.

Abends in der Pension, als alle bei Germknödeln um den Tisch saßen, machte Anna eine überraschende Verkündigung: »Gérard und ich sind uns einig. Wir verkaufen die Pension. Und zwar so schnell wie möglich. Ich meine, was sollen wir hier, immer diesen schrecklichen Ort vor Augen. Wie sollen wir da weiterleben? Wir verkaufen alles und ziehen nach Frankreich, wo Gérards Familie wohnt. Also sein Bruder hat dort ein kleines Weingut. Da versuchen wir mit einzusteigen. Wir verstehen zwar absolut nichts vom Winzern, Gérard so wenig wie ich, er hat nur als Jugendlicher ab und zu bei der Ernte geholfen. Aber das lernen wir schon. Wir lernen ja alles. Und vor allem: Wenn wir das Haus hier verkaufen, können wir mit Geld einsteigen. Das kann man dort dringend gebrauchen. Dem Weingut geht es wirtschaftlich miserabel. Gérard hat heute lange mit seinem Bruder telefoniert. Der freut sich riesig, wenn wir kommen. Was sagt ihr?«

»Klingt vernünftig«, meinte Swantje. »Guter Plan.«

»Nehmt ihr mich mit?«, fragte Benedikt. »Ein Weingut in Südfrankreich – das wäre jetzt die Rettung …«

»Wir müssen hier nur noch alle Zelte abbrechen, einen Käufer finden, dann sind wir weg. Es ist dort sehr schön, gell, Gérard? Das sagst du doch immer.«

»Ja«, sagte Gérard. »Die Weinberge sind sehr schön. Wir ’ätten gleich dorthin gehen sollen. Isch passe nischt ’ierher.«

»Wir gehen ja jetzt«, erwiderte Anna und streichelte seine Hand. »Freust du dich?«

»Oui«, sagte Gérard und seufzte tief.

Kreindl war gerade im Aufbruch zum Date und schon fast aus ihrer Wohnungstür – sie trug nun einen beigen Rock, eine helle Bluse, eine goldene Halskette und lange schaukelnde Ohrringe –, da piepste ihr Dienst-iPhone. Trotz der Eile warf sie noch einen Blick darauf: SMS von Fabio: »Das Fotopuzzle ist fertig.«

Im Anhang das Bild eines jungen Manns. Sie schaute es kurz an – recht attraktiv –, schrieb dann zurück. »Super! Danke! Wahrscheinlich der Freund des Opfers. Das Foto morgen bitte der Familie und allen Zeugen zeigen. Vielleicht erkennt ihn jemand. Bin dann weg. Ciao.«

»Mach ich. Bis dann. Ciao, bella!«, kam zurück. Aber da saß sie schon im Auto und jagte durch die Dämmerung.

8

Baumgartner hatte die ganze Nacht schlecht geschlafen. Er bereute die letzte gestrige Nachricht an seine Chefin aus tiefster Seele. »Ciao, bella!« Wie konnte er sich das herausnehmen? Wie würde sie reagieren?

Ja, man duzte sich unter Kollegen. Machte auf Kumpel. Aber trotzdem. Sie hatte den höheren Dienstrang.

Tatsächlich hatte Kreindl, als sie weit nach Mitternacht noch einmal auf ihr Dienst-iPhone geschaut hatte, kurz gelächelt. Aber das wusste er nicht.

Jedenfalls fuhr er gleich in der Früh los, um ihren Auftrag so rasch und gut wie möglich auszuführen. Er klingelte ungeniert nacheinander das Ehepaar Gralmann, die Bewohner der Pension und die Radfahrer aus ihren Betten, unter der Dusche oder vom Frühstückstisch weg, um ihnen das rekonstruierte Foto vorzulegen.

Volltreffer! Triumphierend hastete Baumgartner in großen Schritten die Treppen der Inspektion hinauf und stürzte mit mehr symbolischem Klopfen und hastig geschnauftem »Guten Morgen!« in das Büro der Hauptkommissarin.

Atemlos klatschte er das Foto vor seine noch nicht ganz entkaterte Vorgesetzte. »Halt dich fest, Maria! Dieser Mann vom Puzzle-Foto ist erstens Lara Gralmanns Freund Leander Berg, mit dem sie vor kurzem Schluss gemacht hat im Streit wegen ihres Vaters und der in Indonesien weilen soll – Frau Gralmann hat sich nun doch erinnert, das Foto schon einmal gesehen zu haben –, zweitens geben Herr Bileam und seine Anwältin an, diesem Mann am Tag vor der Tat auf der Jocher Birg begegnet zu sein, wo er als Wildcamper hauste, mit einem Beil hantierte und über abgeschlagene Köpfe debattierte …«

»Wie bitte?«

»Und drittens – jetzt kommt's! – dieser Mann ist – unser vierter Radfahrer.«

»Gratulation, Fabio!«, rief Kreindl. »Du hast den Jackpot geknackt! Und das noch vor dem Frühstück!« Baumgartner atmete erleichtert durch und hätte sich im Freudentaumel beinahe zu einem »Grazie, bella!« verstiegen, was er sich dann doch verkniff.

»Also fassen wir zusammen«, resümierte Kreindl: »Leander Berg hatte sowohl ein Motiv, den Vater als auch die Tochter zu ermorden. Den Vater, weil der schuld war am Scheitern seiner Beziehung, die Tochter, weil sie mit ihm Schluss gemacht hatte. Er befand sich außerdem in unmittelbarer Nähe des Tatorts und scheint sich in den Tagen zuvor schon länger heimlich in der Gegend herumgetrieben zu haben, wobei er seine Identität verschleierte. All das wirkt sehr nach Stalking. Von einem Alibi wissen wir bislang nichts. Und er hat mit einem Beil hantiert, das die Tatwaffe sein kann, aber nicht muss, in jedem Fall jedoch eine gewisse Affinität Bergs zu diesem Werkzeug nahelegt.

Von den Enthauptungsfantasien ganz zu schweigen. Was tun wir? Zunächst schicken wir ein paar Leute auf die Jocher Birg. Ich glaube nicht, dass er noch da ist, aber wer weiß. Zweitens müssen wir seinen Wohnsitz feststellen …«

»Er hat mit Lara Gralmann zusammen in München studiert, allerdings nicht Theaterwissenschaft, sondern Archäologie, und er hat dort eine kleine Studentenbude gemietet«, fiel Baumgartner ein.

»Gut! Sofort die Münchner Kollegen hinschicken! Drittens an dem Ort, wo Berg auf die anderen Radfahrer traf …«

»Das war Benediktbeuern! In der Klosterschenke!«, ergänzte Baumgartner.

»Dort natürlich ebenfalls nachforschen, ob jemand etwas weiß«, fuhr Kreindl fort. »Falls das ergebnislos bleibt, alle Pensionen und bei Wildcampern beliebten Plätze abklappern – und ihn selbstverständlich zur Fahndung ausschreiben. Foto haben wir ja. Und an alle: Vorsicht! Der Mann kann aggressiv und bewaffnet sein!«

»Alles klar!«, rief Baumgartner und stürzte mit Feuereifer aus der Tür.

Ciao, bello!, sagte Kreindl in Gedanken.

Baumgartner selbst raste mit dem Auto nach Benediktbeuern und befragte im noch nicht geöffneten Restaurant eine Kellnerin, die zufällig die richtige war und sich auch tatsächlich an Leander Berg erinnerte, weil er sich, als er vor der Begegnung mit den anderen Radfahrern noch alleine an einem Tisch saß, bei ihr nach guten Plätzen fürs Wildcampen erkundigt hatte.

Knappe zwei Stunden später kletterte eine Hundertschaft der Bereitschaftspolizei in breiter Formation die Jocher Birg hinauf, um alles abzusuchen, stöberte allerdings nur ein Liebespaar auf.

Fast zur selben Zeit stürmte in München ein SEK-Team mit Helmen, kugelsicheren Westen und Maschinenpistolen Bergs Wohnung in einem Hinterhof der Amalienstraße. Die Tür wurde aufgesprengt. Eine Blendgranate gezündet. Eine männliche Person überwältigt.

Es handelte sich allerdings nicht um den Verdächtigen, sondern um einen Nachbarn, der die Blumen gießen wollte, ebenfalls Student, jedoch der Soziologie, der Berg sonst nicht näher kannte. Er war entrüstet über die Festnahme und zeigte die SEK-Beamten umgehend an, da er durch die Blendgranate einen Tinnitus erlitten hatte.

Baumgartner präsentierte gegen Mittag die Ergebnisse der Aktionen seiner Chefin.

»Also, der Verdächtige konnte leider bisher nicht gefasst werden – *aber*: Die Kripo München hat die gestürmte Wohnung durchsucht und dabei umfangreiche Hinweise entdeckt, dass der Mann sich für mittelalterlichen Kampfsport begeistert und Outdoor- und Survival-Fan ist. Es gab nicht nur jede Menge von Zeitschriften und Büchern zu diesen Themen, sondern auch antike Dolche, Schwerter, Bögen – außerdem Survival-Sets, Überlebensmesser, Schlafsäcke, Kocher und so weiter. Vor allem aber fand man einen Ordner *damit!*« Baumgartner zeigte auf seinen Computerbildschirm. »Ist das nicht der Hammer?«

Man sah eine Reihe von Fotos, die Gralmann zeigten und die allesamt mit roter Farbe befleckt und bespritzt und bekritzelt waren. Gralmanns Gesicht, durchkreuzt, verschmiert, mit Vampirzähnen versehen. Über einem Foto stand in Großbuchstaben: KINDERSCHÄNDER! Und über einem anderen: KRANK KRANK KRANK!

»Die Flecken und die Farbe scheinen übrigens Blut zu sein«, fügte

Baumgartner noch hinzu und streifte seinen wilden Haarschopf zurück. »Ob menschliches, wird noch untersucht.«

»Tja«, sagte Kreindl nachdenklich. »Da scheint es ja nun wohl kaum mehr Zweifel am Täter zu geben. Wir müssen ihn nur noch einsperren. Das dürfte nicht so schwer sein. Also: Großfahndung! Bild an die Presse!«

Doch auch Tage später blieb der Gesuchte wie vom Erdboden verschwunden.

»Wir haben Leander Berg unterschätzt«, sagte Baumgartner. »Der Mann ist ein Survival-Experte. Der kann wochenlang in einem Erdloch hausen, sich von Raupen und Würmern ernähren und Wasser von einem Zweig mit einer Plastiktüte gewinnen. Außerdem weiß er über Tarnung Bescheid. Auch dazu gab es genug Literatur in seiner Wohnung. Und wir wissen ja, wie das ist. Ich erinnere mich noch an meine Grundausbildung bei der Bundeswehr, als man uns in Tarnung einführte. Wir wurden vor einem kleinen Waldstück aufgestellt und sollten getarnte Gegenstände entdecken, große und kleine. Kanister, Schaufeln, Messer. Es war sehr schwierig, sie zu finden. Als wir dann eine ganze Weile gesucht hatten und nichts mehr entdeckten, fragte der Feldwebel: Haben Sie jetzt alles gefunden? Absolut sicher? Ja, wir waren absolut sicher. Da erhob sich plötzlich ein ganzes Stück Waldboden – das war ein getarnter Scharfschütze. So ein Typ ist das. Wenn der nicht gefunden werden will, finden wir den nie. Der kann sogar die ganze Zeit auf der Jocher Birg verbracht haben, ohne dass unsere Hundertschaft ihn gefunden hat … Oder er ist längst im Ausland untergetaucht.«

»Da hast du wohl leider recht, Fabio«, seufzte Kreindl.

Eine Woche war nun seit der Tat vergangen. Es hatte begonnen zu regnen und nicht mehr aufgehört. Die Berge lagen in gewaltigen Wolkenmassen. Endlos stürzten die Fluten vom Himmel herab. Es war kalt geworden. Von einem Tag zum anderen Herbstgefühl, obwohl der Sommer noch gar nicht begonnen hatte. Im ganzen Haus modriger Geruch.

Benedikt und Swantje saßen im Esszimmer der Pension und blickten düster nach draußen.

»Es geht nicht mehr«, sagte Swantje.

»Nein. Es geht nicht mehr«, antwortete Benedikt. »Aber wie können wir die beiden hier allein lassen in diesem Unglückshaus? Sie räumen und räumen. Es geht nicht voran. Sie haben natürlich noch keinen Käufer gefunden. So schnell klappt das nicht, noch dazu mit den Mordermittlungen im Nachbarhaus. Wer will schon an einen solchen Ort ziehen?«

»Trotzdem. Es geht nicht so weiter. Wir werden verrückt. Ich habe auch bald keine Urlaubstage mehr. Und immerhin. Der Täter scheint ja nun festzustehen. Auch wenn sie ihn noch nicht geschnappt haben.«

»Was für ein Wahnsinn. Ich kann es nicht fassen. Ein verrückter Stalker. Und deshalb musste Lara sterben …«

»Für die Gralmanns ist das nun bei allem Wahnsinn eine Entlastung. Die Zeitungen schreiben jetzt nur noch über den geisteskranken Killer.«

»Weißt du, Christa tut mir leid. Ich war wütend auf sie, wegen der Dinge, die sie gesagt hat. Über Lara. Aber ich glaube ihr, dass sie die Hölle durchmacht, jetzt sowieso, aber auch schon seit vielen Jahren. Verheiratet mit diesem Menschen, diesem Despoten. Und dieses undurchschaubare Beziehungsgeflecht in dem Dreigestirn: Lara, Christa, Gralmann …«

»Du willst es nicht hören, aber krank waren die alle drei. Auch Lara.«

»Weil er sie krank gemacht hat!«

»Das stimmt allerdings.«

»Okay. Du hast recht. Morgen fahren wir ab! Du nach Bremen, ich nach München!«

»Gut! Und zu Laras Beerdigung kommen wir zurück!«

9

Laras Urnenbegräbnis fand auf dem Münchener Waldfriedhof statt. Die Staatsanwaltschaft hatte die Leiche nach der Obduktion endlich freigegeben. Die Gerichtsmedizin hatte die Todesursache eindeutig geklärt, und es gab keine neuen Ermittlungsansätze.

Es war ein strahlender Septembertag. Benedikt trug sein helles Sakko. Er hatte gar nicht darüber nachgedacht. Trauer hatte für ihn keine Farbe. Er wusste nicht einmal, ob er traurig war. Da er etwas zu spät kam, war er verschwitzt und außer Atem.

Der Waldfriedhof war tatsächlich ein Wald mit mächtigen Bäumen. Ein Friedhof für Reiche, der den Eindruck erweckte, auch in der Ewigkeit oder im Nichts gäbe es Villenviertel. Auf manchen Gräbern flackerten rote Grableuchten. Hier erinnerten sie eher an Alarmanlagen, wie sie in Nobelgegenden an Hauswänden zu sehen sind.

Benedikt fand sich nicht gleich im Labyrinth der Wege zurecht. Es musste ein gewaltiges Begräbnis sein mit Massen von Trauergästen. Nach all dem Presserummel, den der Fall erregt hatte, und bei all den prominenten Freunden und Bekannten der Gralmanns. Laras eigene Freunde kamen dazu.

Als Benedikt sich zur Aussegnungshalle durchgefragt hatte, war es ein Schock.

Nur ein kleines Grüppchen von Menschen. Er entdeckte sofort Swantje, die vor einer Stunde erst aus Bremen angereist und direkt vom Bahnhof gekommen war. Sie trug tatsächlich Schwarz. Dasselbe Cocktailkleid wie damals im Garten. Auch Anna stand da, in einem dunklen Dirndl und mit einem großen Lilienstrauß. Als sie ihn sah, lächelte sie ihm verhalten zu. Sie schaute unfassbar bleich und schlecht aus. Sonst einige junge Leute, wohl Freunde und Kommilitonen von Lara. Gleich neben ihnen entdeckte Benedikt zu seiner großen Überraschung zwei aus der Radfahrergruppe, den

Mann mit dem Bart, der, wenn er sich recht erinnerte, Andreas hieß, und die brünette Frau, die sich als Teresa vorstellte. Er hätte die beiden fast nicht erkannt, da sie als einzige perfekte Trauerkleidung trugen. Sie hielten jeder eine rote Rose, was Benedikt sehr berührte. Er selbst hatte gar nicht an Blumen gedacht. Sonst ein paar Gesichter, die ihm nichts sagten – ach ja, dort: die Hauptkommissarin Kreindl und ihr Assistent, die ihn mit Pistolen bedroht und ihm Handschellen angelegt hatten. Jetzt grüßten sie ihn knapp und dezent, als wollten sie nur sagen: Ja, wir sind da. Aber bitte kein Aufsehen. Und vor der Aussegnungshalle standen zwei Fotografen, die mit ihren Apparaten hantierten und mit der Szene sonst nicht mehr zu tun hatten als hoch in der Luft kreisende Habichte, die dennoch jede geringste Bewegung tief unter sich bemerkten.

Wo waren die Gralmanns? Gerade hatte Swantje sich neben Benedikt gedrängt und ihn herzlich umarmt. Dann sagte sie, als könne sie seine Gedanken lesen: »Die Gralmanns sind mit der Bestatterin in der Aussegnungshalle verschwunden. Wie das hier abgeht, weiß ich nicht. Das ist ja eine säkulare Trauerfeier, ohne Priester. Die Gralmanns gehören keiner Religion an. Mal schauen. So was kann schön sein, aber oft wird es eine Katastrophe der Peinlichkeit … Nimm es dir nicht zu Herzen.«

Zu Herzen?, dachte Benedikt. Tatsächlich empfand er im Augenblick gar nichts. Er dachte nicht einmal an Lara. Er hatte in den letzten Wochen so viel an sie gedacht. Aber jetzt, wo alle an sie dachten und man an sie denken sollte, schien sie verschwunden zu sein.

In die Trauerversammlung kam Bewegung. Das Portal öffnete sich. Heraus schritt eine dramatische schwarze Dreiergruppe wie in einer griechischen Tragödie.

Allen voran in schwarzem Mantel und mit breitkrempigem schwarzem Hut: Gralmann höchstpersönlich, der die große Urne trug. Neben ihm Christa, ebenfalls in Schwarz, doch mit flammend rotem Haar wie eine Fackel oder wie eine Erynnie. Sie hatte eine weiße Knochenhand behutsam auf Gralmanns Arm gelegt, wie um ihn symbolisch zu stützen. Die Bestatterin in professionell schwarzem Businesskleid folgte mit etwas Abstand – wie eine Lehrerin, die bei einer Schulaufführung die kleinen Darsteller beobachtet, besorgt, ob alles klappt.

Sämtliche Trauergäste drehten sich zu der bescheidenen Prozession um. Die Fotografen, die gerade noch geplaudert und über etwas halblaut gelacht hatten, rafften rasch ihre Ausrüstung zusammen.

Gralmann, der in theatralischer Würde einhergeschritten war als vernichteter King Lear, stoppte plötzlich abrupt.

»Was ist?«, flüsterte Christa. »Ist dir nicht gut?«

»Die Fotografen sind noch nicht bereit!«, zischte Gralmann ihr zu, lauter als wohl beabsichtigt.

Sobald die Objektive auf ihn gerichtet waren, setzte er sein erhabenes Schreiten fort, vom Kameraklicken begleitet.

»Was war das denn?«, raunte Swantje Benedikt zu. »Unmöglich!«

Auch die Polizisten wechselten Blicke.

Benedikt überlegte. War das die kälteste Herzlosigkeit? Die absolute Egomanie? Beginnende Demenz? Oder nur die jahrzehntelange Gewohnheit des Profis, der einfach nicht mehr anders kann und der selbst bei seinem eigenen Tod den Sensenmann noch bitten würde, mit ihm für die Kamera zu posieren? Schwer zu entscheiden. Vielleicht alles zugleich.

Benedikt wusste nicht, wohin der Weg führte – wo das Grab lag. Das irritierte ihn. Er hatte das Gefühl, der Trauerzug würde in Ewigkeit so weiterschreiten, ziellos, auf diesen Kieswegen, unter den prächtigen Waldbäumen und zwischen all den begüterten Toten.

Lara, die ihn angeschaut hatte, war jetzt Asche in dieser Blechdose, die Gralmann trug.

Asche wirkt abstrakt, dachte Benedikt. Nicht wie ein verwesender Körper. Egal, was die Gerichtsmedizin mit ihr angestellt hatte, welche Überreste ins Feuer gewandert waren. Jetzt war Lara reine Asche. Die Erinnerung an sie blieb zurück als Hohlform – wie die Aschenkörper von Pompeji, in denen die Fantasie die Gestalten nur im Negativ erblickt. Ja, Lara war Asche. Asche, die man zu Diamanten pressen und am Hals tragen konnte. Welche Verwandlung.

Absurderweise fiel Benedikt das philosophische Problem des Schiffs des Theseus ein: Wenn man jede Planke des Schiffs nach und nach auswechselt, ab wann ist das Schiff des Theseus nicht mehr das Schiff des Theseus? Schon bei der ersten Planke nicht mehr? Ab einem Drittel? Der Hälfte? Dreiviertel? Ab der letzten Planke? Oder bleibt es immer das Schiff des Theseus? Auch dann noch, wenn jede Planke ersetzt ist? In alle Ewigkeit?

Aber Menschen sind nicht wie Schiffe, dachte Benedikt. Oder vielleicht nur, wenn sie leben. Der Tod machte in einem Augenblick aus Lara eine Nicht-Lara. Oder vielmehr eine unvorstellbar neue Lara. Ja, Benedikt glaubte an eine Seele. Unbedingt.

Der Zug hielt an. Man war angekommen bei dem Urnengrab, das naturgemäß klein war wie ein Kindergrab. Rührend wie in archäologischen Museen Kindersarkophage. Zum ersten Mal an diesem Tag fühlte Benedikt einen Stich. Blumen standen da. Ein Foto von Lara. Eine rote Samtdecke war drapiert wie im Theater. Es gab Schalen mit Blütenblättern und Kerzen.

Eine junge Frau mit langem schwarzem Haar, die sichtlich Theaterwissenschaft studierte, begann eine zwanglose Rede, der man anmerkte, dass sie vor allem schonungslos ehrlich sein sollte. »Liebe Lara! Eigentlich hat dich niemand von uns wirklich gekannt …«

Weiter hörte Benedikt nichts. Dieser Satz brannte sich in sein Gehirn. Er konnte der weiteren Feier nicht mehr folgen. Es sprachen noch zwei, drei Leute. Irgendwer sang ein Lied. Man sollte etwas auf Zettel schreiben und ins Grab werfen. Benedikt zerknüllte das Papier einfach, weshalb die junge Frau, die es ihm gegeben hatte, erschrocken zurückfuhr. Er hob entschuldigend die Hand. So hatte er es gar nicht gemeint.

Dann wurde die Urne versenkt. Die Gäste traten einzeln ans Grab, warfen Blüten, Blumen, Zettel und anderes in die kleine Kindergrube.

Ganz zum Schluss trat Gralmann noch vor das Grab. Es wurde ganz still. Gralmann bewegte die Lippen, es kam nichts, er hob die Hände, ließ sie sinken. Er setzte noch einmal an. Große Dramatik? Echt oder gespielt? Wusste Gralmann selbst den Unterschied? Gerade als er zittrig ein weißes Blatt aus der Tasche zog und auffaltete, sprang ein junger Mann aus der Gruppe, so rasch, dass die Gäste gar nicht begriffen, was geschah, zog unter seiner Jacke eine Axt hervor und schmetterte sie mit dem Aufschrei »Mörder!« nach

Gralmanns Schädel. Blitzschnell riss der unmittelbar danebenstehende Baumgartner den linken Arm empor und fing den Axthieb ab. Gralmanns Hut flog durch die Luft. Blut spritzte über das Gesicht des Schauspielers. Doch es war Blut aus der Armwunde des Polizisten, den die Axtklinge verletzt hatte und der durch den Aufprall rückwärts stolperte und mit dem Kopf auf den Boden schlug.

Nur Teresa und Andreas reagierten sofort – sie stürzten sich auf den Angreifer und rangen mit ihm – genau für die drei Sekunden, die Kreindl brauchte, um vom anderen Ende der Gruppe, wo sie sich postiert hatte, herbeizufliegen. Sie verpasste dem Täter einen Kniestoß in die Weichteile, dass er zu Boden ging und die Axt verlor. Dann legte sie ihm Handschellen an und rief, auf seinem Rücken kniend, schwer schnaufend mit dem Handy Verstärkung.

Alle anderen waren zu Marmorsäulen erstarrt und mussten erst langsam aus der Würde der Trauerfeier in den Actionthriller finden, der vor ihnen abgelaufen war.

Sobald die Schreckstarre überwunden war, löste sich die Skulpturengruppe in bestürztes Treiben auf. Alle bemühten sich um die Opfer. Vor allem um Baumgartner, der durch den Sturz für einen Augenblick das Bewusstsein verloren hatte und mit stark blutendem Arm am Boden lag. Wieder waren die Radfahrer am schnellsten und leisteten sehr professionell Erste Hilfe. Laras Kommilitoninnen hingegen kümmerten sich um Gralmann, der kreidebleich war und zitterte. Er schien unter Schock zu stehen und ließ sich willenlos auf eine Bank setzen. Man sah keine Wunde an ihm außer einem winzigen Kratzer an der Stirn. Christa, ebenso bleich, saß schluchzend neben ihrem Mann und hielt seine Hand. Anna beugte sich über die beiden und flüsterte ihnen beruhigend zu.

Sogar die Reporter waren hochaktiv – sie fotografierten wild in alle Richtungen. Als sie dabei dem stöhnenden Baumgartner zu nahekamen, brauchte Kreindl all ihre Beherrschung, um nicht zum Pfefferspray zu greifen.

Nur Benedikt lief kopflos von Gruppe zu Gruppe und wusste nicht, wo und wie er helfen konnte und was er tun sollte. Alle anderen waren geistesgegenwärtiger, leisteten Erste Hilfe, fanden Worte, die er nie so rasch gefunden hätte. Er kam sich so absolut sprachlos und nutzlos vor wie noch nie in seinem Leben.

Dass der Friedhof mitten in der Stadt lag, erwies sich nun als Vorteil. Obgleich den Anwesenden Stunden vergangen schienen, rasten knapp sieben Minuten nach dem Anruf mehrere Streifenwagen mit Blaulicht in den Friedhof. Swantje war klug genug gewesen, ihnen entgegenzulaufen und die Richtung zu zeigen. Auch ein Notarztwagen bog kurz darauf ein, dem zwei Rettungswagen folgten.

Der Täter wurde von Streifenpolizisten in ein Auto gezerrt und mit Blaulicht abtransportiert. Der Notarzt untersuchte Baumgartners Arm. Er stillte die heftige Blutung. Ob eine Fraktur vorlag, konnte der Arzt noch nicht sagen. Der Arm musste sofort geröntgt und chirurgisch versorgt werden. Außerdem bestand der Verdacht auf eine Gehirnerschütterung. Kreindl kniete neben Baumgartner, bleich vor Sorge, strich ihm übers Haar und flüsterte ihm Mut zu. Ein Rettungswagen brachte ihn schließlich fort.

Auch Gralmann und seine Frau wurden zur Beobachtung ins Krankenhaus eingewiesen.

Benedikt hörte, wie die Hauptkommissarin zu ihren Kollegen sagte: »Wir haben ihn! Den Killer! Bitte alle Zeugenaussagen aufnehmen. Ich fahre noch rasch ins Krankenhaus und schaue, wie es dem armen Fabio geht. Dann komme ich zum Verhör!«

Benedikt stand einfach da und starrte ins Leere, bis ihm Anna an die Brust und – als er sich herabbeugte – um den Hals fiel. Er spürte ihr heißes, tränenfeuchtes Gesicht. »Wie furchtbar das alles ist! Ach, Benedikt! Wie furchtbar! Was ist nur alles geschehen, seit ihr zum ersten Mal vor unserer Tür gestanden habt! Ein Albtraum!«

»Wenigstens haben sie jetzt den Täter«, hörten sie Swantjes klare Stimme. »Wenigstens ist es jetzt vorbei.«

»Vorbei?«, fragte Anna, die sich von Benedikt löste, mit müdem Lächeln. »Ich weiß nicht, ob es vorbei ist … Ist das jemals vorbei?« Dann fragte sie abrupt: »Was machen wir denn jetzt? Ich meine, wir können doch jetzt nicht einfach alle auseinanderrennen und jeder in seinen Alltag zurückkehren, als ob nichts gewesen wäre? Und ihr seid da! Endlich wieder! Ich will euch doch nicht gleich wieder verlieren … Setzen wir uns irgendwo zusammen? Ich bin vorhin an einem Café vorbeigefahren, als ich einen Parkplatz gesucht habe. Kommt ihr mit? Ach, bitte! Sonst muss ich gleich wieder zurück ins kalte Haus, ganz allein – der Gérard ist ja auch weg ...«

»Ja, wo ist er denn eigentlich?«, fragte Swantje.

»Ach, kommt bitte mit! Dann erzähl ich euch alles. Bitte, bitte, kommt mit!«

Eine Viertelstunde später saßen die drei um einen Bistrotisch mit Marmorplatte und gusseisernem Fuß. Ein kleines Café mit viel dunklem Holz und Schwarz-Weiß-Fotos aus dem 19. Jahrhundert. Eine Bedienung mit hellblondem hochgestecktem Haar, die fast noch wie eine Schülerin aussah, stellte – »Für die Damen, bitte!« – Gläser mit grünem Tee hin, und – »Für den Herren, bitte!«- einen Espresso.

»Ach, ihr wisst es ja noch gar nicht«, begann Anna, während sie ein Tütchen mit braunem Rohrzucker aufriss, aber dann doch liegen ließ. »Die Gralmanns kaufen unsere Pension. Die beiden wussten wohl lange nicht, was werden sollte, auch mit ihrem Haus natürlich, und haben viel herumgestritten. Zuerst war ja an Rückkehr nicht zu denken, weil die Polizei immer noch irgendwelche Dinge untersuchte, und dann, weil die Presse das Haus belagert hat. Aber schließlich, als das alles vorbei war und wieder Ruhe eingekehrt ist, hat er, Gralmann, gesagt: Er will zurück in sein Haus! Er will genau an den Ort zurück, wo seine Tochter gestorben ist. Er will ihr ein Denkmal setzen, irgendeinen Steinblock, den er selbst gehauen hat – er glaubt ja, auch ein genialer Bildhauer zu sein – ganz spinnertes Zeug, wenn ihr mich fragt – jedenfalls: Er will ihr ein Denkmal setzen und jeden Tag zu dieser Stelle gehen, um sie zu besuchen. Christa dagegen fand den Gedanken grauenhaft. Die Menschen sind da verschieden. Sie hat furchtbar herumgeschrien. ›*Ich sehe das Bild immer vor mir! Die tote Lara! Die Augen!*‹, schrie sie. Aber was sollte sie tun? Am Ende ist sie doch mit ihm in die Mordvilla zurückgekehrt. Und als er hörte, dass wir verkaufen wollten, fand er das entsetzlich. Er hatte Angst, dass man ihm irgendeinen Minigolfplatz oder ein Eiscafé vor seine Gedenkstätte setzt. Da hat er Christa befohlen, zu uns zu gehen und uns ein Angebot zu machen. Wir waren zuerst unschlüssig. Das muss ich gestehen. Aber wir wollten weg. Und wir konnten einfach sonst keinen Käufer finden. Darum haben wir zugesagt. Für mich ist nur eines wichtig: dass Gérard auf das Weingut seines Bruders in Südfrankreich kommt. Sonst geht er vor die Hunde. Er hält das alles hier nicht aus. Er wird verrückt. Und das meine ich jetzt nicht als Redensart. Er wird verrückt, wenn er hierbleibt. Frankreich ist unsere einzige Chance. Ja, und da ist er nun auch. Ich habe ihn vorausgeschickt. Das war die einzige Möglichkeit. Ich habe heute Morgen mit ihm telefoniert. Er ist noch immer bedrückt, aber er läuft mit seinem Bruder durch die Weinberge, schmiedet mit ihm Pläne oder lässt sich vielmehr von ihm mitreißen. Und trinkt natürlich auch manches Glas, was ihm derzeit nur guttun kann. Vielleicht etwas zu viel, egal. Alles ist gut, was ihm über diese Katastrophe hinweg hilft. Ihr wisst ja, er ist einfach zu sensibel. Wir andern schaffen es irgendwie, damit zu leben, aber er braucht Hilfe. Jedenfalls – ich bin nun ganz allein hier und versuche noch, die letzten Dinge zu regeln. Das ist mehr, als man denkt, wenn man ein Land gegen ein anderes tauschen will. Auch in der EU. Ja, so sitze ich die Tage allein im Haus und krame herum und räume auf. Ich habe natürlich Südfrankreich vor Augen, als leuchtende Hoffnung. Oder ich halte es mir vor Augen. Aber langsam fällt mir die Decke auf den Kopf. Das Haus ist so kalt und dunkel ohne Menschen. Ich bin das erste Mal ohne Gérard, in all den Jahrzehnten, die wir zusammen sind. Jetzt ist es so still. Ich werde langsam trübsinnig. Ab und zu bin ich bei den Gralmanns drüben und versuche zu helfen. Die tun einem schon sehr leid, vor allem die arme Christa. Sogar er tut mir mittlerweile manchmal leid. Er hat sehr abgebaut. Aber eine Aufheiterung ist das nicht.

Worauf ich hinauswill – jetzt, wo ihr schon da seid und wir zusammensitzen – ihr hättet nicht Lust, mich nach Kochel zu begleiten? Nur ein, zwei Tage. Ich würde euch auch bestimmt nicht eine trübselige Zeit bereiten und den ganzen Tag nur vorheulen. Ich kann wieder abschalten und an anderes denken. Ich kann auch wieder lachen. Nur allein ist es so gruselig.

Wirklich – mit euch wäre ich ein ganz anderer Mensch. Wieder die Anna, die ihr gekannt habt. Ich könnte wieder Anna sein. Was meint ihr?«

Benedikt und Swantje sahen sich an. Beide fühlten sich wie Hunde, die mit widerstrebenden Beinen und gesträubtem Nackenfell von der ethischen Verpflichtung an der Leine fortgeschleift wurden. Benedikt nickte Swantje leicht zu. »Aber natürlich«, sagte diese und legte ihre Hände auf diejenigen von Anna. »Natürlich kommen wir!«

»Stimmt etwas nicht?«, fragte die junge Bedienung. Keiner der drei hatte während Annas langer Rede auch nur einen Schluck genommen.

Um 15.37, fast zur selben Zeit, als die drei zusammen in Kochel angelangt waren, schaltete Hauptkommissarin Kreindl im Verhörraum das Aufzeichnungsgerät an und begann nach den üblichen Formalitäten:

»Herr Berg, Sie haben heute Morgen auf dem Münchner Waldfriedhof den Schauspieler Leon Gralmann mit einem Beil angegriffen, ihn als Mörder beschimpft und meinem Kollegen Kriminaloberkommissar Baumgartner den Arm zerschmettert. Warum?«

»Das mit Ihrem Kollegen tut mir leid!«

»Das tut Ihnen leid? Sie haben einem hervorragenden Beamten, der nur seine Pflicht getan hat, den Arm zertrümmert, dass er vielleicht dienstunfähig wird – und das tut Ihnen leid?«

»Ja, wirklich! Das wollte ich nicht! Das war keine Absicht. Das war ein Unfall. Ich wollte auch Gralmann nicht treffen …«

»Nicht? Was wollten Sie dann, als Sie ihn mit dem Beil attackierten?«

»Ich wollte ihn nur erschrecken.«

»Erschrecken? Mit einem Axthieb?«

»Die Sache ist irgendwie … außer Kontrolle geraten …«

»Gut. Lassen wir das so stehen. Nehmen wir an, Sie wollten ihn erschrecken. Warum?«

»Weil er ein Mörder ist!«

»Was meinen Sie damit?«

»Er hat seine Tochter ermordet.«

»Wie kommen Sie darauf?«

»Er hat sie missbraucht. Er hat sie ausgesaugt. Wie ein Vampir. Er hat sie zum Zombie gemacht, wie überhaupt alle Menschen um sich. Er hat sie zerstört.«

»Sie sprechen von sexuellem Missbrauch?«

»Ich spreche von sexuellem Missbrauch, von psychischem Missbrauch, von kognitivem Missbrauch, von emotionalem Missbrauch – ich spreche von jeder Form von Missbrauch, die es überhaupt gibt.«

»Woher wissen Sie von dem sexuellen Missbrauch? Hat Lara Gralmann Ihnen davon erzählt?«

»Nicht so. Nicht in Worten. Sie musste es nicht sagen. Es war klar.«

»Was meinen Sie damit?«

»Haben Sie ihr Zimmer angeschaut? Ihre Masterarbeit gelesen? Ihre Tagebücher gesehen? Ihre Zeichnungen? Wissen Sie, an welchen Ängsten sie litt? Dass sie zu unsicher war, ohne ihn das Haus zu verlassen? Jede Reise sofort wieder abbrach aus Panik? Dauernd schwebte über ihrem Leben das Augenpaar dieses Vampirs, der sie herumdirigierte, wie es ihm passte.«

»Sie hatten eine Beziehung mit Lara Gralmann?«

»Wenn man das Beziehung nennen will.«

»Wie meinen Sie das?«

»Ich habe sie geliebt. Ich liebe sie. Aber eine Beziehung – wir haben nie miteinander geschlafen …«

»Ich verstehe Sie richtig, Sie beide hatten nie sexuellen Kontakt?«

»Nein, sie wollte nicht. Sie wollte schon, aber es war ihr unmöglich.«

»Welcher Natur war dann ihre Beziehung?«

»Welcher Natur! Absurder Natur! Wahnsinniger Natur! Hirnrissiger Natur! Aber sie war auch – ein Wunder. Sie war – wie soll ich das sagen? Sie kam zu mir, sie schmiegte sich ganz plötzlich an mich. In der nächsten Sekunde stieß sie mich weg und tat ganz unberechenbare Dinge.«

»Zum Beispiel?«

»Zum Beispiel: Ich habe daheim eine Sammlung von … also, ich bin Archäologe …«

»Wissen wir!«

» … und ich habe daheim eine Sammlung archäologischer Waffen …«

»Wissen wir ebenfalls … und nicht nur solche Waffen …«

»Ach ja, Sie haben ja meine Wohnung durchsucht … Jedenfalls: Lara kam einmal in mein Zimmer und sprach eine Stunde lang mit mir nur über die Farbe Türkis. Eine ganze Stunde. Und so unglaublich, was sie erzählte. Ich kann es nicht wiederholen. Ich war … ich war gerührt und getroffen und … außer mir vor Liebe … Ich ging in die Küche, weil sie mich um Tee gebeten hatte. Als ich zurückkam, stand sie mitten im Zimmer. Sie hatte einen römischen Dolch von der Wand genommen, den linken Ärmel ihres Pullis zurückgestreift und sich eine tiefe Wunde beigebracht. Sie stand mitten im Zimmer, den Dolch in der Hand. Sie sagte lächelnd: Scharf! und sah mich an, während das Blut an ihr herunterlief.«

»Das war vor etwa 5 Wochen?«

»Ja. Woher können Sie das wissen?«

»Wir haben die Narbe bei der Obduktion entdeckt … Damit wäre auch dieses Rätsel gelöst.«

»Obduktion! Mein Gott! Lara!«

»Es war übrigens nicht die einzige Narbe. Nur die frischeste.«

»Ja, sie hat sich mitunter … verletzt …«

»Hatte Lara vor Ihnen einen Freund?«

»Nein. Sie sagte immer, ich war ihr erster Freund.«

»Aber sie hatte sexuellen Kontakt. Das wissen wir ebenfalls von der Obduktion.«

»In ihrer Todesnacht? Ist sie vergewaltigt worden?«

»Nein, nicht in der Todesnacht. Aber sie war jedenfalls nicht mehr Jungfrau …«

»Daraus können sie jetzt ihre Schlüsse ziehen über Gralmann und sein krankes Verhältnis zu seiner Tochter … Nein, einen Freund außer mir hatte sie nicht.«

»Soweit Sie wissen … Kommen wir zurück zu Ihrem Verhältnis zu Lara. Sie sagten, es war kein sexuelles Verhältnis, aber sie haben sich irgendwie … doch sehr gut verstanden …«

»Verstanden? Nein, keine Spur! Ich habe sie nicht verstanden und sie hat mich nicht verstanden. Wenn wir uns überhaupt in etwas verstanden haben, dann darin, dass wir uns nicht verstanden. Dass keiner von uns den anderen verstehen wollte …«

»Wie meinen Sie das?«

»Lara war hochintelligent, aber völlig unberechenbar. Das habe ich schon gesagt. Es war mit ihr, als ob man in einer Stadt geht und hinter jeder Straßenecke kommt etwas völlig Unerwartetes. Wie New York. Sie war den meisten Menschen unheimlich. Sie machte ihnen Angst.«

»Warum hat Lara anderen Menschen Angst gemacht, Ihnen aber nicht?«

»Sie hat mir Angst gemacht. Immer wieder. Aber das klingt jetzt falsch, als wäre sie nur gefährlich und kalt gewesen. So war sie überhaupt nicht. Sie konnte ganz rührend sein. Manchmal wie ein kleines Kind.«

»Zum Beispiel?«

»Einmal war an einem Sommerabend ein seltsamer dicker Käfer in unser Zimmer geschwirrt und Lara versuchte, ihn mit einem Glas und einer Postkarte zu retten. Als sie sah, dass sie eines seiner Beinchen verletzt hatte, liefen ihr die Tränen übers Gesicht. Ich konnte sie den ganzen Abend nicht trösten. Oder sie brachte mir eine alte Vinylplatte mit der Johannespassion mit, ich habe noch einen Plattenspieler …«

»Ja, das wissen wir …«

»Wir saßen da und hörten zu, und sie war ganz verzaubert. Und ich war verzaubert von ihr. Obwohl ich keine Ahnung hatte, was in ihr vorging. Sie sah dabei aus wie ein altes Gemälde. Eine Frau von Vermeer im Goldrahmen, oder so … Oder einmal war ich krank, ich hatte mir bei einer Reise einen Virus eingefangen und lag eine Nacht lang fieberschlotternd im Bett. Und da saß sie die ganze Zeit bei mir und machte mir Wadenwickel und brachte mir Wasser. Oder sie konnte auch ganz plötzlich sehr lustig sein. Ich weiß noch, einmal schleppte sie eine alte Puppe an, die sie auf dem Flohmarkt gekauft hatte, nur weil die Puppe so hässlich war und so ein blödes Gesicht machte … wir lachten einen Tag lang immer wieder darüber …«

»Sie hatten also doch ein sehr inniges Verhältnis zu ihr, wie auch immer. Warum haben Sie mit ihr Schluss gemacht?«

»Das habe ich nicht. Oder das wollte ich nicht. Es war ein Streit. Ich wollte eigentlich nach Indonesien fliegen. Das war eine Woche vor ihrer Ermordung. Am Abend vor meinem geplanten Flug haben wir zusammen gegessen. Lara war sehr aufgeregt. Wahrscheinlich machte meine Abreise ihr Angst. Wir fingen wieder an, über ihren Vater zu streiten. Ich sagte ihr, sie müsse ausziehen. Endlich fliehen vor ihm. Und dass er sie kaputtmacht. Dass er sie krank macht. Sie war völlig außer sich. Sie sagte mir, dass es aus sei zwischen uns. Dass sie mich nicht mehr sehen wollte. Sie lief aus dem Haus und antwortete auf keine Anrufe oder SMS mehr. Ich machte mir riesige Sorgen. Aus Angst bin ich dann nicht geflogen. Ich habe das Flugzeug ohne mich fliegen lassen, obwohl die Reise lange geplant und sehr teuer war.«

»Und dann?«

»Am nächsten Morgen fand ich vor meiner Tür ein Kuvert. Ein Kuvert mit Fotos von Gralmann. Ich war fassungslos … Ich wusste nicht, was es bedeutete, denn …«

»Sie haben die Fotos dann mit Blut bekritzelt …«

»Ich? Nein, das war Lara!«

»Lara?«

»Ja, ich war schockiert. Völlig außer mir. Und absolut ratlos. Ich hatte wirklich Sorge, dass sie den Verstand verloren hätte. Ich begriff erst langsam, was sie mir vielleicht sagen wollte. Ich meine, ich habe Gralmann als Vampir bezeichnet, als Monster, als Kinderschänder, als krank – und sie hat all meine Vorwürfe mit Blut – und ich bin sicher, es war ihr Blut – also mit ihrem Blut auf die Fotos geschmiert. So als wollte sie sagen: Du schreibst deinen Hass auf ihn mit meinem Blut! Im Grunde verletzt du mich! Sie ist … sie war sehr intelligent! Man konnte bei ihr nie komplex genug denken!«

»Wie ging es weiter?«

»Ich versuchte immer wieder, Kontakt mit ihr aufzunehmen. Es war unmöglich. Ich wusste, dass sie mit ihren Eltern in der neuen Kocheler Villa war. Und das machte mir immer größere Angst. Ich meine, ich hatte mit meinen Vorwürfen eine heftige Krise bei ihr ausgelöst. Gralmann würde das bemerken – und wie würde er reagieren? Ich sage Ihnen, ich traue ihm alles zu. Auch den Mord an seiner Tochter. Vielleicht, so dachte ich, würde sie doch versuchen, sich von ihm lösen. Und er wäre durchaus in der Lage, sie zu zerstören, wenn sie nicht bei ihm bleiben wollte.«

»Also?«

»Also beschloss ich, wie soll ich sagen, sie zu bewachen. Aus der Ferne natürlich. Ich hielt mich heimlich in ihrer Nähe auf. Ich beobachtete sie und ihre Eltern, ohne dass sie es bemerkten. Ich kann so etwas …«

»Daran haben wir keine Zweifel.«

»Ich beobachtete sie mit dem Fernglas. Ich war sogar einige Male heimlich im Garten …«

»Sie wissen, dass das Stalking ist?«

»Das war mir egal. Ich wollte Lara beschützen. Außerdem … ich liebte sie ja nur umso heftiger …«

»Weshalb waren Sie auf der Jocher Birg?«

»Na ja, das war ein geniales Versteck. Und außerdem ein großartiger Platz für einen Archäologen und Survival-Fan. Das war sozusagen meine Basis-Station.«

»Kommen wir zu dem Tag, an dem die Tat geschah. Sie trafen in der Klosterschenke in Benediktbeuern auf die drei Radfahrer?«

»Ja, ich hatte an dem Tag eine Radtour unternommen. Ich beobachtete nicht ununterbrochen. Ich unternahm auch anderes. In der Klosterschenke trank und aß ich etwas und fragte die Kellnerin nach Plätzen zum Wildcampen … Und da hörte ich, wie die Radfahrergruppe am Nebentisch gerade im Internet nach einer Pension in Kochel suchte – und als ich die Adresse hörte, wusste ich, dass es dieselbe Straße war, in der auch Lara wohnte – und da fragte ich einfach, ob sie für mich auch ein Zimmer reservieren könnten. Ich wollte nachkommen, nachdem ich meine Ausrüstung, die ich auf der Jocher Birg versteckt hatte, geholt hätte.«

»Warum? Was hatten Sie vor? Sie hatten doch auf der Jocher Birg, wie Sie sagten, ein ideales Versteck? Die Pension war doch viel auffälliger. Sie hätten auf Lara treffen können.«

»Ja, ich weiß. Gerade das war der Reiz. Ich wollte mit dieser Gefahr spielen. Ich wollte eine Begegnung provozieren. Ich weiß nicht, ich hoffte vielleicht, sie würde mir um den Hals fallen. Wie gesagt: Bei Lara wusste man nie. Immer war alles möglich.«

»Aber Sie kamen dann nicht? Oder doch?«

»Nein, ich kam nicht. Wäre ich nur gekommen! Ausgerechnet in dieser Nacht! Ich hätte Lara retten können! Das treibt mich zur Verzweiflung!«

»Herr Berg, verstehe ich Sie recht – Sie sagen damit, dass Sie Lara Gralmann nicht getötet haben?«

»Ich – Lara getötet! Ich – ich habe sie geliebt! Wie sollte ich sie töten?«

»Unsere Erfahrung zeigt leider, dass Liebe und Mord sich nicht ausschließen ...«

»Dann ist es die falsche Liebe!«

»Und Ihre Liebe war die richtige!«

»Ja, meine Liebe *ist* die richtige!«

»Dann lassen Sie mich umgekehrt fragen: Wo waren Sie am 7. Juni gegen Mitternacht? Haben Sie ein Alibi?«

»Ja, ich habe ein Alibi. Sogar ein sehr gutes.«

»Können Sie mir das bitte darlegen?«

»Nachdem ich mit den Radfahrern geredet hatte und sie mir versprochen hatten, ein Zimmer für mich zu reservieren, radelte ich wieder los in Richtung Jocher Birg. Plötzlich überholte mich ein Auto, fuhr vor mir rasch rechts ran und der Fahrer winkte mir. Es war ein Freund von mir, ein Kommilitone aus Montenegro, der gerade in seine Heimat zu seinen Eltern fahren wollte. Er fragte mich, ob ich ihn nicht begleiten wollte. Und ich weiß nicht, warum – vielleicht war ich nach all den einsamen Tagen nicht mehr fähig, einem fremden Willen zu widerstehen, vielleicht kam mir die Sache mit der Pension selbst absurd vor – jedenfalls sagte ich einfach ja. Ich stieg ein. Es war ein kleiner Van, vollgepackt mit Gepäck und Mitbringseln, aber wir quetschten mein Rad noch hinein. Wir fuhren einfach los und kamen morgens in seinem Heimatort an. Die ganze Familie empfing uns. Ich wohnte mehrere Tage dort. Von dem ganzen Aufruhr in Kochel habe ich erst viel später erfahren.«

»Ich wiederhole: Es gibt also Zeugen, die Ihr Alibi eindeutig bestätigen können?«

»Ja, meinen Freund Milos. Seine Freundin Vesna, die ebenfalls im Auto saß. Seine ganze Familie. Im Grunde den ganzen Ort. Ich kann Ihnen die Adresse geben.«

»Ich bitte darum.«

In der beginnenden Dämmerung stand Kreindl am Fenster ihres Büros und schaute auf die Berge hinaus, die langsam in immer tieferem Dunkel verschwanden. Ihr Gesicht spiegelte sich im Fenster.

Alles umsonst, dachte Kreindl. Er war es nicht. Wir haben keinen Täter. Und der arme Fabio hat seinen Arm für nichts geopfert.

10

Ein strahlender Morgen. So hell und warm, wie man ihn im September gar nicht mehr erwartet hätte. Swantje und Benedikt saßen auf den weißen Korbstühlen vor der Pension. Bei ihrem letzten Aufenthalt wäre es noch ganz undenkbar gewesen, vor dem Haus zu sitzen, so nahe dem Ort, wo Lara ermordet worden war. Alle hatten sich so tief wie möglich ins Dunkel des Hauses wie ins Höhleninnere verkrochen.

Aber jetzt hatte sich vieles verändert. Von einer Polizeiabsperrung war nichts mehr zu sehen. Keine Hinweise auf einen Tatort.

Doch das war nicht alles: Tatsächlich hatte die kurze Zeit der Trennung etwas mit dem Ort und mit ihnen gemacht. Als hätte sich Schorf gebildet über der Erinnerung. Vielleicht lag es auch daran, dass die minimal tiefer stehende Sonne alle Dinge in einem anderen Licht erscheinen ließ. Man konnte hier sitzen und an anderes denken.

»Ich bin euch so unendlich dankbar, dass ihr da seid«, sagte Anna, die ihnen gerade einen selbst gebackenen Guglhupf hinstellte. »Ihr glaubt nicht, was für eine Hilfe das für mich ist. Ihr seid erst ein paar Stunden da und ich fühle mich wieder wie ein Mensch.«

Doch, Swantje und Benedikt glaubten es. Sie spürten es in jeder Geste von Anna, in jedem Blick. Es war überaus rührend, wie sie sich freute. Und die Zimmer, die die beiden empfingen, schienen mit viel Liebe vorbereitet – viel schöner ausgestattet als bei ihrem letzten Aufenthalt hier als Pensionsgäste.

Ganz offensichtlich hatte Anna verzweifelt gehofft und fest damit gerechnet, dass sie sie nach der Trauerfeier hierher begleiten würden. Alles war vorbereitet für ihren Besuch.

»Übrigens«, fügte sie hinzu, »Ihr braucht jetzt nicht glauben, dass ihr die ganze Zeit bei mir sitzen und Händchen halten müsst. Macht ruhig Ausflüge oder Wanderungen. Dazu seid ihr ja letztes Mal gar nicht gekommen. Leider. Mir reicht es, dass ihr hier wohnt und nach Ausflügen immer wieder heimkommt und mit mir esst und sprecht. Das ist alles, was ich will. Dass ich nicht jeden Abend allein ins Bodenlose falle. Also heute zum Beispiel, bei diesem wunderbaren Wetter, das hatten wir seit Tagen nicht. Wollt ihr nicht nach Benediktbeuern wandern? Da könnt ihr euch die Klosterkirche anschauen und den Kräutergarten und auch Brotzeit machen im *Klosterbräustüberl.* Das dauert nicht lang. Zu Fuß eineinhalb bis zwei Stunden hinüber. Am frühen Nachmittag seid ihr wieder da. Was meint ihr? Und ich kauf inzwischen für das Abendessen ein und koch für euch was Gutes. Das macht mir Riesenspaß. Seit Gérard weg ist, freut sich niemand mehr, wenn ich koche. Da hab ich selber keine Lust. Aber mit euch. Mögt ihr Kaiserschmarrn?«

Eine halbe Stunde später marschierten Swantje und Benedikt bereits in Richtung Benediktbeuern aus dem Ort.

»Du bist so schweigsam«, sagte Swantje.

»Ja, ich denke gerade über etwas nach. Es war eben ganz seltsam. Kennst du das, wenn man irgendein Ding oder eine Farbe oder einen Geschmack wahrnimmt und sich ganz plötzlich intensiv an irgendetwas aus der Kindheit erinnert, aber man weiß nicht, was?«

»Ja, das passiert mir auch hin und wieder. Allerdings immer seltener.«

»Als wir gerade bei unserem kleinen Umweg im Ort am *Hotel Herzogstand* vorbeikamen – hast du da diese Lüftlmalerei am Haus gesehen?«

»Ja, das ist hier ja nichts Besonderes. Das gibt es an jedem zweiten Haus.«

»Stimmt. Aber was mir aufgefallen ist, da waren zwei Stockwerke, zwei Fensterreihen übereinander, und alle Fenster waren von bunten verschnörkelten Malereien umrahmt – aber die letzten beiden Fenster des oberen Stocks waren keine echten Fenster. Da waren nicht nur die Umrahmungen gemalt, sondern auch die Fenster – und das hintere gemalte Fenster war leer, da sah man nur gemalte Vorhänge, und im vorderen gemalten Fenster stand eine gemalte Frau in Tracht …«

»Nennt man das nicht in der Kunst *Illusionismus*? Gab es das nicht besonders im Barock?«

»Ja, genau. Aber was mich beschäftigt, sind diese letzten beiden gemalten Fenster, das leere und das mit der Frau. Es war wie eine ganz tiefe Erinnerung. Ich weiß nicht. Vielleicht ein Adventskalender, den ich als Kind hatte, ein Puppenhaus. Irgendwas. Es macht mich ganz verrückt, dass ich nicht draufkomme …«

»Das verstehe ich ja, mein lieber Neffe. So etwas kann einen wahnsinnig machen. Aber grüble bitte trotzdem nicht bloß vor dich hin, sondern wirf wenigstens einen einzigen Blick auf die Landschaft, es lohnt sich.«

Swantje hatte recht. Sie liefen nun auf freiem Feld. Eine leuchtende Landschaft. Ringsum nur Felder, Wälder, Wiesen, Berge und Bauernhäuser. Alles sah so unverschämt gesund und natürlich aus wie gerade erst erschaffen. Jede Beere, jeder Grashalm, jeder Baum schien ein Bio-Zertifikat zu tragen. In der Ferne läuteten Kuhglocken von Kühen, die Depression nicht kannten. Man atmete reinsten Äther.

Alles sah aus, als wären die Pläne des Landratsamts und die Pläne des göttlichen Willens hier deckungsgleich. Als würde jedes berechtigte Gebet sofort erhört.

Und die einzigen Bewohner dieses Paradieses waren Fahrradfahrer auf Mountainbikes, Prachtkühe und ab und zu ein Ökobauer auf dem Traktor.

Während sie dahinschritten, schien die Welt eine überschaubare Scheibe unter strahlend blauem Himmel. Das Blau der Berge nur ein wenig nachdenklich. Die Wiesen leuchteten so intensiv hellgrün, als sei der Farbe eine Spur Neon beigemengt.

Benedikt musste an historische Schlachtenbilder denken, auf denen zwei Heere in genau solcher Landschaft wie Spielzeugsoldaten gegeneinander aufgestellt waren, in Reih und Glied. Über den Kanonenrohren hingen lustige kleine Wölkchen wie jetzt über den Bergen und zeigten an, dass die Geschütze schon abgeschossen waren, während man den Knall noch nicht hören konnte, weil der Schall zu langsam war. Die Kugel, die dich trifft, hörst du ohnehin nie, dachte Benedikt.

»Schau!«, rief Swantje. »Da sind schon die Türme.« Ja, man sah das Kloster.

»Ich hätte nicht gedacht, dass wir so schnell ankommen würden!«, sagte Benedikt.

»Ich auch nicht«, gab Swantje leicht schnaufend zurück. Sie hatte sich gezwungenermaßen dem Schrittmaß seiner Zweimeterstatur angepasst.

»Okay, Tante Swantje! Was zuerst? Bier oder Kirche?«

»Bier! Und dann der Kräutergarten. Der interessiert mich am meisten. Die Kirche brauche ich nicht, du weißt ja, ich als protestantisches Nordlicht kann mit Barockengelchen nicht so viel anfangen …«

»Alles klar. Ich war sowieso gerade erst in einer Kirche.«

»Ich hätte nicht gedacht, dass du so schnell auf meinen Vorschlag eingehen würdest. Ich dachte, als Katholik und Kunstfreund muss man die Klosterkirche anschauen …«

»Wie du wissen solltest, liebe Tante, muss ich gar nichts. Ich mache immer nur das, was mich gerade begeistert. Und nachdem ich nun schon weißes Haar habe, werde ich die Regel nicht ändern …«

»Also dann!«

Zehn Minuten später saßen sie auf Holzbänken vor dem *Klosterbräustüberl* und bestellten bei einer jungen Kellnerin im Dirndl, die schönen Dialekt sprach, ihre Brotzeit. Swantje wollte Bier und Schweinshaxe, Benedikt Bionade und Kaiserschmarrn.

»Bist du wahnsinnig?«, fragte Swantje, als die Kellnerin fort war. »Anna macht doch heute Abend Kaiserschmarrn!«

»Du hast gar keine Ahnung, was für einen Kaiserschmarrn-Hunger ich heute habe! Und außerdem gilt die Regel noch immer: Ich mache nur das, was mich begeistert.«

Die beiden schmausten ausgiebig und hervorragend und fühlten sich danach wie dicke Mönche auf Werbeplakaten. Sie gaben der netten und zünftigen Bedienung exorbitantes Trinkgeld, worüber sie rot wurde und »Vergelt's Gott!« sagte.

Gemächlich spazierten sie dann über Kieswege an Mauern entlang auf das Kloster zu, überquerten einen Friedhof, von dem aus man die kupfergrünen Barockkuppeln ragen sah, und standen dann vor dem Kräutergarten, der eigentlich ein Kräuterlabyrinth war.

Das Labyrinth war nicht groß, aber es überraschte mit einer Vielfalt von Düften und Kräutern, und alles, was da wuchs und spross, war beschriftet und hatte irgendeinen frommen und belehrenden Sinn oder war zu irgendetwas gut. Je weiter man kam, desto nützlicher und heiliger wurde es. Von wunderbar duftenden Pflanzen ging es zu Küchenkräutern, Liebstöckel, Knoblauch, Petersilie, dann kam man zu Heilkräutern, Ysop, Johanniskraut, Königskerze und gelangte schließlich zu Gewächsen mit christlicher Symbolik wie Christrose und Mariendistel oder gar zur Passionsblume, in deren Blüte man die Marterwerkzeuge Christi erblickte.

»Um gleich die klugen Dinge loszuwerden, die ich gelesen habe«, begann Swantje zu dozieren: »Das Labyrinth ist die christliche Version des heidnischen Irrgartens. Im Irrgarten landet man auf lauter Holzwegen, in Sackgassen und irrt einfach nur sinnlos umher. Man steht letztlich im Nichts. Im christlichen Labyrinth hat alles seinen Sinn und sein Ziel. Du wirst gewissermaßen zu deinem Heil an der Nase herumgeführt. Du glaubst, du stolperst nur so herum, aber das fromme Labyrinth führt auf allen Wegen zu einem Ziel in der Mitte, egal, an welchen Blüten und Kräutern du schnupperst. Wenn du nur immer weiter gehst, landest du garantiert im Heil. Meist ist das irgendein Brünnlein wie dieses hier, als Symbol des Lebens. Also gewissermaßen ein Labyrinth, bei dem man sich nur zum Guten verlaufen kann.«

»Ja, aber trotzdem: Jedes Labyrinth hat seinen Minotaurus im Inneren! Und wenn er noch so gut versteckt ist.«

»Auch das christliche Labyrinth?«

»Auch das! Irgendwo lauert der Minotaurus sogar in dieser harmlosen duftenden Kräuterspirale … Vielleicht sogar ein christlicher Minotaurus, wer weiß …«

»Aber vergiss nicht, Benedikt, der Minotaurus ist am Ende ein armer Kerl. Eine Missgeburt, vom Vater eingesperrt … Ich muss es wissen, in meiner Kanzlei verteidige ich lauter solche bemitleidenswerten Exemplare des Minotaurus …«

»Das stimmt schon. Im Herzen ist der Minotaurus ein armes Würstchen und kann vielleicht nichts dafür. Aber wenn du ihm im Labyrinth begegnest, zerfetzt er dich trotzdem, Würstchen hin oder her …«

»Das stimmt auch wieder …«

»Also bleiben wir dran! Wer ist in unserem Labyrinth der Minotaurus?«

»Ich dachte, wir hätten ihn?«

»Hoffen wir's!«

Als sie das Labyrinth verließen, war es schon später, als sie gedacht hatten. Wolken waren aufgezogen, so rasch, wie das nur in den Bergen geschieht. Sie kamen auf ihrem Rückweg wieder am *Klosterbräustüberl* entlang, wo ein Mann mit Prinzregenten-Bart und in Lederhose eine aufgefaltete Zeitung las.

»Nein!«, schrie Benedikt plötzlich und zeigte auf die prangende Schlagzeile.

Fassungslos las nun auch Swantje: »*Kochel-Mord: Verhafteter Axt-Attentäter hat Alibi.* Das kann doch nicht wahr sein!«

Der Prinzregent starrte sie erschrocken an, weshalb Swantje ihren Neffen am Ärmel wegzog. Eine Weile gingen die beiden schweigend nebeneinander her.

»Wieso weißt du nichts davon?«, fuhr Benedikt plötzlich auf. »Du liest doch den ganzen Tag immer News auf deinem Handy, geradezu krankhaft …«

»Heute habe ich absichtlich nicht nachgeschaut. Ich wollte endlich einmal Ferien machen.«

»Super Timing!«

»Tut mir wirklich leid.«

»Und der Minotaurus spaziert noch frei herum. Mein Gott!«

»Ja. Aber Benedikt, Minotaurus hin oder her – wir müssen jetzt wirklich rennen. Es wird arg düster da hinten.«

Tatsächlich türmten sich bedrohliche Wolken. Das sah nicht gut aus!

Die beiden beschleunigten ihre Gangart. Benedikt trabte, was Swantje zu gestrecktem Galopp zwang. »Kehren wir besser um!«, rief sie atemlos.

»Ach wo! Das schaffen wir schon! Los!«, spornte ihr Neffe sie an.

Doch kaum waren sie hinter der Klostermauer aufs freie Feld eingebogen, begann schon Wasser vom Himmel zu stürzen, wie es nur in den Bergen geschieht, mit biblischer Gewalt.

Das Wasser schien von unten wie von oben zu spritzen.

Und ohne jede Ankündigung fuhr ein Blitz aus den Wolken herab wie ein Erzengel und schlug mit ohrenbetäubendem Krachen in einen nur dreißig Meter entfernten Baum. Rauch stieg empor.

Swantje und Benedikt erschraken so elementar, wie Tiere zusammenzucken. »Zurück!«, schrie Benedikt – und beide rannten in einer Todesangst, wie sie sie noch nie erlebt hatten, zurück zum Klosterbräu.

»Mei! Kommt's schnell rein! Dass euch ned der Blitz derschlogd …«, rief ihnen die Kellnerin im Dirndl entgegen, die im Eingang der Schenke stand und in das Unwetter hinausspähte. »Des is gfährlich! Habt's ihr des Krachen ghört?«

Swantje und Benedikt taumelten in den Eingang und lehnten sich an die Wand. Schwer atmend wrangen sie sich das klatschnasse Haar aus und brauchten eine Weile, um wieder Luft zu bekommen.

»Der Blitz hat uns schon fast derschlagen«, sagte Benedikt. »Um Haaresbreite.«

»Mei, um Godswuin!«, rief die Bedienung. »Konn i eich wos bringan?«

Beide winkten nur ab. Swantje aber versuchte, ihr Handy und ihre Finger mit einer Serviette trocken zu bekommen, um die Tastensperre zu lösen.

Stumm hielt sie das Display Benedikt hin. Fünf vergebliche Anrufe von Anna.

Als Swantje eine Verbindung zustande gebracht hatte, rief Anna nur: »Lebt's ihr noch? Das ist ja der Wahnsinn! Ich hol euch sofort mit dem Auto! Sagt's mir, wo ihr seid! Noch in Benediktbeuern?«

Eine Viertelstunde später saßen die beiden in Annas Wagen, der wie eine kleine Arche zu ihrer Rettung geschickt schien, während draußen immer neue Fluten herabstürzten.

»Gott sei Dank, dass euch nichts zugestoßen ist! Ich bin so froh. Aber es sind zwei schreckliche Dinge passiert.«

»Das eine wissen wir«, sagte Swantje. »Der Axt-Mann vom Friedhof war doch nicht der Mörder. Wir haben es auf einer Zeitung gelesen.«

»Ja, das ist doch furchtbar. Das heißt, dass der Mörder immer noch frei rumläuft.«

»Und was ist noch passiert?«, fragte Benedikt dazwischen.

»Stellt's euch vor! Die Prankl ist überfahren worden. Unten an der Mittenwalder. Sie ist wieder wie immer auf die Fahrbahn gesprungen und ein französischer Tourist konnte nicht mehr bremsen. Sie ist tot. Es muss ganz furchtbar gewesen sein. Ich war gerade beim Einkaufen, als es passiert ist. Auf dem Rückweg sah ich die Katastrophe. Polizei. Rettungswagen. Die Prankl sah man nicht. Über ihren Körper war etwas gebreitet. Aber überall Blut. Der Fahrer hatte einen Schock. Er war kreidebleich und zitterte und weinte. Ganz, ganz schlimm. Aber wundern tut es einen nicht. Eigentlich ist es ja ein Wunder, dass das nicht schon früher geschehen ist. Wie gesagt, so hat sie es immer gemacht – einfach vors Auto springen, wie ein Reh am Wildwechsel.«

»Ich hab sie ja nur ein paarmal kurz gesprochen«, sagte Benedikt. »Aber jetzt trifft es mich doch. Es kommt mir vor, als wäre eine Freundin überfahren worden. Warum passiert eigentlich immer etwas, wenn wir da sind?«

»Bestimmt nicht wegen euch! Im Gegenteil! Ihr seid ein Segen, glaubt's mir, bitte!«

»Ach«, schlug sie sich plötzlich an die Stirn. »Ich hab in dem ganzen Chaos ja gar kein Essen für euch vorbereitet. Das dauert jetzt leider etwas länger …«

Bei aller Tragik konnte Benedikt nicht verhindern, dass etwas in ihm dachte: Doch gut, dass ich in der Klosterschenke Kaiserschmarrn bestellt habe … Es sollte sich zeigen, wie recht er hatte.

Tatsächlich wurde das Abendessen eine Katastrophe. Anna rannte sofort nach Ankunft in der Pension in die Küche, um zu kochen. Aber als Benedikt und Swantje nach einer halben Stunde umgekleidet in trockenen Sachen und mit geföhnten Haaren erschienen, hatte sie es noch nicht einmal geschafft, die Pfanne anzuheizen. »Ich weiß auch nicht«, rief sie verzweifelt, während sie den Teig, übrigens mit Schalen darin, rührte. »Die Pfanne wird einfach nicht heiß!«

Ein großes Butterstück glänzte kühl und erhaben wie ein Gletscher. Sie hatte einfach vergessen, die Herdplatte anzuschalten. Sie schien völlig neben sich zu stehen.

Sie, die sonst immer so geschickt war und eine hervorragende Köchin, goss ein Drittel des Teigs daneben, verbrannte sich, stocherte wild in der Masse herum. Dabei wiederholte sie alle zwei Minuten, wie sehr sie sich über den Besuch der beiden freue und dass sie die Rettung seien in all diesem Wahnsinn.

Was schließlich nach zwei Stunden auf dem Tisch stand, hatte mit Kaiserschmarrn nur den Namen gemeinsam und war versalzen. Anna aß, sogar mit scheinbar großem Appetit, ohne es zu bemerken. Benedikt und Swantje sahen ihr besorgt zu. Sie warfen einander Blicke zu. Musste man um Anna Angst bekommen? War alles zu viel? Würde sie vor ihren Augen nun einen Nervenzusammenbruch erleiden?

Ganz unvermittelt warf Anna die Gabel weg und schaute den beiden nacheinander in die Augen. »Gell, ihr merkt, wie ich beisammen bin! Ich bin völlig von der Rolle! Ich kann es euch auch nicht erklären. Die Prankl kannte ich ja gar nicht so gut. Aber nach dem Mord an Lara jetzt auch noch das hier. Und dass Gérard weg ist. Und dass wir die Pension verkaufen, die eigentlich unser sicherer Hafen fürs Alter sein sollte. Ich habe keine Ahnung, wo wir beide enden. Südfrankreich. Wisst ihr, das ist sicher sehr schön. Aber ich stamme aus Oberbayern. Ich will nicht zwischen Weinbergen alt werden. Wie gesagt, sicher ganz wunderbar schön. Nur einfach nicht meine Welt.«

»Aber Gérard«, warf Swantje ein. »Gérard sieht das doch anders. Der wünscht sich nichts mehr als seine Heimat und Wein und Weinbau. Für ihn ist das doch, wie er uns erzählt hat, das große Glück ...«

»Ach, wisst ihr, so einfach ist das auch nicht. Bis vor Kurzem hat Gérard noch ganz anders geredet. Da war diese Erbschaft, ich meine dieses Haus, für ihn das große Glück. Da war Kochel sein Paradies auf Erden. Da wünschte er sich nichts mehr, als mit mir zusammen hier eine Pension aufzumachen. Und vielleicht irgendwann ein winziges Restaurant. Gérard ist ein fantastischer Koch. Beim Kochen ist die einzige Gelegenheit, wo er keine zwei linken

Hände hat, sondern geradezu schlafwandlerisch sicher ist. Das war eigentlich sein Traum. Das hat sich erst geändert, als vor ein paar Wochen Gérards Familie uns hier auf der Durchreise von Italien für ein paar Tage besucht hat. Gérard und sein Bruder saßen stundenlang beisammen, tranken Wein vom eigenen Weingut der Familie, der Bruder und seine Frau erzählten, wie wunderbar es in Frankreich wäre und wie wichtig Gérards Mutter immer der Familienzusammenhalt gewesen ist und wie gut sie Gérards und meine Mitarbeit brauchen könnten – aber ich glaube, ganz ehrlich, es ging auch ums Geld. Das Weingut steht finanziell auf sehr wackligen Beinen. Eine Finanzspritze könnten die gut gebrauchen … Ich will niemandem etwas unterstellen, aber sicher ist, dass Gérards Bruder und Schwägerin ihm diesen Floh ins Ohr gesetzt haben. Seitdem redet er so.

Na ja, und sie bekommen ja nun auch, was sie wollen. Nach all diesen Katastrophen. Gérard ist quasi schon übergesiedelt … Wir müssen schauen, wie es weitergeht. Ich fühl mich derzeit wie ein entwurzelter Baum …«

»Können wir dir irgendwie helfen?«, fragte Benedikt und legte seine Hand auf ihrem Arm.

»Indem ihr da seid, helft ihr mir!«, sagte Anna und streichelte beide. »Übrigens, da ist noch etwas, warum ich so durch den Wind bin. Ich weiß nicht, wie ich es erklären soll. Es ist nur eine Winzigkeit, aber es bringt mich ganz um den Verstand.«

»Wovon redest du?«, fragte Swantje.

»Also, ich weiß nicht, wie ich es sagen soll, aber als ich heute zu dem Unfallort kam, da war das natürlich ganz entsetzlich. Aber es war auch irgendetwas sehr seltsam …«

»Und was?«, rief Benedikt.

»Das kann ich eben nicht sagen. Es ist nur etwas ganz Dunkles. Eine Ahnung, Irgendetwas. So ähnlich, wie es dir mit der gemalten Frau geht, von der du mir erzählt hast. Als hätte ich etwas schon einmal gesehen oder davon geträumt oder … Ich komm einfach nicht drauf. Das macht mich wahnsinnig. Vielleicht auch nur irgendetwas, das fehlte. Aber ich habe das Gefühl, es ist etwas ungeheuer Wichtiges – und wenn ich draufkäme, dann könnte ich alles erklären, dann würden sich alle Knoten lösen. Das ist der eigentliche Grund, weshalb ich so … so außer mir bin …«

»Vielleicht könnte eine Art von Selbsthypnose dir helfen«, warf Benedikt ein.

»Selbsthypnose?«

»Was Benedikt, glaube ich, meint«, fügte Swantje hinzu, »du könntest in Gedanken noch einmal ganz langsam das Geschehen wiederholen. Wie du vom Einkaufen zurückkommst, wie du den Unfallort siehst, wie dein Blick gleitet. Sozusagen jede Szene im Kopf nachstellen, die du erlebt hast, Bild für Bild. Vielleicht geht dir dann etwas auf?«

»Wenn ihr meint, dass das hilft …«

»Versuch es einfach! Schließ deine Augen und beschreibe uns Bild für Bild, was du siehst.«

»Also gut. Ich schließe die Augen. Die erste Szene war, dass ich beim Metzger in der Schlange anstand, weil ich noch Schinken kaufen wollte. Da hörte ich Sirenen. Notarzt. Polizei. Und so weiter. Wir sind das jetzt ja schon gewohnt. Frau Kreutl vor mir meinte: *Was ist denn jetzt schon wieder los?* Und die Metzgerin sagte: *Und ich hab mein Lebtag lang gedacht, in Kochel passiert nix.* Dann hab ich den Schinken gekauft. In den Korb gelegt. Und dann bin ich schnurstracks heimgegangen, die Mittenwalder hinauf. Da sah ich schon von fern, dass es einen Unfall gegeben hatte. Das ist ja an dieser Ecke nicht selten. Die Straße macht steil bergauf eine starke Kurve. Der Durchgangsverkehr rast aber mit voller Geschwindigkeit, vor allem die Motorbiker. Ja, und dann sah ich das Auto an der Seite, den Unfallwagen. Ich sah das zerdrückte Nummernschild, Kartons hinten im Wagen. Ich sah Frau Prankl unter der Plane liegen – also ich wusste natürlich noch nicht, dass es Frau Prankl war. Dann sah ich ein paar Nachbarn stehn. Auch Christa stand da, die wahrscheinlich zufällig dazugekommen war wie ich. Sie hielt die Hände vors Gesicht. Dann sah ich den Fahrer, der einen Schock hatte. Und ich hörte ihn schluchzen und etwas sagen. Und dann winkte ein Polizist mir, dass ich weitergehen sollte. Und dann verließ ich den Tatort …«

»Stopp!« rief Swantje. »Tatort?«

»Den Unfallort meinte ich …«
»Du hast Tatort gesagt!«
Die drei schauten sich an.

11

Kreindl drückte vorsichtig mit ihrem Ellenbogen die Tür zum Krankenzimmer auf. In den Händen hielt sie einen Blumenstrauß und einen Teller mit selbst gebackenen Muffins (das Einzige, was sie backen konnte, unter Zuhilfenahme einer Fertigmischung).

Baumgartner war gerade eingenickt, jetzt fuhr er hoch und lächelte. Er lag in einem Krankenbett mit einer blauen Kunststoffschiene am Arm.

»Klopf, klopf!«, sagte Kreindl. »Gewährt unser Held mir Audienz?«

»Ich freu mich riesig! Vielen Dank, Maria! Was bringst du denn da alles? Das wär' doch nicht nötig gewesen.«

»Hier ist noch eine Karte mit Genesungswünschen. Alle Kollegen haben unterzeichnet. Du bist der Held des Tages.«

»Na ja, seit man weiß, dass der Axt-Attentäter gar nicht der Mörder war und vielleicht Gralmann nur erschrecken wollte, komme ich mir vor wie der Trottel des Tages.«

»Du hast Gralmann das Leben gerettet. Daran gibt es keinen Zweifel. Und das mit blitzgeschwinder Reaktion und größtem Mut. Beste Polizeiarbeit! Deine Freundin kann stolz auf dich sein …«

»Im Augenblick hadert sie eher mit meinem Beruf. Sie meint, ich hätte doch lieber zur Bank gehen sollen. Da verrenkt man sich höchstens den Kiefer beim Gähnen …«

Kreindl lachte und sah ihn an. Die wenigen Stunden hatten ihn verändert. Er wirkte ein paar Jahre älter. Immer noch sehr jung. Abgeklärter. Irgendwie weiser. Fand sie.

»Wie geht es denn dem Arm?«

»Viel besser, als der Notarzt zuerst befürchtet hatte. Nur eine Risswunde. Die Axtklinge hat mich bloß gestreift. Viel Blut natürlich, aber keine Fraktur. Sie haben mich halt zusammengeflickt. Jetzt bin ich noch zur Beobachtung da. Ob mein Gehirn was abbekommen hat. Aber scheint nicht so. Mein Bauernschädel hält schon was aus.

Morgen darf ich heim. In zwei Wochen bin ich wieder voll einsatzfähig.«

»Das ist doch wunderbar. Mir fällt ein Stein vom Herzen. Was hätte ich ohne dich denn gemacht?«

»Aber wir stehen wieder am Anfang. Wer ist nun der Täter? Ich habe hier natürlich alle Zeit der Welt zum Grübeln. Ich spiele von morgens bis abends sämtliche Möglichkeiten im Kopf durch. Die Ärztin sagte vorhin zu mir, ich soll mich entspannen. An was Schönes denken. Also denke ich halt über den Mord nach.«

»Und?«

»Möglichkeit eins: Es war doch Gralmann. Der Mann ist ein Despot. Er hat seine Tochter zumindest geistig missbraucht. Vermutlich auch physisch, wenn wir den Aussagen von Leander Berg glauben können. Sie hat ihn an diesem Abend, wahrscheinlich ermutigt durch Herrn Bileam, provoziert. Ein Ausbruchsversuch aus dem väterlichen Kerker. Das Alibi des Vaters ist dünn, um nicht zu sagen: lächerlich. Der Schlüssel in der Vase. Ich meine. Das ist ein Intelligenztest, den sogar ein minderbegabter Schimpanse bestehen würde.«

Kreindl lachte.

»Der Rest ist denkbar einfach. Er hört, wie die Tochter das Haus verlässt. Er sperrt auf, schleicht hinunter. Dann folgt eine Szene, wir wissen nicht, welche. Als sie gehen will, erschlägt er sie mit der Axt. Ich weiß – du fandest dieses Szenario nicht schlüssig. Aber mit einigen Zusatzhypothesen doch nicht absolut unmöglich …«

»Einverstanden, nicht absolut unmöglich.«

»Möglichkeit zwei: Es war Frau Gralmann.«

»Frau Gralmann? Im Ernst?«

»Na ja, das bei ihm lächerliche Alibi ist bei ihr eigentlich überhaupt keines.«

»Okay, sie hatte die Möglichkeit. Aber welches Motiv in aller Welt sollte sie haben? Ich meine, *er* war der Despot. *Ihn* hätte sie erschlagen wollen. Aber warum die Tochter?«

»Vielleicht eine Verwechslung? Die Tochter trug Gralmanns Kleidung …«

»Aber er lag ja oben im Bett – sie musste geradezu an ihm vorbeischleichen …«

»Ich weiß – aber mit einigen Zusatzhypothesen …«

»Es werden etwas viele Zusatzhypothesen.«

»Gut. Möglichkeit drei: Es war doch Benedikt Bileam.«

»Er hat ein wasserdichtes Alibi.«

»Scheinbar. Ja. Aber er hatte ein Motiv. Er war offensichtlich von der Tochter recht begeistert und hatte eine starke Abneigung gegen den Vater.«

»Hm. Ob das als Motiv reicht. Ich meine, er kannte Lara Gralmann erst wenige Stunden. So groß kann die Liebe zur Tochter und der Hass gegen den Vater nicht gewesen sein. Schlägt man da mir nichts dir nichts jemandem mit der Axt den Schädel ein? Und wie gesagt – er hat ein wasserdichtes Alibi. Wie soll er aus dem Zimmer gekommen sein?«

»Gralmann beschwört immer noch, dass er ihn im Garten gesehen hat …«

»Ja, aber dafür ist mir bei der Autofahrt eine Erklärung eingefallen: Es könnte sein, dass er Lara Gralmann gesehen und mit Bileam verwechselt hat …«

»Wie kann man die beiden miteinander verwechseln? Er ist ein Hüne, sie eher schmächtig und überhaupt …«

»Gralmann hat sie ja schräg von oben vom Fenster aus gesehen und er hat nicht erwartet, dass sie seinen ihr viel zu weiten Mantel trug. Von oben sah er eigentlich nur breite schwarze Mantelschultern und weißblondes Haar. Und wie es um seine Sehkraft bestellt ist, wissen wir nicht. Im Halbdunkel konnte er da schon meinen, es wäre Bileam. Ich halte es für viel wahrscheinlicher, dass Gralmann entweder seine Tochter mit Bileam verwechselt oder überhaupt gelogen hat, als dass Bileam wirklich im Garten war. Und nochmals: Bileam hat ein hieb- und stichfestes Alibi!«

»Vielleicht war er mit dem Pensionswirt im Bunde?«

»Und welches Motiv hatte der Pensionswirt? Und wie sollen die beiden sich zu einer Tat verbündet haben, die Benedikt Bileam selbst noch eine Stunde vorher nicht erwarten konnte? Ich meine, wenn Benedikt Bileam der Täter wäre, wäre es eine Tat im Affekt gewesen, nichts Geplantes. Und selbst wenn wir das alles vergessen: Die beiden hätten sich an Ehefrau und Tante vorbeischleichen und unbemerkt von den drei Radfahrern aus dem Haus kommen müssen. Und warum das alles? Wozu?«

»Keine Ahnung. Vielleicht kannten Benedikt Bileam und Lara Gralmann sich doch schon länger. Vielleicht kannten alle sich schon länger. Vielleicht steckt auch die gesamte Pension unter einer Decke …«

Kreindl lachte. »Du meinst, wie in Agatha Christies *Mord im Orientexpress*, wo am Ende alle Reisenden im Zug den Mord gemeinsam begangen haben? In der Realität dürfte das doch sehr selten vorkommen … Wir können jetzt noch alle Pensionsbewohner durchspielen – aber immer ist es so, dass einer es nicht alleine tun konnte. Er hätte die Unterstützung anderer gebraucht, was aber hochgradig unwahrscheinlich ist … Benedikt Bileam und der Pensionswirt hätten einander gebraucht. Die Pensionswirtin hätte nur mit der Rechtsanwältin kooperieren können, die drei Radfahrer hätten gemeinsam handeln müssen … Und letztlich hätte eigentlich jeder alle anderen zusammen gebraucht für ein Alibi. Womit wir wieder beim *Orientexpress* wären. All das führt uns in Sackgassen.«

»Ja, ich weiß auch nicht. Vielleicht bin ich noch zu benebelt von den Medikamenten. Aber vielleicht ist all das auch nur eine Nebelkerze. Die Pension. Die Familie. Vielleicht ist da etwas anderes, von dem wir gar nichts wissen … irgendeine Person, die bisher nicht aufgetaucht ist, sondern nur ihren Schatten warf, den wir gar nicht bemerkt haben …«

»Schatten«, wiederholte Kreindl nachdenklich. »Schatten … Übrigens eine ganz andere Sache: Du weißt, dass gestern diese verrückte Nachbarin auf der Mittenwalder Straße überfahren worden ist …?«

»Die mit dem religiösen Fimmel?«

»Ja, genau. Die mit dem Heiligen Antonius, die uns immer so genervt hat und die auch am Tatort mitrumgetrampelt ist.«

»Wahrscheinlich sehe ich schon Gespenster. Aber sind das nicht sehr viele Zufälle?«

Kreindls Handy klingelte. »Moment! Kreindl. Was gibt's? Wie bitte? Tatsächlich? Sofort ins Labor damit! Vielen Dank! Bis später!«

Sie legte auf und sah Baumgartner an. »Wie's ausschaut, haben wir den Täter.«

»Wer?«, rief er und raffte sich mit einem sportlichen Ruck aus dem Kissen hoch.

»Wenn das Labor es bestätigt: Frau Prankl!«

Baumgartner starrte sie an.

»Die Kollegen, die gestern zum Unfall kamen, waren natürlich zuerst nur mit der Aufnahme des Verkehrsunfalls beschäftigt. Sie haben den Fahrer befragt. Zeugen gab es nicht. Es war weit und breit außer Frau Prankl und dem Unfallwagen niemand auf der Straße. Jetzt erst hat jemand sich die Sachen von Frau Prankl genauer angeschaut. Sie hatte wie immer eine Handtasche dabei, so ein uraltes klobiges Ding, in der aber nur stapelweise Heiligenbilder und ein paar Tablettenschachteln und solcher Kleinkram steckten, und einen großen Stoffbeutel mit Gartenwerkzeug, wahrscheinlich um Gräber zu pflegen.

Und unter dem Werkzeug war in einer Plastiktüte – halt dich fest –: Eine Axt! Und zwar eine kurze Universalaxt, auf die haargenau die Beschreibung der verschwundenen Axt aus dem Gralmann-Garten passt! Noch dazu Blutspuren an der Klinge! Mit höchster Wahrscheinlichkeit die Mordwaffe! Jetzt warten wir auf den Laborbericht.«

Der Morgen erwachte in dichtem Nebel. Die Berge waren verschwunden. Gleich hinter dem Gartenzaun endete die Welt. Benedikt sah es von seinem Zimmerfenster aus. Irgendwie zog die Nebelwelt ihn magisch an. Er kleidete sich rasch an und schlüpfte aus dem Haus, so leise es eben möglich war. Dann schlug er den Weg zum See hinunter ein. Benedikt, der sich sonst immer und überall verirrte, ging im Nebel mit der größten Zielsicherheit. Als wäre nun alles Ablenkende verschwunden. Als wäre nun alles klar. Im Gras glitzerten vom Nebel betaute Spinnennetze. Man staunte, wie viele Netze es gab, die man sonst in den Wiesen und Zweigen gar nicht bemerkte. Zahllose silbrige Netze. In manchen sah man die Spinne sitzen. Eine war gelb und schwarz gestreift. Sie saß kopfüber und wartete reglos.

Benedikt stand am Seeufer und atmete die feuchte Kühle ein. Der See war verschwunden. Man sah nur die vordersten Wellen ans Ufer gischten. Der Wellenschlag des großen Nichts.

Es war sanft. Kühl. Anziehend wie ein großer Strudel. Verführerisch wie Sirenengesang.

Benedikt stand so lange gebannt, bis aus dem Nichts langsam die dunklen Gipfel erschienen. Als ob sie sich zurückmeldeten. Wir sind noch da. Dunkel und groß. Als es klarer wurde und der Nebel verschwand, wendete Benedikt sich zögernd von der weißen, aber an Kraft verlierenden Tiefe ab. Nach und nach erschienen die Farben. Die bewohnte Welt eroberte den See zurück. Benedikt machte sich auf den Rückweg. Dabei verlief er sich paradoxerweise. Eine Weile streifte er durch Schilf. Hörte von fern unsichtbare Schafe blöken. Stand plötzlich mitten auf einem Bauernhof, wo eine Frau in Schürze ihn fragte, ob er was suche. Er entschuldigte sich, fragte nach dem Weg. Die Frau lachte: »Wie kann man denn das nicht finden?« Dann zeigte sie ihm die Richtung, und obgleich er nochmals vom Weg abkam, fand er nun mit Umwegen in die Pension zurück.

Als er in das untere Wohnzimmer eintrat, saß dort Christa an einem Tisch. Vor ihr stand eine Tasse Tee. Sie sah aus, als hätte sie seit zwei Monaten nicht geschlafen. Ihr ausgemergeltes Gesicht wirkte nun wirklich wie ein Totenkopf. Swantje und Anna saßen links und rechts von ihr und beugten sich zu ihr. Man sah, dass sie ihr gerade Mut zugesprochen hatten.

»Benedikt!«, rief Anna, als sie ihn sah. »Stell dir vor, was passiert ist: Die Prankl soll Laras Mörderin sein!«

»Was? Wie kann das sein? Sie ist doch selbst gerade überfahren worden? Was ist das für ein Wahnsinn?«

»Es stimmt«, sagte Christa leise. »Es ist alles so furchtbar. Die Polizei war gerade bei uns drüben. Sie haben uns gesagt, dass man bei der totgefahrenen Prankl in ihrer Tasche das Mordinstrument gefunden hat. Das Beil von unserem Hackklotz, das so lange verschwunden war! Es war übersät mit Fingerabdrücken von der Prankl – und noch immer klebte Laras Blut daran … Mein Gott!«, schluchzte sie auf.

Swantje streichelte ihre Schulter und nahm sie in den Arm.

Anna kam behutsam zu Benedikt und flüsterte ihm zu: »Alles schaut danach aus, dass die Prankl die Lara erschlagen hat in ihrem religiösen Wahn. Wahrscheinlich war sie empört über die halbnackerte Sünderin im Nachthemd, die da vor ihrem Klofenster im Garten herumgesprungen ist! Passen würd' es zu ihr! Aber dass die arme Lara wegen so einem Wahnsinn sterben musste! Dass die Prankl eine Spinnerin war, wusste ja jeder – aber gleich Mord! Wer hätte das gedacht! Wir haben einfach alle unterschätzt, *wie* verrückt sie war.«

Christa, die trotzdem alles gehört hatte, riss sich zusammen und fügte hinzu: »Die Polizei glaubt auch, dass es sein könnte, dass diese verrückte Frau gesehen hat, wie Lara Leons Mantel umlegte – und dass sie das für sündigen Diebstahl hielt und dass sie sie in ihrem Irrsinn deshalb mit dem Beil erschlagen und den Mantel dann an den Haken zurückgehängt hat. Der Mantel hing ja dort. Keiner wusste, wie das geschah. Und die Prankl soll immer wieder gefaselt haben, der Mantel sei zurückerstattet und Lara sei vom Blitz erschlagen worden und solches Zeug. Sogar den Polizisten hat sie es erzählt, aber niemand wollte ihr zuhören, weil jeder sie bloß für eine Spinnerin hielt.«

Benedikt ging erregt auf und ab. »Und dann hat sie ganz zufällig ein Auto überrollt? Nie und nimmer! Das glaub ich nie und nimmer!«

»Es ist aber so!«, schrie Christa und schlug die Hände vors Gesicht. Ihre Giacometti-Schultern bebten.

Eine Weile lang waren alle still. Man hörte nur Christa schluchzen. Keiner wusste, was er noch sagen sollte.

Anna unterbrach das Schweigen mit einer praktischen Frage: »Aber wie geht es bei euch drüben denn nun weiter? Der Leon ist doch nicht etwa allein?«

»Nein, nein! Unsere Freundin ist bei ihm, Bea Reichwein. Ihr wisst schon, die Reichweins sind ein befreundetes Paar. Bei ihnen haben wir doch vorübergehend in der Villa gewohnt.

Bea kümmert sich um ihn. Sie ist sehr lieb. Sie hatte schon immer einen guten Draht zu ihm. Ich glaube sogar, früher war sie einmal sehr verliebt in ihn … Früher war ich jedenfalls einmal sehr eifersüchtig auf sie. Aber das ist tausend Jahre her …«

»Wir lassen euch doch nicht im Stich!«, sagte Anna. »Ich komme nachher mit dir rüber. Ich helfe dir. Wir sollten Leon ablenken. Er muss aus dem Haus. Beide müsst ihr raus. Spazieren gehen. Sonst werdet ihr ja verrückt.«

»Ihr glaubt nicht, wie Leon all das zugesetzt hat! Der Mord! Seine geliebte Lara! Sein Ein und Alles! Und dann die Attacke gegen ihn selbst auf dem Friedhof! Der Schlag auf den Kopf! Er war in den letzten Jahren schon sehr gebrechlich geworden und sehr vergesslich. Aber ich fürchte, jetzt stürzt er endgültig ab in die Demenz. Er bringt das alles in seinem Gehirn nicht mehr zusammen. Ab und zu tobt er, dann wird er wieder ganz verzagt und weint. Ich glaube, er hat eine schwere Depression. Aber von Ärzten und Psychologen will er nichts hören. Er glaubt, ein Genie wie er funktioniert nach ganz anderen Gesetzen. Darin unterstützt ihn Bea leider. Sie gibt ihm in alldem völlig recht. Aber ich! Ich habe dann die Bescherung! Seine Anfälle nachts! Wenn er plötzlich aus dem Bett springt und fortrennen will! Ich zittere immer, dass er sich irgendwann etwas antut. Dass er sich umbringt. Ob absichtlich oder nicht. Ich weiß nicht. Ich schaffe das nicht mehr. Er müsste … ich weiß, es klingt ganz furchtbar und grausam, aber er müsste in irgendein Heim … eine Anstalt … Ich kann das nicht … Ich habe auch ein Recht auf ein menschenwürdiges Leben …«

Wieder schluchzte sie heftig.

Anna streichelte ihr knallrot gefärbtes Haar, das wie von einer Puppe wirkte und gar nicht zu ihr zu gehören schien, dann sagte sie leise und sanft: »Ich komm jetzt mit dir rüber. Dann sehen wir weiter.«

12

Das Wetter war wechselhaft geworden. Es wurde kühl, begann zu nieseln, dann brannte plötzlich wieder die späte Sonne mit unerwarteter Kraft. Swantje unternahm eine Moorwanderung. Den klassischen Moorweg. Empfohlen vom Touristenbüro. Sie war allein. Sie wollte ihre Gedanken ordnen. Nach all diesen verwirrenden Stunden und Tagen und Wochen. Sie lief über holprige Pfade zwischen hohen Schilfmauern, die im Wind schwankten und säuselten. An manchen Stellen hatte der Regen den Weg überschwemmt. Riesige Pfützen und Schlamm versperrten ihr die Bahn. Sie versuchte, ins Schilf auszuweichen, sackte bis über die Knöchel ein. Zog fluchend den triefenden Bergschuh wieder aus dem glucksenden Morast. Unter der Regenjacke klebte ihr das verschwitzte T-Shirt am Leib.

Aber dennoch war es gut, so zu laufen. Sie wollte den Kopf freibekommen. Benedikt. Ihr kleiner Neffe. Wie hatte er sich verändert, seit er in *La Pineta* mit weißem Haar vor ihr gestanden hatte! Und dabei war er ihr schon damals unfassbar verändert erschienen. Aber damals war er trotz allem noch ihr Neffe gewesen. Mit den verrückten Ideen. Mit dem *Gerold*-Lachen. Im Grunde überhaupt ein Kind. Jetzt kam es ihr vor, als hätte er in wenigen Tagen die Pubertät durchgemacht, und wäre erwachsen geworden. Und schlimmer noch: In manchen Momenten meinte sie fast, er hätte sie im Altern überholt und wäre jetzt älter als sie selbst. Sein *Gerold*-Lachen war verschwunden. Das gab ihr einen Stich. Na schön, damit müssen sich alle Eltern abfinden. Warum nicht auch Tanten.

Er verstieg sich noch immer in Gedanken – aber all das war erwachsener geworden. Oder schien es ihr nur so? Und dann diese Besessenheit von der toten Lara, die – seien wir ehrlich – einen ziemlichen Sprung in der Schüssel gehabt hatte und vor der man ihn, wenn sie noch lebte, auf jeden Fall hätte bewahren müssen. Vermutlich war sie ebenso eine Psychopathin wie ihr Vater – auch wenn dieser die Schuld daran trug und sie zerbrochen hatte.

Und dann diese Mordgeschichten. Was geschieht mit uns?, fragte sich Swantje. Wohin treiben wir? In was sind wir hineingeraten? Warum leben wir, ein netter und genialer Schulkasper und seine nette solitäre Tante, plötzlich in einer griechischen Tragödie? Was sind das für Kräfte, die uns herumschieben wie auf einem Schachbrett – und die uns mit einem Handstrich einfach vom Brett fegen können, ins Dunkel? Sollen wir abreisen, solange es noch geht? Dürfen wir Anna im Stich lassen?

Frau Prankl die Mörderin. Glaube ich daran? Oder hat Benedikt recht? Verrückt war sie. Da ist kein Zweifel. Hat vielleicht sogar ihren Mann vergiftet. Wer weiß. Aber ein Mord mit dem Beil? Das ist doch etwas anderes. Und wenn sie es war – dann muss ihr Tod ein Zufall sein. Aber das klingt so … unwahrscheinlich … Tatort, hat Anna gesagt. Was hat sie gesehen? Was hat sie unbewusst bemerkt? Irgendwie glaube ich Benedikt. Da stimmt etwas nicht. Andererseits – wenn Frau Prankl es nicht war, woher hatte sie das Beil? Und wer in aller Welt war es dann? Wer hat etwas davon? *Cui bono?* Die Hauptfrage …

Oder sind wir alle auf dem Holzweg? Wir denken die ganze Zeit an Motive wie Leidenschaft, Hass, Rache … Und wenn es um ganz anderes ging? Um etwas, das wir bisher alle nicht bedacht haben? Gier? Nach meiner Erfahrung in der Praxis ist Habsucht und Gier ein sehr wesentliches Motiv. Aber wer konnte durch Laras Tod etwas gewinnen – finanziell gewinnen?

Oder ging es um ganz anderen Gewinn? Vielleicht Freiheit? Freiheit wovon? Freiheit wozu? Sie wusste keine Antwort.

Dann begannen ihre Gedanken abzuschweifen. Eine Überraschung, was Anna gestern gesagt hatte. Dass Gérard ursprünglich gar nicht zurückwollte nach Südfrankreich. Dass er glücklich und zufrieden gewesen war in Kochel. Dass nur seine Familie ihm den Floh ins Ohr gesetzt hatte. Die arme Anna. Nicht leicht, jenseits der Lebensmitte noch einmal von vorn zu beginnen. Noch dazu in einem fremden Land. Sprach sie überhaupt französisch? Soweit Swantje sich erinnerte, nur ein paar Brocken. Und dann als Angeheiratete in eine fremde Familie, die man nicht einmal richtig verstand. Sie selbst konnte ein Lied davon singen. Ihre eigene Scheidung ging zu einem guten Teil aufs Konto ihrer Ex-Schwiegermutter. Und Weinbau! Was wusste Anna von Weinbau! Sie trank nicht einmal Wein. Und das sollte nun ihr neuer Lebensinhalt werden? Je mehr Swantje darüber nachdachte, desto besser verstand sie Annas verzweifelte Situation. Und warum nahm sie all das auf sich? Nur aus Liebe zu Gérard. Nur aus Liebe. Swantje fragte sich, ob sie selbst je so geliebt hatte, ein solches Opfer zu bringen. Und dabei war es ja nach Annas Aussage nicht einmal Gérards innerster Herzenswunsch. Er wollte weg von hier, nach alledem, das schon. Er war zu weich, um so zu leben, dauernd den Ort eines Mordgeschehens vor Augen. Aber dazu hätten sie nur ein paar Straßen weiterziehen müssen – oder in den nächsten Ort. Anna hatte hier ihre Wurzeln. Warum Frankreich? Im Grunde nur, weil Gérards Bruder und seine Familie das Geld brauchten. Und wieder schweiften ihre Gedanken ab. Das Labyrinth fiel ihr ein. Und der Unterschied zwischen dem heidnischen Irrgarten und dem frommen Labyrinth. Und dann kam ihr plötzlich wieder in den Sinn, was Benedikt über Neuroparasiten erzählt hatte. Unfassbar, dass es so etwas gab. Man musste fast an Vorsehung glauben. Aber in diesem Fall an teuflische Vorsehung. Ein Parasit, der sich festsetzt im Gehirn seines Opfers und dieses aus egoistischen Motiven zur Selbstzerstörung lenkt.

Swantje spürte, dass manche Dinge ihr auf der Zunge lagen. Aber sie konnte sie noch nicht benennen.

Wie auch immer, die Sache ist sehr, sehr gefährlich, dachte sie. Ich werde auf Benedikt achtgeben müssen. Ich werde auch auf Anna achtgeben müssen. Und schließlich muss ich auch auf mich selbst achtgeben.

Bei diesem Gedanken wurde ihr plötzlich bewusst, dass sie mutterseelenallein durch ein Schilflabyrinth stapfte. Schon seit einer halben Stunde war ihr kein Wanderer und kein Mountainbiker in Neonkleidung mehr begegnet. Kein menschliches Wesen in der Nähe. Niemand, der einen Hilferuf gehört hätte. Der Himmel hatte sich verdüstert. Wolken flogen im Zeitraffer über die ragenden Berggipfel, die ihre Köpfe wie Raubvögel zu recken schienen. Die Kleider an ihrem Körper waren schwer von kaltem Schweiß. Plötzlich fühlte sie eine stumme Anwesenheit. Den Blick des Minotaurus. Schau, dass du heimkommst!, sagte sie zu sich selbst. Rasch!

Zur selben Zeit saßen Benedikt und Anna vor der Villa Gralmann. Ein Krankenbesuch, sozusagen. Eine gute Tat, zu der Benedikt all seine ethischen Grundsätze zusammenraffen musste. Aber Annas Elan hatte ihn mitgerissen. Ihre Gutherzigkeit. »Die armen Leute!«, hatte sie gesagt. »Stell dir vor! Die Tochter erschlagen von einer Irren! Er selbst attackiert auf dem Friedhof! Und das in den letzten Lebensjahren! Wie schwer das sein muss! Man kann die zwei doch nicht in ihrem Elend alleine lassen!« Also hatte Benedikt sich vor Anna geschämt und war mitgekommen. Tatsächlich hatte der Anblick der beiden, wie sie auf den weißen Korbstühlen vor der Villa saßen und sie erwarteten, ihn entwaffnet. Schon die Begrüßung verlief so verhalten wie an einem Krankenbett. Gralmann schien kleiner geworden, geradezu geschrumpft. Er verschwand fast in dem weiten Lodenmantel, der natürlich nicht der Mordmantel war. An seiner Stirn klebte ein Pflaster. Seine Haut war sehr bleich und die weiße Mähne struppig und wirr. Er hatte aufgehört, große Monologe zu sprechen, und schien überhaupt meist geistig abwesend. Christa saß neben ihm, ein Häufchen Elend mit rot flammender Perücke. Sie bediente und bemutterte ihn. Zog ihm die Decke zurecht. Schenkte Tee ein. Ab und zu allerdings, wenn Christa einen Handgriff zu langsam tat oder ihm etwas reichte, was er nicht wollte, wurde sein Blick plötzlich bohrend und schwarz und er stieß sie ungeduldig weg oder packte ihr Handgelenk, was Christa jeweils mit einem wehmütigen Lächeln überspielte.

Anna war wunderbar. Sie war, fand Benedikt, geradezu die ideale Kombination aus Krankenschwester, guter Freundin und Unterhalterin. Sie hatte einen Guglhupf mitgebracht und einen Blumenstrauß – nur als Symbol natürlich, denn der Gralmann-Garten quoll geradezu über von wunderbaren Blumen. Sie fand auch genau die richtigen Worte, wo Reden fast unmöglich war. Und sie hatte eine geniale Idee gehabt. Sie hatte einen Band Shakespeare-Komödien mitgebracht und las kleine Passagen vor. Manchmal auch nur

Lieder aus den Komödien. Und tatsächlich, Gralmann war in der Lage, ihr zuzuhören, ohne selbst sofort der Akteur werden und quasi die Bühne betreten und vortragen zu wollen. Er hörte ihr zu. Er lauschte. Manchmal schien es, als hinge er einer fernen Erinnerung nach. Als versuchte er, auf etwas zu kommen, das ihm entfallen war. Tatsächlich nahm sein Gedächtnis ab. Wurde täglich schwächer. Und Anna las Shakespeare wunderbar. Sie las ganz natürlich, ohne Übertreibung, wie es im Gegensatz dazu professionelle Schauspieler oft tun – sogar sehr gute. Sie las die Worte so einfach, dass man meinte, sie seien ihr selbst gerade erst in den Sinn gekommen. All das wirkte beruhigend in der Mittagsstille, dazwischen summten Bienen. Benedikt geriet in eine meditative Stimmung. Es war wie eine Form von Hypnose. Ein sanfter Sog.

Als Anna das Buch zuklappte – eine große, schöne antiquarische Ausgabe mit Golddruck, die sie im Bestand ihrer Tante gefunden hatte – und sagte: »So, Schluss für heute! Morgen geht es weiter!«, fühlte Benedikt ein tiefes Bedauern.

Sie verabschiedeten sich. Christa brachte sie zum Gartentor. Sie nutzte die Gelegenheit, ihnen noch ein paar vertrauliche Worte zuzuraunen. »Wie lieb von dir, Anna, uns zu besuchen und vorzulesen. Das tut uns so gut. Ihm. Und auch mir selbst. Es wird immer schlimmer mit ihm. Vor allem nachts. Ich habe wirklich Angst, dass er mir entwischt und sich etwas antut. Ich kann das kaum mehr verantworten. Er müsste in ein Heim.«

Damit ging sie zurück zu Gralmann, der ihr aus irgendeinem Grund alarmiert entgegenblickte.

Hatte er die Worte gehört? Auf diese Entfernung?

Zur selben Zeit stand auch Oberkommissar Baumgartner am Fenster seines Wohnzimmers. Er hatte gerade versucht, mit der unverletzten Rechten ein kleines Hanteltraining zu absolvieren. Und er war erschrocken, wie schwach er geworden war in diesen wenigen Tagen. Im Moment hätte ein Attentäter oder Mörder leichtes Spiel mit ihm. Verliert man so schnell die Kontrolle?

Maria war rührend. Er mochte sie wirklich sehr. Sehr. Aber die Ermittlungen liefen derzeit ohne ihn. Natürlich, Maria hielt ihn auf dem Laufenden. Aber dennoch war er ausgeschlossen, eingeschlossen. Zwar nicht in seinen vier Wänden (er konnte ja nach Lust und Laune spazieren gehen), aber doch in seinen vier Gedanken-Wänden – wie außerhalb von Raum und Zeit.

Er wollte mitarbeiten. Er wollte dem Guten zum Sieg helfen. Dafür mache ich den Job doch, dachte er. Aber er konnte nicht handeln, er konnte nur denken. Und das Denken fiel schwer hier. Als wäre mit dem verletzten Arm auch der Geist verletzt und könnte sich nur mühsam bewegen. Die Sache mit der Prankl. Je mehr er darüber nachdachte: Das stimmte hinten und vorn nicht. Irgendetwas haben wir übersehen, sagte er sich. Eine Mörderin, die zufällig überfahren wird. Bitte, es gibt nichts, was es nicht gibt. Trotzdem – wenig glaubhaft. Oder eine Mörderin, die sich aus Verzweiflung über ihre Tat vor ein Auto wirft? Aber erstens dürfte die Prankl, wenn sie die Tat begangen hätte, nach ihrer verschrobenen Weltsicht eher stolz darauf sein als verzweifelt. Und dann war da das Rätsel mit den Fingerabdrücken: Auf der Axt befanden sich haufenweise Fingerabdrücke der Irren und des Polizisten, der das Beweisstück entdeckt hatte, aber sonst keine. Wo waren die Fingerabdrücke von Gralmann und Bileam und den anderen geblieben? Und mehr noch: Es gab keinerlei DNA-Spuren auf der Tatwaffe. Klar, das Objekt hatte noch feucht in einer Plastiktüte gesteckt. Feuchtigkeit plus Plastiktüte – der perfekte DNA-Killer. Aber war das Zufall oder Absicht? Angenommen, die Prankl hatte nicht den Mord begangen, sondern nur das Beil gefunden. Mit der Hilfe des Heiligen Antonius. Der Unfall wäre trotzdem ein großer Zufall. Und vor allem ein Zufall, der dem wahren Mörder äußerst gelegen käme. Alles sah nach Fake aus. Präsentierte da nicht jemand der Polizei einen Täter auf dem Silbertablett, samt beiliegender Mordwaffe? Wenn dies der Fall war, dann war die Prankl ermordet worden. Die interessante Frage war nun: Wie? Es gab eigentlich nur drei Möglichkeiten: Erstens, jemand hatte die Prankl vor den Wagen gestoßen – aber nach Aussage des Autofahrers war die Straße weit und breit leer gewesen. Auch die ersten Zeugen am Unfallort hatten niemanden gesehen. Zweitens: Jemand hatte der Frau irgendein Medikament oder Alkohol oder Sonstiges verabreicht – das war eindeutig nach Aussage des Gerichtsmediziners nicht geschehen. Oder drittens: Der Unfallfahrer hatte die Frau mit Absicht überrollt. Aber welches Motiv sollte ein Tourist aus Frankreich haben, sie zu überfahren? Und selbst wenn er ein Motiv hätte, wie sollte er es bewerkstelligen? Eine unliebsame Person nachts auf einer einsamen Straße abzupassen und vorsätzlich zu überfahren – das konnte funktionieren. Doch auf der Mittenwalder, wo in der Regel heftiger Verkehr herrschte, gerade an dieser unübersichtlichen Biegung, war ein Abpassen praktisch unmöglich. Angenommen, der Unfall auf der Mittenwalder wäre in Wirklichkeit gar nicht dort geschehen? Man hätte Frau Prankl an einer anderen Stelle überfahren und dann mit der Axt auf der Straße platziert? Auch das wäre nicht einfach am hellen Tag, jedoch mit viel Glück und Geschicklichkeit an dieser unübersichtlichen Stelle eventuell möglich. Hätten die Kollegen von der Schutzpolizei, die ja selbstverständlich von einem Unfall ausgingen und keinerlei Verdachtsmomente sahen, das bemerkt? Wohl nicht. Natürlich sehr konstruiert. Doch wenn all das stimmte, dann käme als Täter nur der Autofahrer in Frage. Und wiederum: Mit welchem Motiv? Zumal er ja auch der Mörder im Fall Lara Gralmann sein müsste. Alles sehr mysteriös. Es gab keinen Sinn. Er konnte mit diesem Arm einfach nicht richtig denken. Wie auch immer, Baumgartner hätte brennend gerne mit dem Autofahrer gesprochen.

Nur saß er selbst leider eingesperrt mit Armschiene in seiner Wohnung. Noch. Morgen sollten die Fäden gezogen werden. Endlich.

Der Wasserfall stürzte aus großer Höhe herab. Nur ein dünner, eisiger Strahl. Wie eine Flamme. Eine Engelserscheinung. Eine Aura verströmend, die in feinen Tropfen auf den Gesichtern von Swantje und Benedikt zerstäubte. Beide standen mit nackten Füßen im Wasser, das so eiskalt war, dass es bis unter die Hirnschale schmerzte. Sie genossen trotzdem die Abkühlung nach dem steilen Aufstieg durch den Wald. Ihre T-Shirts klebten an ihren Körpern. Die Bergschuhe standen auf Steinen am Ufer.

»Wahnsinn!«, rief Benedikt. »Toll, dieser *Lainbachfall*! Das hat sich wirklich gelohnt! Aber jetzt reicht es, sonst falle ich tot um.« Swantje lachte, und die beiden wateten zu den Felsbrocken und zogen mühsam die Socken über die nassen Füße und schnürten sich dann wieder die Stiefel zu.

»Sag mal, Benedikt, was denkst du eigentlich über Christa?«

»Hm. Schwer zu sagen. Sie ist in einem erbärmlichen Zustand. Das auf jeden Fall. Gralmann war ja schon immer ein extrem schwieriger Charakter. Und jetzt verabschiedet sich auch noch mehr und mehr sein Verstand.«

»Und wie hat sie das all die Jahre ausgehalten? Ein Muster an ehelicher Treue ist er auch nicht gewesen, von all den Missbrauchsgerüchten ganz zu schweigen …«

»Ich weiß nicht. Manche Menschen basteln sich mit großer Energie und Sorgfalt ihre eigene Hölle. Das ist mir oft aufgefallen.«

»Das könnte dir nicht passieren?«

»Bestimmt nicht! Wenn Dinge mir zu anstrengend werden, verabschiede ich mich.«

»Wie Gralmanns Verstand, meinst du?«

»Ja, dem Verstand ist es vermutlich auch zu anstrengend mit Gralmann. Wäre ich sein Verstand, würde ich mich auch verabschieden.«

»Klingt ziemlich zynisch …«

»Nein, das ist nur Realismus.«

»Jedenfalls – Christa verabschiedet sich nicht. Und das gibt mir zu denken. Solche fatalen Beziehungen sind oft viel komplexer, als sie von außen erscheinen. Ich frage mich manchmal, was sie wirklich in ihren hintersten Gehirnwindungen denkt.«

»Das weiß doch keiner vom anderen. *What Is It Like to Be a Bat?* heißt ein grandioser Aufsatz, den ich dir nur empfehlen kann …«

»Besten Dank! Aber Konkreteres weißt du nicht? Ich meine, woher kennen die beiden sich eigentlich? Und wie lange?«

»Irgendwer hat mal gesagt, dass sie ursprünglich aus Argentinien stammt. Oder ihre Eltern. Ich weiß nicht. Hab ich das irgendwo auf Wikipedia gelesen? Oder hat Anna es erzählt? Oder hab ich das geträumt? Ich glaube, die beiden sind seit gut zwanzig Jahren zusammen. Jedenfalls hat Christa irgendwann erwähnt, dass sie sich bei Dreharbeiten kennengelernt haben. Christa war aber nur was Kleines. Für die Ausstattung zuständig oder so. Gralmann war gerade geschieden, Lara lebte aber bei ihm. Ich weiß nicht, warum.«

»Was, Lara war nicht Christas Tochter?«

»Nein, Stieftochter. Wusstest du das nicht? Das hat Anna gleich am ersten Tag mal erwähnt. Da warst du wohl nicht dabei.«

»Nein, das ist mir völlig entgangen. Ich finde das hochinteressant, weil ...« Sie unterbrach sich, fuhr dann fort. »Was meinst du – wie war eigentlich das Verhältnis zwischen Christa und Lara?«

»Beide unterjocht und unterdrückt von unserem Burgschauspieler-Monster. Aber jede auf ihre eigene Art.«

»Gemeinsames Unterdrücktwerden bedeutet noch nicht Einigkeit. Auch Unterdrückte können einander an die Kehle gehen ...«

Benedikt starrte sie an. »Was willst du damit sagen?«

»Gar nichts. Ich hatte nur manchmal ganz kurz den Eindruck bei Christa, dass ... Ach, vergiss es. Ich rede wahrscheinlich Blödsinn. Man sieht nach all den Ereignissen der letzten Woche ja überall Gespenster ...«

»Nein, das ist kein Blödsinn! Ich finde das jetzt meinerseits sehr interessant.«

»Wieso?«

»Erinnerst du dich an den Tag, als ich Christa in der Kirche traf? Da sagte sie etwas – warte, ich muss mich konzentrieren, damit ich es noch zusammenbringe. Ich will jetzt nichts Falsches behaupten ... Sie sagte in etwa: *Bitte nicht falsch verstehen: Aber als Lara noch da war, war es noch schlimmer als jetzt. Es war die Hölle.* Ja, ziemlich genau das sagte sie ...«

»Eines ist sicher, Christa steht immer im Hintergrund. Christa wird nie wirklich beachtet. Aber es geht garantiert vieles in ihr vor ... und vielleicht ganz anderes, als man vermutet ...«

»Ich denke auch, dass sie sehr eifersüchtig sein kann, das hat sie sogar selbst gesagt. Und noch eins steht fest: Sie will Gralmann loswerden. Jetzt. Sofort. Sie will ihn so schnell wie möglich in ein Heim befördern – damit er sich nicht umbringt. Sagt sie jedenfalls ...«

Swantje und Benedikt traten den Heimweg durch die Waldschluchten an. Die Landschaft erinnerte hier mitunter erstaunlich an Spitzweg. Man erwartete Kobolde und Nymphen oder bunte

Riesenfalter. Im Bachbett standen immer wieder aus aufgetürmten Steinen errichtete Gestalten, die kultisch und mystisch wirkten. Auch buddhistische Fähnchen sah man an zwei Stellen flattern. An einer schärferen Biegung des Weges war ein Marterl errichtet. Ein Mensch war dort vor über dreißig Jahren in den Tod gestürzt. Der Weg zur Pension dauerte im Grunde nicht lange. Man konnte ihn in einer Dreiviertelstunde schaffen. Und dennoch schien es wie die Rückkehr aus einer anderen fernen Welt. Der Himmel hatte sich wieder bewölkt. Über die Berge zogen schwere Wolken.

Als die beiden Wanderer in den Garten traten, sahen sie die Haustür weit offen. Anna war aber nicht im Garten. Auch im Haus fanden sie sie nicht, obwohl sie in beiden Stockwerken suchten und nach ihr riefen.

»Seltsam«, sagte Swantje. »Wohin sie wohl gegangen ist?«

»Vielleicht ist sie wieder bei den Gralmanns drüben? Vielleicht gab es irgendein Problem und Christa hat sie rasch geholt? Oder sie liest ihm vor?«

»Aber warum steht dann die Tür sperrangelweit offen?«

»Das kann sie einfach vergessen haben. So etwas passiert leicht.«

»Dir schon. Aber nicht Anna. Ich gehe mal rüber und schaue nach. Du kannst ja inzwischen schon Teewasser aufstellen. Das wäre jetzt nett.«

Während Swantje den Hang emporschritt, ging Benedikt in die Küche und suchte nach Tee. Die beiden Frauen bevorzugten Früchtetee, er hingegen den stark aromatisierten Earl Grey, den Anna ihm einmal gekocht hatte. Es war erst gegen fünf Uhr, aber die Küche lag dennoch in düsterem Halblicht. Ein Unwetter zog auf. Gut, dass wir diesmal unter einem sicheren Dach sind, dachte Benedikt. Eigentlich sehr gemütlich, jetzt Tee zu kochen. Man fühlte sich wie in einem britischen Herrenhaus. Er füllte den Wasserkocher und schaltete ihn an. Dann kramte er im Regal zwischen hübsch bemalten chinesischen Blechdosen und angebrochenen Tüten. Schnupperte in süß-blumige und herb-würzige Mischungen. Zufällig stieß er auf eine frische Packung Darjeeling, der so köstlich duftete, dass er sich umentschied. Er holte die kleine gusseiserne japanische Kanne, die für drei Personen gerade reichte. Konnte man die auch für Darjeeling nehmen? Draußen grollte erster Donner. Das Teewasser hatte den Siedepunkt erreicht.

Und dann, fast gleichzeitig, ein leises Geräusch an der immer noch offenen Tür. Benedikt hielt inne. Hatte er sich das eingebildet? Plötzlich fühlte er im Halbdunkel eine Präsenz. Ein Atmen. Einen Blick. Und einen Adrenalinstoß. Der Minotaurus. Benedikt rührte sich nicht und schärfte alle Sinne. Das Teewasser brodelte, die Kanne schaltete sich mit einem lauten *Klack* ab und das rote Licht erlosch. Benedikt stand reglos und hörte nur den eigenen Herzschlag. Ganz langsam griff er nach dem Stiel einer schweren gusseisernen Pfanne. Und sprang mit einem Löwensatz und erhobenem Schlaginstrument in den Flur. Ein Aufschrei.

»Mein Gott! Benedikt! Du hast mich zu Tode erschreckt!« Anna presste sich beide Hände auf die Brust.

»Und du mich erst«, atmete Benedikt auf.

»Warum hantierst du denn in der dunklen Küche? Und warum steht die Tür sperrangelweit auf? Ich hatte wirklich Angst, dass da ein Einbrecher im Haus am Werk ist …«

»Aber wir haben die Tür nicht geöffnet! Sie stand schon so weit aufgerissen, als wir von unserem Ausflug vor ein paar Minuten zurückkamen. Wir dachten, du hast die Tür so weit offengelassen, und haben dich überall gesucht. Swantje ist sogar zu den Gralmanns hochgegangen. Warst du das nicht?«

»Keine Spur! Ich hatte die Tür hinter mir zugeklappt und sogar abgeschlossen. Das mache ich immer.«

»Bist du sicher? Ich meine, mir passiert es schon mal, dass ich glaube, ich hätte die Tür abgeschlossen, und dann steht sie doch offen …«

»Benedikt! Ich schwöre, ich habe die Tür abgeschlossen!«

Die beiden schauten sich betroffen an.

Im selben Moment hatte Swantje durch die halb offenstehende vordere kleine Gartentür das Gralmann-Grundstück betreten. In den Büschen und Bäumen toste der aufkommende Sturm. Die Blumen warfen ihre Köpfe wie rasend her und hin. Swantje spürte in ihrem Gesicht einen ersten schweren Tropfen, warm wie eine Träne. Jetzt erst bemerkte sie, dass sie fast an der Mordstelle stand, wo nun ein großer von Gralmann behauener Stein zum Gedenken prangte. Da sah sie Christa, die im düsteren Garten zwischen den Beeten und Büschen herumspazierte, mit wild wehendem Haar und flatternden Kleidern. Christa ging direkt auf den Gedenkstein zu, schlug die Hände vors Gesicht und schluchzte auf. Swantje, die für sie noch halb von einem Haselnussstrauch verborgen war, hatte ein zutiefst schlechtes Gewissen. Mein Gott! Sie wollte sie doch nicht in ihrer Trauer belauschen. Ganz leise schlich sie sich rückwärts zur Pforte. Schritt um Schritt. Der Sturm verschluckte mit seinem Brausen das Geräusch ihrer Schritte. In derselben Sekunde, als sie sich eben aus Christas Blickfeld zurückzog, ließ diese die Hände vom Gesicht fallen. Christa lachte!

Im Sturmgeheul rannte Swantje zurück zum Haus. Sie war sicher, dass Christa sie nicht gesehen hatte. Als sie an die Tür pochte, öffnete Anna ihr sofort. »Gut, dass du jetzt auch im Haus bist!«

Im selben Moment brach draußen das Gewitter los. Zehn Minuten später saßen die drei um den großen Küchentisch, jeder eine Tasse Darjeeling vor sich, der deutlich zu lange gezogen hatte. Nur Benedikt war begeistert von dem bitteren Aroma und trank Schluck um Schluck.

Anna und Benedikt berichteten von der Geschichte mit der Tür. Tatsächlich hatten die beiden mit Küchenutensilien bewaffnet das ganze Haus akribisch nach einem Einbrecher durchsucht. Benedikt hatte sogar, wie er es aus Filmen von Spezialeinheiten kannte, jede Tür mit dem Fuß aufgetreten und war dann mit dem gezückten Schnitzelklopfer hineingesprungen, bei jedem durchsuchten Raum hatte er »frei« gerufen, wie Anna lachend berichtete. Das Haus war leer. *Safe*, wie Benedikt sich ausdrückte. Niemand konnte sich einen Reim auf die Sache machen. Und dann erst Swantjes Geschichte. Die lachende Christa! Ein großes Rätsel. Was ging hier vor?

13

»Ach«, rief Kreindl, als sie gerade den Motor anließ. »Du musst mir ja noch sagen, wo du hinwillst – heim? Zu deiner Freundin?«

Baumgartner, der auf dem Beifahrersitz saß, lachte. »Es ist sehr lieb, dass du mich vom Krankenhaus abholst. Sie haben mir ja nur die Fäden gezogen. Daheim ist es mir zu still. Und meine Freundin ist gerade nicht so gut auf mich zu sprechen … Also am liebsten gleich in die Inspektion!«

»Freut mich ja, dass du so voller Tatendrang bist. Aber du bist offiziell heute noch krankgeschrieben …«

»Kleine Stippvisite? Nur damit die Kollegen sehen, dass ich nicht schon unterm Denkmal des unbekannten Polizisten vergraben bin?«

»Gegenvorschlag: Ich muss heute eigentlich nach Kochel, ich will mir den Unfallort noch mal mit eigenen Augen anschauen. Komm doch einfach mit! Dann schauen wir zu zweit! Ich lad' dich danach zum Mittagessen ein. Wir können noch etwas über den Fall ratschen. Und anschließend fahr' ich dich heim.«

Zwei Stunden später saßen die beiden im *Gasthof zur Post* – nur wenige hundert Meter von der Stelle entfernt, wo die arme Frau Prankl überfahren worden war und noch immer Spuren den Asphalt verdunkelten. Die Ortsbesichtigung hatte leider keine neuen Erkenntnisse gebracht.

Wie die beiden sich an dem hellen Bauerntisch gegenübersaßen, sahen sie nicht wie ein Polizistenpaar aus, sondern wie ein Ehepaar. Über ihren Köpfen an der Wand prangte auf einem Brett das präparierte Haupt eines gewaltigen Huchens mit aufgerissenem Maul. Man sah das bedrohliche Raubfischgebiss.

Baumgartner zeigte hinauf: »Im Kochelsee gefangen. Solche Urzeit-Monster schwimmen hier rum.«

»Ja! Und nicht nur im See!«, erwiderte Kreindl. »Für uns nichts Neues. Dazu sind wir ja hier!«

Baumgartner nickte seufzend.

Die junge, gut gelaunte Kellnerin, die die Bestellung notierte, deutete zum Abschluss lachend auf Baumgartners geschienten Arm.

»Sie müssen besser aufpassen auf Ihren Gatten!«

»Das war ich!«, sagte Kreindl. »Na ja, in den Flitterwochen. Im Eifer des Gefechts …«

Die Bedienung gluckste und verschwand in der Küche.

Baumgartner grinste verlegen dem Salzstreuer zu.

»Warum heißt du eigentlich *Fabio*?«

»Meine Großmutter väterlicherseits stammt aus Apulien.«

»Sprichst du italienisch?«

»Kein Wort.«

»Außer *ciao, bella* …«

Zu Baumgartners Rettung stellte in diesem Moment die Bedienung zwei Teller mit verführerisch duftenden Kässpatzen auf den Tisch, dazu zwei Halbe Alkoholfreies: »Guadn!«

Erstaunt bemerkte Baumgartner, was für einen Mordshunger er hatte. Kreindl ging es wohl ebenso, denn beide sprachen während der gesamten Mahlzeit kein Wort, sondern lächelten und prosteten einander nur in stummem Einvernehmen zu. Erst als die Teller leer waren, begannen sie wieder das Gespräch.

»Vielen Dank, Maria, für die Einladung!«

»Gern geschehen! Außerdem ist das jetzt eine gute Gelegenheit, um noch einmal über deine Theorien zum Fall *Prankl* zu sprechen, die du mir vorhin im Auto so messerscharf dargelegt hast.«

»Ich dachte schon, mein Gehirn hätte bei der Narkose gelitten …«

»Ganz im Gegenteil! Das war eine Art von Doping! – Also du hast mit allem natürlich völlig recht. Vieles, vieles an der Sache sieht nach Fake aus. Aber zwei Dinge gebe ich zu bedenken: Erstens, der Zufall, dass Prankl überfahren wurde, ist in ihrem speziellen Fall nicht so groß. Die gesamte Nachbarschaft hat bestätigt, dass Prankls Verhalten im Straßenverkehr stark suizidale Züge trug und dass alle schon täglich darauf gewartet haben, dass etwas passiert …«

»Ja, sicher. Aber trotzdem ist nie etwas passiert – und ausgerechnet in dem Augenblick, wo sie mit dem Tatwerkzeug unterwegs ist …«

»Aber kennen wir das nicht alle? Jahrelang zickt der alte Küchenherd rum, aber in dem Moment, wenn man für ein romantisches Treffen etwas kochen will, gibt er den Geist auf … Seit Ewigkeiten drückt man sich um den Zahnarztbesuch, aber gerade, als man in den Urlaub aufbrechen will, sitzt der Backenzahn auf Eiter … Ich sage nicht, dass es so gewesen sein muss, aber es könnte …«

»Und zweitens?«

»Zweitens die Sache mit den Fingerabdrücken. Natürlich höchst verdächtig. Aber es könnte auch dafür eine Erklärung geben.«

»Nämlich?«

»Frau Prankl war, landläufig gesprochen, eine religiöse Spinnerin, eine Irre. Psychologisch betrachtet litt sie unter allerlei Wahnvorstellungen und Zwängen. Meine Tante Augusta war da ganz ähnlich. Natürlich in viel geringerem Maße. Ganz harmlos. Aber sie hatte diverse religiöse und sonstige Ticks. Dazu gehörte auch der Zwang, dass sie nichts anfassen konnte, was andere angefasst hatten, ohne es vorher abzuwischen. Hätten wir in ihrem Haus Fingerabdrücke genommen, hätten wir auf allen Gegenständen nur ihre eigenen Fingerabdrücke gefunden, selbst wenn sie zuvor eine Party gegeben hätte, was allerdings eher unwahrscheinlich war. Da hätten schon der Papst und der Heilige Athanasius kommen müssen. Ich meine, ein solches Zwangsverhalten würde doch gut ins Bild passen?«

»Aber es gab ja auch keine DNA-Spuren auf der Tatwaffe!«

»Na ja, der Klassiker. Feuchtes Objekt in Plastiktüte. Wir wissen ja: Das hält keine DNA aus. Wahrscheinlich einfach Zufall …!«

»*Wenn* es Zufall war … Ein sehr verdächtiger Zufall, finde ich … Und dann noch etwas: Wenn die Prankl wirklich so einen Reinlichkeitsfimmel hatte wie deine Tante Augusta, warum hat sie dann Blutreste an der Axt kleben lassen?«

»Hm, keine Ahnung, vielleicht war das Blut für sie irgendwie etwas Heiliges. Wie eine Reliquie?«

»Glaubst du das wirklich?«

»Nein! Keine Sekunde! Du hast absolut recht! Da ist was faul! Ich glaube, *mein* Gehirn funktioniert in letzter Zeit nicht mehr so schnell. Du fehlst mir eben …«

»Danke! Sehr lieb, dass du das sagst, Maria …«

Sie stießen mit ihren Biergläsern an und tranken beide den letzten Schluck.

»Aber nehmen wir an«, fuhr Baumgartner fort, »nehmen wir bloß mal an, der erste Eindruck, den wir hatten, war richtig: Es war doch Fake. Dann stehen wir wieder vor demselben Dilemma. Wer hat sie umgebracht? Und wie hat er es gemacht?«

»Womit wir wieder bei einem beliebigen Touristen auf der Durchreise wären, für den es weder ein Motiv noch eine überzeugende Tatmöglichkeit gibt ... denn wie hätte er den Unfall planen sollen ... es sei denn wir konstruieren alles von hinten durch die Brust ins linke Auge ... Das ist ja das Absurde an diesem Fall! Im Grunde haben wir nicht wahrscheinlichere und unwahrscheinlichere Möglichkeiten. Wir müssen wählen zwischen Alternativen, die alle absolut unwahrscheinlich sind. Egal, wie wir es anpacken. Die Lösung ist immer von hinten durch die Brust ins linke Auge ...«

»Wie gesagt, vielleicht liegt es an der Narkose, aber diese Idee ist mir auch schon gekommen.«

»Welche?«

»Normalerweise haben wir es mit Durchschnittsmenschen zu tun. Bösartigen natürlich. Von mir aus bekifften, skrupellosen, vertrottelten, sexbesessenen, gestörten Durchschnittsmenschen. Aber sie sind eben in der Regel in genau *der* Weise bösartig, bekifft, skrupellos und sexbesessen, wie wir es von Durchschnittsmenschen unter diesen Umständen erwarten. Die Menschen in diesem Fall sind dagegen alles Unikate, Exzentriker, Spinner. Die scheinbar Bösartigen wie die scheinbar Netten. Keiner ist auch nur im Geringsten durchschnittlich. Wir wissen nicht einmal ansatzweise, was wirklich in ihnen vorgeht. Vielleicht sollten wir deshalb in diesem Fall das Argument der Wahrscheinlichkeit völlig außer Acht lassen. Vielleicht sollten wir nur fragen, was überhaupt möglich ist, selbst wenn die Möglichkeit noch so unwahrscheinlich und konstruiert ausschaut.«

»Und da sagst du, die Narkose hätte dir geschadet! Genial! Versuchen wir es! Wohin auch immer uns das führt ... Eine Alternative haben wir derzeit im Grunde eh nicht.«

»Es sei denn, es geschieht noch ein Mord, der ein neues Licht auf die Sache wirft.«

»Ja, es sei denn, es geschieht noch ein Mord. Aber ich hoffe inständig, dass wir *den* verhindern können ... Nicht noch ein Mord!«, rief die Hauptkommissarin laut und lehnte sich lebhaft zurück. Ihre Lederjacke klappte ein Stück zu weit auf. Man sah den Griff ihrer Heckler & Koch.

»Hat alles gepasst –?«, fragte im selben Moment die lustige Kellnerin – ihr Lächeln gefror beim Anblick der Waffe.

»Traumhaft, die Kässpatzen!«, erwiderte Kreindl und strahlte sie an.

Die nächsten Tage verliefen für Swantje und Benedikt und Anna in unerwarteter Ruhe und Gleichförmigkeit. Alle hatten nach so vielen Katastrophen und Vorfällen eine tiefe Sehnsucht nach Frieden, nach Heilung. Und so stellte sich fast von selbst ein Tagesplan ein, der diesem allgemeinen Bedürfnis entsprach. Benedikt und Swantje unternahmen keine Alleingänge mehr, vielleicht aus dem instinktiven Gefühl heraus, dass eine kleine Herde sich besser zusammendrängt, wenn ein Wolf umherstreift. Sie schlossen sich Annas Routine der Vorlesebesuche bei den Gralmanns einfach an. Man stand spät auf, frühstückte bei langen Gesprächen, aß gemütlich zu Mittag – und jeden Nachmittag ging man dann zu den Gralmanns und trank Tee und hörte Anna vorlesen und saß danach dort bis in den Abend, und Christa servierte noch einen Imbiss. Benedikt staunte, als wie wahr sich die banale Weisheit erwies, dass die Zeit Wunden heilt. Hatte er es vor zwei Wochen noch für absolut unmöglich gehalten, diesen Garten je wieder zu betreten, erst recht an der Stelle von Laras Ermordung zu stehen – und die ersten Versuche waren auch kaum erträglich gewesen –, so hatte sich jetzt mit der Monotonie des immer gleichen Tagesablaufs und mit dem sanft plätschernden Bächlein von Annas Vorlesestimme all das verklärt. Benedikt konnte am Gedenkstein neben dem Schuppen vorbeigehen, ohne mehr zu empfinden als bei einem antiken Kinder-Sarkophag in einem Museum. Eine sanfte Rührung und Bewegtheit, aber keinen elektrischen Schlag mehr.

Und allen anderen schien es ebenso zu gehen, auch Gralmann selbst. Bei den Besuchen redete man nach stiller Übereinkunft nur über die harmlosesten und banalsten Themen. Denn alle waren sich einig in der Sucht nach Harmlosigkeit und Banalität.

Benedikt sagte zu Swantje einmal, er verstehe nun langsam, warum in den Fünfzigerjahren nach dem Grauen des Zweiten Weltkriegs die Menschen sich nach dümmlichen Schlagern und Heimatfilmen gesehnt hatten. Das war ihm immer ganz absurd vorgekommen, aber jetzt konnte er dasselbe Bedürfnis bei sich selbst entdecken. Lieber das dämlichste Tralala und Blabla als noch einen Tropfen Blut. Und so sprach man über das Wetter, den Guglhupf, den Tee, die Blumensorten. Und alle genossen die immense Langeweile dieser Gespräche. Nur Shakespeare, den Anna konsequent als einzigen Dichter vorlas, sprach eine andere Sprache. In den Shakespeare-Stücken toste jede Art von Leidenschaft und Bedrohung. Aber das war eine andere Bühne als dieser Garten, geradezu ein anderer Planet, auf dem das stattfand – der ferne fantastische Stern der Kunst. Übrigens hatte sich nach und nach auch die Gewohnheit herausgebildet, dass Benedikt, Swantje und Christa bei Annas Vorlesestunde meist vom Tisch aufstanden und durch den Garten spazierten und nur im Hintergrund mithörten, während Anna alleine bei Gralmann saß und ihm vorlas. Er bekam sozusagen eine Privatvorstellung, während den anderen genug war, das Stimmbächlein in der Ferne beruhigend plätschern zu hören und ab und zu einen Satzfetzen zu verstehen. Gralmann selbst befand sich in einer seltsamen Verfassung. War es wirklich Demenz, wie Christa behauptete? Oder hatten die Tragödien seinen Lebensmut und Lebenswillen einfach gebrochen? Er schien schläfrig, sprach fast überhaupt nicht mehr. Starrte stundenlang nur auf einen Punkt. Ganz selten noch gab es plötzliche Wuteruptionen. Doch die Lava war sofort wieder erstarrt und kalt. Nur wenn Anna vorlas, schien er bewegt und an ihren Lippen zu hängen. Unablässig schien er nach etwas zu suchen, in seinen Erinnerungen zu kramen. Manchmal öffnete er den Mund, als läge ihm etwas ungeheuer Wichtiges auf der Zunge. Dann schloss er ihn wieder.

So verlief ihr Leben mit geringen Variationen über eine Woche lang.

All das änderte sich schlagartig an einem Morgen, als Christa unvermutet im Garten der Pension erschien. Auf den erstaunten Gruß Annas, die gerade jedem ein Stück Zwetschgendatschi an den Gartentisch gebracht hatte – noch waren die Temperaturen warm genug –, antwortete Christa nur hastig und sagte dann rasch: »Es ist etwas sehr, sehr Seltsames passiert! Ich kann es mir gar nicht erklären und weiß nicht, was ich davon halten soll! Ihr müsst mitkommen und es euch selbst anschauen!«

Alle sprangen alarmiert von ihren Stühlen auf und liefen hinter ihr her durch die kleine vordere Tür in den Gralmann-Garten.

Christa blieb abrupt vor Laras Gedenkstein stehen und sagte nur: »Da! Schaut!«

Auf dem Stein lag ein in Leder gebundenes Buch, auf dem Buch stand ein Totenkopf und auf diesem tropfte eine brennende Kerze.

»Ich meine,«, rief Christa, »wer macht denn so etwas? Und wozu?«

Alle waren ratlos. Der Anblick wirkte festlich und gespenstisch zugleich. Die Kerzenflamme mit ihrem leise knisternden Eigenleben war wie ein Ausrufezeichen. Ein: *Horch!* Oder ein: *Vorsicht!* Sollte man die Polizei holen? Swantje war dafür (unberechtigtes Betreten eines Grundstücks und so weiter), Christa vehement dagegen. »Nein, bitte! Bloß nicht wieder Polizei! Ich halte das nicht aus! Und Leon schon gar nicht! Ihn hat bereits dieser Anblick völlig aus der Fassung gebracht.«

Benedikt und Anna waren unentschieden. Es war niemand verletzt und nichts beschädigt oder gestohlen worden. Es musste auch keine Drohung bedeuten. Vielleicht irgendein Freund von Lara, der auf eine gemeinsame Erinnerung anspielte? Ein codiertes Gedenken? Lara hatte zweifellos einen Sinn fürs Makabre gehabt. »Eine solche Idee«, sagte Christa nicht ganz zu Unrecht, »könnte von Lara selbst stammen …«

»Aber Lara ist tot«, sagte Swantje.

»Ist sie das wirklich?«

Benedikt und Swantje schauten sich an.

Da Christa absolut gegen eine Anzeige war, kam man überein, die

Polizei bei diesem einen Vorfall nicht zu rufen – sollte sich so ein Vorfall allerdings wiederholen, konnte man immer noch Anzeige erstatten.

Benedikt fotografierte die Szene mit dem Handy, um einen Beweis zu haben. Dann ließ er sich von Christa Gartenhandschuhe geben, um keine Fingerabdrücke zu hinterlassen, blies zuerst die Kerze aus – der Wachsmenge nach zu urteilen, brannte sie schon eine ganze Weile – nahm vorsichtig den Schädel von dem Lederbuch und blätterte dieses auf. Es war leer. Nur weiße Seiten. Alles wurde in eine Plastiktüte gesteckt und Swantje nahm es – sozusagen als Vertreterin des Gesetzes – in Verwahrung.

Um die unangenehme Erinnerung bei allen und vor allem bei Gralmann zu löschen, machte Anna einen Vorschlag: Warum nicht die tägliche Routine abwandeln durch einen Spaziergang zum See? Körperlich war Gralmann kräftig genug, Shakespeare konnte Anna ihm auch auf einer Bank am Ufer vorlesen – und die Bewegung würde ihm sicher guttun und ihn ablenken. Alle stimmten erleichtert zu.

Anna findet immer die richtigen Worte und hat die richtigen Einfälle, eine Situation zu meistern, dachte Benedikt. Das glatte Gegenteil von mir …

Kurz darauf setzte sich der kleine Trupp zu der bescheidenen Expedition in Bewegung. Zum See waren es ja kaum mehr als zweihundert Meter, wenn er auch von den Häusern aus nicht zu sehen war und man in einer großen Schleife bergab laufen musste.

Voran schritten Benedikt und Swantje, die in ihre Mitte Christa genommen hatten. Mit etwas Abstand kam Anna, die sich bei Gralmann unterhakte, aber ihn in Wahrheit stützen und führen wollte. Es zeigte sich dabei, dass er Stützung und Führung gar nicht nötig hatte. Sein gebrechlicher Eindruck, den er im Sitzen machte, versunken im zu großen Mantel, verschwand im Gehen. Er schritt überraschend kräftig und federnd und schien – trotz der von Christa immer wieder betonten Demenz – den Weg zum See genau zu kennen.

Anna sprach mit ihrer sanften Stimme leise und beruhigend zu Gralmann, der zwar beharrlich schwieg, aber ihr gespannt zu lauschen schien. Christa bemühte sich unterdessen, den Abstand zu der Gruppe Anna-Gralmann etwas zu vergrößern, und flüsterte Benedikt und Swantje vertraulich zu: »Ich weiß nicht, was mit Leon ist. Seine Demenz wird immer schlimmer. Er versteht oft überhaupt nichts mehr. Er weiß oft gar nicht, wo er ist. Ich mache mir große Sorgen um ihn. Unser Leben, wenn ihr nicht da seid, ist die Hölle, glaubt mir, die Hölle … Wir sind euch so dankbar.«

Ich wollte, ich wäre so genau orientiert wie Gralmann, dachte Benedikt, als er ihm einen Blick zuwarf.

Und auch Swantje fragte sich: Was meint Christa? Was ist mit diesem Mann los? So richtig kann ich mir kein Bild machen … Demenz … vielleicht im Anfangsstadium, aber sonst … er will einfach nicht reden, aber ich denke, er könnte es … und zwar ganz normal … und er versteht auch alles. Er ist nur irgendwie … gebrochen …

In großen Wegschleifen war man unter Alleebäumen zum Ufer hinabgelangt. Der See sah heute wieder anders aus. Nicht im Nebel. Nicht düster. Nicht gleißend. Nicht mystisch. Nur nachdenklich. Über den Bergen hingen Wolken. Benedikt blickte hinüber zur Jocher Birg, die auch heute um eine Schattierung dunkler schien als ihre Umgebung. Er spürte plötzlich den festen Wunsch, ein Archäologiestudium zu beginnen. Sein Leben lag nun klar vor ihm.

Anna hatte Gralmann zu einer kleinen Bank geführt, aber er wollte gar nicht sitzen. Er stand, den Kopf leicht zu ihr geneigt, und hörte ihr zu. So ernst, dachte Benedikt, wie in der Antike die mächtigen Könige der Stimme der Pythia von Delphi lauschten, die ihnen das Schicksal verkündete – ja, genau so.

Nach einer Weile kehrte man zurück und aß zu Mittag. Christa brachte Wein, Brot, Schinken, Käse und Oliven in den Garten. Anna half ihr eifrig beim Auftragen. Sie holte auch Geschirr, Gläser, Besteck und eine Tischdecke. Alle waren einig, dass der Gang zum See von nun an zur täglichen Routine gehören sollte.

»Oh, mein Handy!«, rief Anna plötzlich und las auf dem kleinen Bildschirm. »Eine Nachricht von Gérard! Das ist ja wunderbar! Er kommt! In drei Tagen schon! Und er bringt Wein mit! Und … was? Er will mich abholen. Er hat schon alles vorbereitet … Abholen? So schnell schon? Mein Gott, wie soll das gehen, ich kann doch nicht von einer Sekunde zur anderen das Land wechseln … Ah, da ist noch eine zweite Nachricht: *Mein Bruder will unbedingt, dass du sofort kommst!*« Anna schaute ratlos in die Runde.

Baumgartner saß auf einem Sessel in Kreindls Büro. Er hielt einen Kaffeebecher in der Hand (den wievielten heute?) und dozierte so lebhaft und ausführlich über den Fall, als wollte er alles Versäumte der letzten Wochen nachholen. Kreindl schien nicht böse darüber, im Gegenteil. Sie stand mit ihrem Kaffeebecher an den Schreibtisch gelehnt und hörte ihm interessiert zu.

»Ich habe mir überlegt«, sagte Baumgartner gerade, »dass wir im Fall Prankl vielleicht ganz falsch fragen. Gehen wir einfach einmal davon aus, dass es Mord war. Wir überlegen immer, wie der Täter es gemacht hat. Dazu fehlen uns irgendwelche Informationen. Aber vielleicht sollte es uns auch egal sein. *Eine* Erkenntnis liefert uns die Sache jedenfalls: Wenn es Mord war, dann diente er der Verschleierung des anderen Mordes. Damit ist aber klar, dass es nicht irgendein zufällig herumstreifender Serienkiller oder irgendeine Person war, die überhaupt nicht für uns in Betracht kam. Es muss jemand sein, den wir kennen. Den wir in Verdacht haben können oder sogar schon in Verdacht hatten. Warum sollte jemand uns sonst einen Mörder unterschieben wollen? Wer gar nicht unter Verdacht steht, der nimmt doch nicht das Risiko eines zweiten Mords auf sich, bei dem er entdeckt werden könnte?«

»Oder Frau Prankl hat etwas beobachtet und den Täter erpresst … erpresst vielleicht nicht, das wäre nicht ihre Art – außer sie hätte ihm Heiligenbilder abpressen können –, aber sie hat ihn damit konfrontiert …«

»Gut möglich! Aber das heißt dann auch, dass es kein völlig Unbekannter war, sondern jemand aus dem unmittelbaren Umkreis.«

»Und wohin führt uns das?«

»Vielleicht sollten wir uns noch einmal alle Verdächtigen anschauen, der Reihe nach.«

»Das haben wir doch schon so oft. Die Alibis …«

»Wenn wir einfach mal die Alibis vergessen? Wer weiß …«

»Motive?«

»Damit kommen wir ja auch nicht weiter. Etwas anderes ist mir eingefallen. Eine Sache, der wir bisher noch gar keine Beachtung geschenkt haben. Was ist der Grund, dass wir mit unseren Ermittlungen bisher so auf verlorenem Posten stehen ...?«

»Wir haben keine Spuren.«

»Eben. Und warum haben wir keine Spuren?«

»Weil eine Volksmenge den Tatort gestürmt und zertrampelt hat.«

»Aber was ist, wenn das kein bloßer Zufall war? Wenn jemand absichtlich alle Spuren verwüsten wollte?«

»Genial. Dann stellt sich nur die Frage: Wer war der Initiator dieser Tatortverwüstung?«

»Eben. Wer war der Erste am Tatort?«

»Benedikt Bileam! Sie halten ihn für den Mörder?«

»Er war der Erste. So viel steht fest!«

»Nein!«, rief Kreindl plötzlich und schnellte vom Tisch. »Es gab noch jemanden, der vor ihm die Leiche gesehen und berührt hat, der am Tatort herumspaziert ist und dann sämtliche Pensionsbewohner zu Hilfe gerufen hat ... Christa Gralmann!«

»Natürlich!«, schrie Baumgartner so laut, dass ein Kollege lächelnd den Kopf durch die Tür steckte.

»Und wer hat kein Alibi?«, fuhr Kreindl fort.

»Christa Gralmann!«

»Und wer hat ein Motiv, Gralmann loszuwerden?«

»Christa Gralmann!«

»Und wer hatte auch ein Motiv, Lara loszuwerden?«

»Lara?«, rief Baumgartner erstaunt.

»Na ja, sie war erstens nur ihre Stieftochter, es gab zweitens gewaltige Spannungen in der Familie, sie wurde drittens, wenn wir Leander Berg trauen können, vom Vater missbraucht – und wir wissen, wie kompliziert das Verhältnis zwischen missbrauchten Töchtern und wegschauenden Müttern sein kann – all das können Motive für Christa Gralmann sein, sie umzubringen ... Und noch etwas fällt mir ein: Wer war später als Schaulustige am Tatort, als Frau Prankl überfahren wurde?«

»Christa Gralmann?«

»Ja, Kollegin Wimmer, die vor Ort war, hat es mir vorhin erzählt. Sie hat sie am Straßenrand gesehen. Christa Gralmann kam wohl gerade den Hang von ihrem Haus herunter und stellte sich dazu.«

»Aber das gibt uns ja vielleicht eine Erklärung für den Fall Prankl!«

»Wirklich?«

»Ja! Nehmen wir an, Christa Gralmann hatte das Beil, das wir ja nie hatten finden können, doch irgendwo im Haus versteckt. Sie hatte alle Fingerabdrücke abgewischt und das Mordinstrument in einer Tüte aufbewahrt. An diesem Tag aber wurde ihr die Sache zu heiß und sie beschloss, die Axt besser zu verstecken. Sagen wir, im Wald. Prankl hat Christa Gralmann zufällig beobachtet, wie sie die Axt gerade einpackte, und hat sie angesprochen. Christa Gralmann versucht, sich herauszureden. Prankl, die, wie wir wissen, sehr resolut sein kann, entreißt ihr die Axt. Vielleicht weil sie glaubt, der Heilige Antonius hätte sie ihr geschenkt oder sie sei gestohlen. Christa Gralmann attackiert Prankl oder schreit sie an, diese läuft mit der Axt, die sie rasch in ihre Werkzeugtüte steckt, davon und rennt vor lauter Panik vor ein Auto ... Die einfachste Sache der Welt!«

»Fazit: Was haben wir? Keinen einzigen Beweis. Nur Vermutungen. Für eine Festnahme kein Grund ...«

»Aber wir wissen eines: Wenn Christa Gralmann die Täterin war, dann ist Leon Gralmann jetzt in großer Gefahr.«

»Ja, davon bin ich auch überzeugt. Selbst wenn Lara das Ziel des ersten Mords war – Christa Gralmann will auch ihren Mann loswerden. Das haben wir bei jedem Gespräch mit ihr erlebt. Man konnte ihren Hass geradezu physisch spüren ...«

»Also was bleibt uns?«

»Beobachten! Auf der Hut sein!«

Der Nachmittag im Garten der Gralmanns klang in der gewohnten Weise ruhig aus. Während Swantje, Benedikt und Christa zwischen den Beeten spazierten und über den seltsamen Fund dieses Morgens diskutierten, saß Anna abseits mit Gralmann und las ihm wieder aus dem großen Shakespeare-Band vor, sie war unermüdlich. Beständig vernahm man im Hintergrund ihre meditative Stimme. Gralmann selbst hingegen schien der Ausflug an den Kochelsee zwar zunächst erfrischt, aber nun auch ermüdet zu haben.

Christa flüsterte ihren Gästen zu, es wäre besser, wenn sie jetzt gingen. Sie wollte mit ihrem Mann ausnahmsweise alleine zu Abend essen, damit es für Leon nicht zu anstrengend würde. Danach wollte sie ihn schon früh zu Bett bringen. So kehrten die drei zurück in die Pension.

Benedikt hatte den Einfall, heute zu kochen. Nach langen Vorbereitungen und noch längerem Herumwerkeln in der Küche – Hilfe von Anna lehnte er großmütig und kategorisch ab –, lief es auf Spaghetti mit Butter und Parmesan hinaus, was übrigens, wie er betonte, weitaus schwieriger zuzubereiten sei, als man gemeinhin vermute.

Beim Essen sprachen sie noch einmal über das Buch und den Totenkopf mit Kerze, diesmal ungezwungen, denn vor Christa hatten sie die Sache natürlich heruntergespielt.

»Also ganz offen, ich hab schon eine Gänsehaut bekommen«, gestand Anna.

»Wer weiß«, meinte Swantje nachdenklich. »Vielleicht nur ein harmloser Spinner – vielleicht aber auch ein Psychopath. Ich hatte in meiner Kanzlei schon Fälle … eine Stalkerin, die den kleinen Töchtern ihres Opfers nachts Püppchen vor die Tür legte … schon unheimlich …«

Nur Benedikt fand die kleine Installation eher andachtsvoll als bedrohlich.

Sie hatten gerade die Teller leer gegessen, als das Gartentor quietschte und Christa plötzlich wieder vor ihnen erschien. Sie setzte sich einfach auf einen Stuhl und atmete tief durch.

»Entschuldigt bitte, dass ich schon wieder da bin! Schon wieder etwas Merkwürdiges!«

»Wieder ein Totenkopf?«, fragte Swantje.

»Nein, nein! Nichts Merkwürdiges von außen. Nur mit Leon selbst. Ich habe ihn eben ins Schlafzimmer hochgeschickt – und da steht er vor seinem Bett und hat einen seiner Mäntel, eine bayerische Lodenkotze, weit auf dem Bett ausgebreitet zu einem Halbkreis. Und er steht davor und starrt den Mantel an, starrt ihn an, sage ich euch, als wäre das eine göttliche Offenbarung oder ein Ufo oder ein Todesurteil oder ein Orakel oder was auch immer …

Ich weiß, das klingt jetzt ganz harmlos. Nur ein Mantel auf dem Bett. Aber ihr hättet es sehen sollen. Ihr hättet *ihn* sehen sollen. Ihr könnt euch den Blick nicht vorstellen. Was ist nur mit diesem Mann los? Er macht mir Angst, wirklich, er macht mir Angst. Ich habe keine Ahnung, was in seinem Kopf vorgeht. Er muss in ein Heim. Bald. So kann es nicht weitergehen.«

Alle redeten ihr gut zu, beruhigten sie, spielten den Vorfall herunter. Anna bot ihr eine Tasse Kakao an.

»Nein danke! Ich muss jetzt zurück. Ich will ihn in diesem Zustand nicht alleine lassen. Aber ihr müsst mir helfen. Irgendeine Lösung müssen wir finden. Seine Demenz. Das nimmt Formen an. Manchmal denke ich, ich selbst werde verrückt.«

»Schlaft erst mal drüber!«, sagte Anna. »Bring ihn ins Bett und schlaf selbst! Morgen überlegen wir gemeinsam.«

»Ja, morgen«, sagte Christa nachdenklich. »Ich bin euch so unendlich dankbar!«

Am nächsten Morgen um 6.47 ging der Notruf ein. Ein Jogger hatte im Kochelsee eine Leiche treiben sehen. Kurze Zeit später waren Polizei, Wasserwacht, Notarzt vor Ort. Der Tote wurde geborgen und sehr rasch als Leon Gralmann identifiziert. Er trug eine braune Lodenkotze, darunter seinen Schlafanzug. Seine Füße waren nackt. Die Ehefrau Christa Gralmann wurde um 7.53 verständigt. Sie hatte noch geschlafen und das Verschwinden ihres Manns nicht bemerkt. Sie gab an, dass ihr Mann seit dem Tod seiner Tochter zunehmend dement und depressiv gewesen sei und dass er sich vermutlich in einem Anfall von Verwirrung und Depression aus dem Haus geschlichen habe, um sich zu töten. Die Obduktion ergab keinerlei Fremdeinwirkung. Der Gerichtsmediziner stellte als Todesursache Suizid fest.

»Wir sind zu spät gekommen«, sagte Kreindl. Sie standen zu zweit am Seeufer und blickten auf die Berge, die heute nicht aus dem Nebel treten wollten.

Baumgartner hob ratlos den gesunden Arm: »Keine Anzeichen von Fremdeinwirkung?«

»Keine!«

»Keine Spuren von Medikamenten? Drogen? Gift?«

»Alles negativ.«

»Aber sie war es! Ich bin sicher!«

»Ich auch!«

»Wir haben keine handfesten Beweise. Sie kommt davon.«

»Ja.«

»Und wenn wir uns täuschen? Wenn es doch anders war?«

»Alles spricht dafür, dass Christa Gralmann die Täterin war. Auch wenn wir nichts beweisen können.«

»Und wenn es zwei Täter gibt?«

Kreindl schaute ihn an. »Wie meinst du das?«

»Wenn es sich bei dem Mord an Gralmann und den ersten beiden Morden um ganz verschiedene Verbrechen handelt, die jeweils ein anderer Täter begangen hat? Du schaust so, Maria – ist das dumm?«

»Im Gegenteil, Fabio. Ganz im Gegenteil.«

14

Fünf Tage waren seit der Auffindung von Leon Gralmann im Kochelsee vergangen. Nach all den Katastrophen der letzten Wochen hatten die Bewohner der Pension das neue Unglück mit nicht allzu großer Überraschung fatalistisch hingenommen. Vielleicht auch, weil Christa Gralmann den Suizid ihres Manns ohnehin bereits mit jedem zweiten Satz angekündigt hatte. Auch konkret von ihrer Angst, er könne sich im See ertränken, hatte sie oft genug gesprochen. Benedikt, Swantje und Anna hatten sich dadurch nach und nach so sehr an das geistige Bild des im See treibenden Leon Gralmann gewöhnt, dass dessen Realisierung eine zwar tragische, aber fast logische Konsequenz schien.

Christa hatte mit dem Tod ihres Manns ihr Verhalten gegenüber den dreien völlig verändert.

Nach all den – teils sehr intimen – Gesprächen, all den Hilferufen, Geständnissen, all den gemeinsamen Spaziergängen, Nachmittagen im Garten und Abendessen meldete sie sich nun überhaupt nicht mehr. Ab und zu sah einer der Pensionsbewohner sie in Schwarz gekleidet am Gartentor erscheinen oder mit dem Auto wegfahren. Aber sie nickte nur von fern und vermied jedes Gespräch. Christa hatte sich mit dem Tod ihres Manns endgültig von ihnen verabschiedet. Das war klar. Warum aber, wusste keiner.

In gewisser Weise war das, auch wenn keiner es sich eingestehen wollte, für alle eine Erleichterung. Es war, als wäre die griechische Tragödie damit beendet, die mit dem Einzug der Gralmanns begonnen hatte. Alle atmeten insgeheim auf.

Die Veränderung wurde dadurch doppelt spürbar, dass Gérard nun tatsächlich zurückgekehrt war. Er trug allen Ernstes eine Baskenmütze, die ihm die Schwägerin geschenkt hatte – »damit du weißt, wo du hingehörst«. Benedikt überlegte einen Augenblick, ob er sich jetzt eine Lederhose kaufen müsste.

Gérard war durch den Aufenthalt bei seiner Familie völlig verändert. Der Schatten der Erlebnisse lag noch immer auf ihm, aber sehr viel schwächer. Meist war er kaum wahrnehmbar. Nur so präsent wie ein Bartschatten im Gesicht. Auch den Suizid Gralmanns hatte Gérard nur mit einem traurigen Nicken zur Kenntnis genommen, ohne weiter darauf einzugehen.

Ansonsten war Gérard braun gebrannt, hatte sogar noch etwas an Leibesfülle zugenommen, öffnete bei jeder passenden und unpassenden Gelegenheit eine Weinflasche vom familieneigenen Gut und schien mit jedem Blick in Annas Richtung nur zu fragen: Wann geht es los?

Auch Anna schien verwandelt. Sie freute sich rasend über Gérards Rückkehr und sprang ihm bei der Ankunft so heftig an den Hals, dass er buchstäblich umfiel. Aber dem Thema »Frankreich« ging sie geflissentlich aus dem Weg. Sie überhörte jede Erwähnung der Familie und trank als einzige keinen Schluck von dem mitgebrachten Wein, obwohl er wirklich köstlich war. So köstlich, dass Swantje nun ihrerseits zur Abreise drängte, da sie fürchtete, sonst demnächst ihre Kanzlei wegen des Aufenthalts in einer Entzugsklinik schließen zu müssen. »Übermorgen!«, legte sie fest.

Benedikt wurde in der allgemeinen Aufbruchsstimmung plötzlich schmerzhaft bewusst, dass er keine Ahnung hatte, wie es bei ihm weitergehen sollte. Der Plan des Archäologiestudiums war schon wieder mit einem Fragezeichen versehen. Was erwartete ihn in München?

Da nun auch die gemeinsame Zeit mit der Tante schon knapp bemessen war, lud er Swantje zum Abschied noch einmal ein. Und zwar in den *Schmied von Kochel.* Warum gerade in dieses Gasthaus? Benedikt gestand sich offen: Es war eine finale Mutprobe. Der Schmied. Die Keule. Die grausige Legende. Benedikt spürte: Er musste all das hinter sich lassen. Aber das ging nur, wenn er die Konfrontation nicht scheute. Und ja, er war jetzt so weit. Er hatte keine Angst mehr. Er freute sich auf den Abend. Wirklich. Er rief sogar persönlich an und bestellte einen Zweiertisch. Anna hatte gesagt, es sei dort sehr gemütlich.

Und so saßen Swantje und Benedikt an einem der ersten Oktoberabende zwischen in hellem Holz getäfelten Wänden und schauten gemeinsam in eine Kerzenflamme und ihre knisternden Bewegungen. Nach all den wahnsinnigen Ereignissen kam ihnen das vor wie eine Meditationsübung. Sie waren froh, beide froh, dass alles vorbei war. Und dennoch konnten sie nicht anders, sie spürten beide das Bedürfnis, noch einmal über alles zu sprechen. Ein Resümee zu ziehen. Aber keiner traute sich, die Abschiedsstimmung zu verderben.

»Also gut«, sagte Swantje plötzlich. »Dann zieh ich den Schwarzen Peter! Was war das alles? Was ist unser Fazit?«

Benedikt breitete hilflos die Arme aus. »Ich weiß es nicht. Ich kann es dir wirklich nicht sagen. Zeitweise dachte ich, in meinem Unterbewusstsein dämmerte mir eine Lösung. Irgendetwas schien mir auf der Zunge zu liegen. Aber jetzt: Nichts! Niente! Nada!«

»Glaubst du, Gralmann hat am Ende doch Lara im Jähzorn erschlagen, Prankl hat dank des Heiligen Antonius das Beil gefunden und ist damit vor ein Auto gelaufen – und Gralmann ist über seine Tat in Depressionen gestürzt und hat sich zuletzt umgebracht?«

»Das kann alles schon stimmen. Aber Christa hat sich auch sehr, sehr seltsam verhalten.«

»Vielleicht wusste sie von der Tat. Vielleicht hat sie gehofft, dass er sich umbringt, weil sie die Schuld des Mitwissens nicht mehr ertragen hat …«

»Ja, vielleicht. Könnte sein. Aber irgendwie … irgendwie denke ich manchmal, wir liegen alle komplett falsch. Es ging die ganze Zeit um etwas völlig anderes …«

»Um was?«

»Keine Ahnung. Das ist es ja«.

»Finden wir uns damit ab?«

Benedikt zuckte mit den Achseln: »Was bleibt uns sonst?«

»Aber wenn wir alle komplett falsch liegen, dann kann es ja sein, dass unser Mörder immer noch frei herumläuft. Dass der Minotaurus noch lebt.«

»Ja, das kann sein. Leider. Vielleicht ist es sogar Christa.«

»Weißt du was. Wir schaffen es nicht. Wir kommen mit aller Vernunft nicht auf die Lösung. Lass es uns mit dem Unterbewusstsein versuchen.«

»Wie meinst du das?«

»Freies Assoziieren von Begriffen!«
»Ach, komm, Swantje! Das ist doch aus der Mottenkiste …«
»Na und, das ist der Minotaurus auch!«
»Treffer! Okay! Lass es uns versuchen! Also du fängst an!«
»Na schön. Ich fange an: Haus!«
»Paralleluniversum!«
»Blume!«
»Neuroparasit!«
»Halt! Moment, lieber Neffe! Du mogelst! Paralleluniversum! Neuroparasit! Das sind die Dinge, über die du die ganze Zeit rational nachdenkst. Du sollst mir aber nicht den Inhalt deiner Ratio mitteilen, sondern du sollst dein Unterbewusstsein sprechen lassen …«
»Na und? Was kann ich dafür, wenn mein Unterbewusstsein dasselbe enthält wie meine Ratio? Ich schwöre, diese Begriffe wirbeln die ganze Zeit durch meinen Kopf!«
»Eben! Kopf!«
»Durch meine Seele!«
»Nein, Benedikt! Das gilt nicht! Du bescheißt! Das Ganze funktioniert nur, wenn wir uns wirklich auf das Unterbewusste einlassen – auf die tiefsten Tiefen. Verstehst du?«
»Ich weiß nicht, ob ich das kann … Ich muss mein Unterbewusstsein erst einmal aufwärmen …«
»Also noch mal, aber jetzt nicht so zerebral. Aus dem Unterbewusstsein! Aus der Tiefe!«
»Okay, liebe Tante! Bereit!«
»See!«
»Jocher Birg!«
»Wald!«
»Nebel!«
»Axt!«
»Augen! – Stopp! Nein! Ich kann das nicht …«
»Ja, ich verstehe. Es wird schnell …«
» … unerträglich«
»Ja.« Die beiden schwiegen eine Weile. Dann begann Swantje erneut: »Was machen wir also? Finden wir uns damit ab? Lassen wir alles auf sich beruhen?«

»Scheint so. Oder …« Benedikt lächelte. »Das Einzige, was uns jetzt noch bleibt, ist zum Heiligen Antonius zu beten, dass er uns die Lösung finden lässt: Heiliger Antonius, kreuzbraver Mann, pack mich am Schüppl und führ mich dran nan!«

In diesem Augenblick servierte der Kellner zwei *Forellen Müllerin-Art* mit Butterkartoffeln und Salat.

Und für eine halbe Stunde vergaßen Swantje und Benedikt alle Bewusstseinsinhalte und genossen aus den tiefsten Tiefen ihrer Seele und des Sees, was in diesem Fall dasselbe war. Am Ende blickten sie auf zwei urzeitlich anmutende Fischskelette.

Als Swantje danach – und nach einem kräftigen Schluck Weißburgunder – einen letzten schwachen Versuch machte, ans Ufer der Ratio zurückzukehren, bestellte Benedikt, ohne zu fragen, zweimal Lebkuchen-Tiramisu und Marillenschnaps – und Swantje ergab sich und sank zurück in die Tiefen.

Für diesen Abend gab es keine kriminalistischen Diskussionen mehr. Aber als Benedikt nach den Toiletten fragte, wurde er aus dem hellen vorderen Gastraum in die Tiefen des Hauses geschickt. Er ging durch einen hallenden großen Saal, in dem nur wenige Gäste saßen. An der Wand erspähte er im Vorübergehen ein dunkles Historiengemälde. Die Sendlinger Mordweihnacht. Und dann in einem düsteren Gang stand er plötzlich vor der gewaltigen Holzkeule mit den eisernen Stacheln, die dort in einer schwarzen Metall-Halterung prangte. Er atmete tief durch. Nur eine Replik, beruhigte er sich. Den Schmied hat es nie gegeben. Alles nur Legende. Alles nur Fake.

Auf dem kurzen Heimweg sagte Benedikt: »Weißt du, die arme Anna tut mir schon leid. Gérard freut sich so auf Südfrankreich und den Weinbau und seine Familie, und sie will ihm das auch gönnen und nicht verderben – aber für sie ist all das ein Albtraum. Was soll nur aus ihr werden? Ich fürchte, sie wird bei alldem kreuzunglücklich.«

»Ja«, seufzte Swantje. »Das fürchte ich allerdings auch …«

Als Benedikt und Swantje in die Pension kamen, hatten sich Gérard und Anna schon in ihr Zimmer und Ehebett zurückgezogen. Sie hatten wohl Einiges nachzuholen. Benedikt und Swantje hingegen waren beide noch nicht müde. Aber insgeheim hatte auch keiner mehr Lust zu Gesprächen. So sagten sie einander »Gute Nacht« und trennten sich. Kurz darauf kam jeder wieder aus seinem Zimmer, worüber sie beide lachen mussten – Swantje, um sich einen Verdauungstee zu kochen und im Haus nach Lesestoff zu suchen (ihr Tschechow war ausgelesen), und Benedikt, um noch einen Seespaziergang zu unternehmen. Er war keineswegs sicher, dass er zurückfinden würde, aber das war ihm fürs Erste egal. Notfalls konnte er sich ins Gras legen. Es war noch erstaunlich warm für diese Jahreszeit.

Swantje stand unterdessen in der Küche und kramte ein Tütchen Hagebuttentee, nein, nach all dem Essen besser Fencheltee aus einer Schachtel. Während das Wasser zu sieden begann, legte sie die Hand auf ihren Bauch, der sich wie Lebkuchen-Tiramisu anfühlte. Swantje war sich nicht sicher, ob das gut war. Um diesem Gedanken nicht länger nachzuhängen, trat sie in den halbdunklen Flur, wo ein Regal stand mit Büchern, die noch aus dem Besitz der Erbtante stammten. Swantje studierte mit schiefgelegtem Kopf die Buchrücken. Bisher hatte sie die Tante nach den Erzählungen für eine Einödbäuerin gehalten, die mit Müh und Not ihren Namen schreiben konnte. (Mein norddeutscher Hochmut gegenüber den Bayern, tadelte sie sich innerlich.) Elias Canetti, Tania Blixen, Alfred Andersch. Die Tante war gar nicht so ungebildet gewesen … Hölderlin, Camus – da findet sich sicher was. Aber halt! Sieh da! Was haben wir denn hier für eine Kostbarkeit! Begeistert zerrte Swantje ein seitlich ins Regal gestopftes Programmheft heraus.

Wow!, jubelte sie innerlich. Münchner Kammerspiele! 1991! Das ist ja meine Jugend! Auf welch verschlungenen Pfaden das wohl hierher geraten ist …!

Triumphierend zog Swantje mit ihrer Beute davon. Sie lief schnell noch in die Küche, um sich mit dem brodelnden Wasser den Fencheltee aufzugießen, dann verschwand sie samt dampfender Teetasse und Programm in ihr Zimmer. Um es sich so richtig gemütlich zu machen, setzte sie sich im Schneidersitz aufs Bett, stopfte sie sich das gewaltige Daunenkissen in den Rücken und legte die Bettdecke um ihre Schultern. Dann nahm sie einen Schluck vom Fencheltee, noch zu heiß, stellte die Tasse auf den Nachttisch und widmete sich ihrem Fund. Münchner Kammerspiele, 1991 – Shakespeare – *Der Sturm*. Ach, die großen Shakespeare-Inszenierungen damals! Wie hatte sie sie geliebt! Dieses Stück hatte sie leider verpasst. Den *Sturm* kannte sie nicht. Sie kam ja nur nach München, wenn sie gerade frei hatte. Aber was für ein Zufall! Genau dieses Stück hatte Anna doch immer wieder vorgelesen. Schade, dachte Swantje mit leichter Reue, dass ich das nicht intensiver genossen habe! Ich hätte zuhören sollen. Sie klappte das Programmheft auf. Gleich das erste Bild traf sie wie ein Blitzschlag: Gralmann, noch jung und kräftig, in seinen besten Jahren – und neben ihm auf einem Tisch: Ein Lederbuch mit einem Totenkopf, auf dem eine Kerze brannte! Einen Augenblick glaubte Swantje, sie wäre eingenickt und träumte alles. Das war doch unmöglich! Wie kamen die schrecklichen Erlebnisse dieser Tage in ein Programmheft der 90er-Jahre! Ihr Herz schlug bis zum Hals.

Was ging da vor? Was geschah mit ihr? Wo war sie? Doch eine Stimme sagte ihr: Warte! Das ist noch nicht alles! Da kommt noch mehr! Eine ganze Weile saß sie nur reglos da und wagte nicht, einen Finger zu rühren. Eine rasende Uhr tickte. Ihr Puls. Swantje spürte, sie wollte nicht. Sie konnte nicht. Keinen Schritt weiter. Aber sie musste. Was auch immer. Es gab kein Zurück. Dann nahm sie all ihren Mut zusammen. Und ganz langsam, in Zeitlupe blätterte sie um – wie man in einem bösen Traum eine Tür öffnet – und ganz genau weiß, dass dahinter etwas Schreckliches wartet, aber man öffnet sie doch – der nächste Blitzschlag: ein dunkles Cape, auf der Bühne ausgebreitet zu einem Halbkreis – und auf dem Bild gegenüber: Gralmann hingestreckt wie ein Ertrunkener … Und wieder spürte Swantje ihr Herz rasen. Und wieder versank sie in Erstarrung. Dasitzen. Warten. Atmen. Und da war die große Versuchung: Klapp das Buch zu! Steck es zurück ins Regal! Wie als Kind das Buch mit der Hexe! Zuklappen! Nie wieder aufschlagen! Vergessen! Und wieder lockte die nächste Tür, obwohl es klar war, dass noch Furchtbareres folgen musste – die dritte Tür im bösen Märchen, durch deren Ritzen ein schreckliches Licht schien – und die doch geöffnet werden musste. Weil die erste und zweite Tür schon geöffnet waren. Weil es die dritte Tür war! »Öffne! Jetzt!«, befahl die Stimme. Und nicht sie, sondern etwas in ihr folgte – und da war er, der dritte Blitzschlag! Der Heftigste! Ein Foto: Der Zauberer Prospero, der seine Tochter Miranda hält – und Prospero ist Gralmann und Miranda ist – Anna! Dreißig Jahre jünger – aber ohne Zweifel: Anna!

Swantje sprang aus dem Bett und stieß vor Kopflosigkeit ihre Tasse um! Sie begriff gar nichts und begriff alles in derselben Sekunde. Ihre Gedanken explodierten. Und gleichzeitig erfasste sie eine Todesangst, wie sie sie noch nie erlebt hatte. Bebend öffnete sie einen Spalt weit ihre Tür, spähte auf den Gang hinaus. Gerade sah sie Benedikt, der wie verschlafen aus seinem Zimmer kam – nein, seltsamerweise nicht aus seinem Zimmer, sondern aus dem Zimmer daneben – aus dem Zimmer des vierten Radfahrers, der damals nicht gekommen war. Mit einem Satz war sie draußen bei ihm, zerrte ihn in dieses Zimmer und klappte die Tür zu. Sie wollte etwas sagen, aber sie merkte, dass sie nicht sprechen konnte. Es ging nicht.

Benedikt schien das gar nicht wahrzunehmen, er schien in einem anderen Traum gefangen zu sein. Er sagte wie für sich selbst: »Das ist … völlig unbegreiflich … wie kann das sein … ich verstehe gar nichts mehr … du weißt doch … das Zimmer, in dem ich mit Gérard übernachtet habe … das war doch oben … und hatte keine Tür … und oben habe ich, als Anna mich weckte … eine Tasse Kaffee verschüttet … auf den Teppich und Boden … und als ich eben heimkam, bin ich aus Versehen eine Tür zu weit gegangen … und ich bin gegen dieses Kästchen gestoßen, das hier stand … und nun ist hier der Kaffeefleck auf dem Teppich und Boden … dabei habe ich den Kaffee doch im oberen Zimmer verschüttet … es ist, als wäre ich in ein Paralleluniversum geraten …«

Swantje packte Benedikt mit einer Kraft an beiden Armen, dass er sie anstarrte: »Benedikt!«, flüsterte sie mit einer Stimme, die er gar nicht an ihr kannte. »Anna! Anna ist die Mörderin!«

Benedikt hatte sichtlich nicht verstanden, was sie meinte. Er starrte sie nur an.

»Anna ist die Mörderin!«, wiederholte sie mit derselben fremden Stimme.

Benedikt schien langsam etwas zu erfassen, aber bevor er antworten konnte, klappte die Tür auf – und Anna stand vor ihnen. Dieselbe Anna. Eine völlig andere Anna. Sie sagte nichts. Sie stand nur da und schaute sie an.

Swantje und Benedikt waren kreidebleich und rührten sich nicht.

Es verging eine Ewigkeit, in der die drei so standen und sich anschauten. Keiner war fähig, sich zu rühren oder ein Wort zu sagen.

Bis Anna endlich den Mund öffnete. Es dauerte eine Weile, bis sie sprechen konnte. Und auch ihre Stimme hatte noch keiner je zuvor gehört:

»Wie schaut ihr mich an? Swantje! Benedikt! Bitte! Schaut nicht so! Ihr schaut ja … Ich tu euch doch nichts! Das wisst ihr doch! Das könnt ihr doch nicht glauben? Bitte! Schaut nicht so! Lasst uns sprechen! Kommt! Kommt mit in die Küche! Bitte! Ich sag Euch alles! Aber schaut nicht so! Gérard!« rief sie nach oben. »Gérard!«

Gérard erschien in der Tür, bleich, ohne Swantje und Benedikt anzuschauen.

»Gérard«, sagte Anna bebend. »Sie wissen es.«

»Es ist besser so«, flüsterte Gérard mit steingrauem Gesicht und blickte zu Boden.

»Kommt, kommt in die Küche! Bitte!«, sagte Anna noch einmal, mit mühsamer Stimme. »Setzt euch!«

Maria Kreindl saß in ihrer Küche an dem behäbigen Bauerntisch, den sie sehr liebte, weil er schon in der Küche ihrer Großmutter gestanden hatte. Sie hatte daran zahllose Male Guglhupf und Apfelstücke verzehrt und einen Großteil ihrer Hausaufgaben erledigt. Er wies sogar ein paar Kerben auf, die sie als Fünfjährige heimlich mit dem Obstmesser hineingeritzt hatte, um zu probieren, ob sie sich damit notfalls gegen Einbrecher und Gespenster verteidigen könnte. So war sie schon immer gewesen. Zum Leidwesen ihrer Mutter, die in ihr eine geniale Primaballerina gesehen hatte, und ihres Vaters, der immer gehofft hatte, sie würde als Dermatologin in seine Praxis einsteigen. Sie trug nur einen weißen Frotteemantel, hatte ein Handtuch um ihr nasses Haar geschlungen und aß einen Apfel. Mit der freien Hand klickte sie an ihrem Laptop auf Google. Ihr Ex hatte sich immer beklagt, dass sie von der Arbeit nie abschalten konnte. Und das stimmte leider. Aber jetzt war es eh egal.

Fabios Idee spukte immer noch durch ihren Kopf: Wenn es noch einen Täter gibt, dann müssen wir ihn die ganze Zeit vor Augen haben. Und wenn wir ihn nicht erkennen, dann nur, weil wir zu wenig über ihn wissen. Wir sehen das Motiv nicht, weil uns Information fehlt. Und das heißt mit hoher Wahrscheinlichkeit: weil wir die Vergangenheit nicht kennen.

So hatte sie begonnen, in ihrer Freizeit immer wieder alle Beteiligten in diesen Mordfällen zu googeln. Wo man nichts weiß, kann man nur dem Zufall eine Chance geben.

Sie wusste nun schon einiges mehr über diese Menschen und klickte sich Mosaikstein um Mosaikstein durchs Internet. Die eine Radfahrerin war Aktivistin bei Greenpeace, der männliche Radfahrer hatte ein Praktikum in Südfrankreich absolviert. Bei Südfrankreich hatte sie aufgehorcht, aber die Spur führte ins Leere. Benedikt Bileam hatte als Jugendlicher einen Wettbewerb als begabter Cellist gewonnen, dann aber aus unerfindlichen Gründen die Karriere abgebrochen. Außerdem gab es einen Gedichtband von ihm, veröffentlicht in einem elitären Außenseiterverlag. Sie hatte sogar reingelesen, aber kein Wort verstanden. Was die oberschlaue Tante betraf: Swantje Siel war Fachanwältin für Mietrecht und Strafrecht, letzteres eher als Hobby. Offensichtlich vertrat sie als Strafverteidigerin hauptsächlich Typen, die es verdient hatten, im Knast zu sitzen. Aber bitte. Meinung einer bayerischen Polizistin. Das Ehepaar, die Pensionsbesitzer, hatten früher offenbar von der Hand in den Mund gelebt und tauchten auf allerlei absurden Seiten auf – auf der Homepage eines Klettergartens, eines Käsegeschäfts und eines Schwimmbads. Sogar Klinikclowns waren sie wohl eine Zeit lang gewesen. Es gab ein Bild: Ein riesiger Clown mit Kugelbauch, der traurig blickte und ein schlanker weiblicher Clown mit Pippi-Langstrumpf-Zöpfen, der lachte – beide zusammen an einem Kinderbett. Ein kranker Junge lächelte schwach. Kreindl seufzte. All das führte nicht weiter. Sie warf einen Blick in die Akte. Wie war der Mädchenname von Anna Durand gewesen? Anna Grundt. Was soll's! Versuch kann nicht schaden. Sie tippte den Suchbegriff ein. Und da – Moment! Was? Der Name Anna Grundt im Archiv der Münchner Kammerspiele? War die früher Schauspielerin? *Und was? Zusammen mit Gralmann? Die kannten sich? Die standen miteinander auf der Bühne?*

Knapp dreißig Sekunden später klingelte Baumgartners Handy. Er hatte sich gerade überlegt, ob er sich ein Feierabendbier genehmigen sollte oder ob es dafür schon zu spät wäre.

Als er abnahm, hörte er die Stimme seiner Chefin, ohne Gruß und Erklärung: »Fabio! Du bist ein Genie! Du hattest recht! Anna Durand ist unsere Frau! Sie war früher Schauspielerin zusammen mit Gralmann und hat abrupt die Karriere abgebrochen.«

»Wahnsinn! Das ändert alles! Und?«

»Ich fahre hin!«

»Jetzt?«

»Jetzt!«

»Aber wir haben gar nichts …«

»Ich weiß, aber die beiden haben das Haus schon verkauft und können jeden Tag abhauen …«

»Wir können doch nichts unternehmen …«

»Nein, aber wir können außerdienstlich hinfahren und schauen – ich meine, *ich* kann hinfahren …«

»Ich bin natürlich dabei!«

»Okay. Wir treffen uns in einer halben Stunde drunten an der Mittenwalder. Den kurzen Weg zur Pension laufen wir hinauf …«

»Und dann?«

»Keine Ahnung. Wir werden schauen, was sich ergibt …«

»Alles klar. Bis gleich.«

»Und Fabio – diesmal keine Heldennummer! Bitte!«

Eine halbe Stunde später parkten sie an der Mittenwalder und stiegen im Dunkeln gemeinsam den Hang empor. Die Nacht war erstaunlich warm und es duftete aus den Gärten. Beide schwiegen. Man hörte nur ihre leisen Schritte und das Knarzen von Kreindls Lederjacke. Baumgartner bemerkte, dass ihr Haar noch feucht war und sie ein Hauch von irgendeiner Badelotion umwehte.

Kreindl machte eine warnende Handbewegung. Beide erstarrten. Sie deutete auf das Küchenfenster und flüsterte: »Da sitzen sie ja, Anna Durand und ihr Mann – und da sitzen noch zwei, mit dem Rücken zu uns – das sind Bileam und seine Tante.«

»Aber was treiben die da? Die sitzen ja wie bei Notbeleuchtung! Und was für Gesichter die machen. Halten die da eine Seance ab? Eine Geisterbeschwörung?«

»Man müsste näher hingehen.«

»Aber das dürfen wir nicht. Wir haben ja keine rechtliche Handhabe, das Grundstück zu betreten …«

»Wieso? Wir haben Feierabend! Wir sind als Privatpersonen hier! Maria Kreindl mit ihrem Gschpusi Fabio Baumgartner, die sich aus einer romantischen Laune heraus nachts noch zusammen ein Pensionszimmer mieten wollen. Ich sehe nicht, weshalb das den Freistaat stören sollte …«

»Du musst es wissen …«

Mit diesen Worten öffneten sie so geräuschlos wie möglich das Gartentor und schlichen zum Haus.

15

Alle vier saßen bleich und wie innerlich glühend und durchleuchtet von Adrenalin um den Küchentisch. Sie fühlten sich wie Astralleiber. Anna atmete schwer.

»Wie fang ich an? Zuerst müsst ihr wissen, ich liebe euch beide.« Dabei schaute sie Benedikt und Swantje mit zitternden Lippen ins Gesicht. »Ich liebe euch von Herzen. Egal, was geschehen ist und noch geschehen wird. Das müsst ihr wissen. Und ihr müsst auch wissen, als ihr angekommen seid, da war ich noch die Anna, für die ihr mich gehalten habt. Und ich bin es auch immer noch. Irgendwie. Die richtige Anna. Erst gerade vorhin, an euren Blicken hab ich gesehen, was ich geworden bin. Erst mit euren Augen hab ich es wirklich gesehen, was ich geworden bin. Aber das will ich nicht mehr sein. Nie, nie mehr.

Wo fang ich an?

Alles begann vor dreißig Jahren in München, an den Kammerspielen. Ich, eine blutjunge Schauspielerin, fast von der Schulbank weg ans Theater, völlig berauscht von meinem ersten Engagement. Und dann gleich in einem Shakespeare auf der Bühne. Der Traum für jeden Schauspieler und jede Schauspielerin. Und dazu noch Seite an Seite mit ihm! Ihm! Dem großen Gralmann. Dem legendären Gralmann. Ein Wahnsinnssommer damals. Ich war ständig wie auf Drogen. Gralmann war für mich der gewaltige Lehrer und Mentor. Ich bewunderte ihn als Künstler grenzenlos. Und er hatte mich entdeckt. Er glaubte an mich. Als Mann bedeutete er mir nichts. Ich stand nie auf alte Männer. Und für eine Zwanzigjährige ist ein Fünfzigjähriger ein Greis. Außerdem: Ich hatte damals schon Gérard und war unendlich verliebt in ihn.

Es passierte das Banalste, was passieren konnte. Wir saßen unter Kollegen abends zu fünft noch lange in Gralmanns Villa, tranken Wein. Er vor allem. Plötzlich saßen wir beide allein da. Nach einem atemlosen Gespräch über Shakespeare warf der große Gralmann mich auf die Couch und vergewaltigte mich. Grausam und bestialisch. Ich schrie, biss, schlug. Wehrte mich, bis meine Hände blutig waren. Was ihn nur anstachelte. Ich glaube, er hielt es für künstlerische Leidenschaft. Weltumarmenden Eros. *Göttliche umarmen schnell*, sagt Rilke. Oder habt ihr Ovid gelesen? Die Metamorphosen? All die Vergewaltigungsgeschichten durch Götter? So fühlte er sich. Es ging nicht um unbeherrschte Leidenschaft oder um maßlose Begierde. Nein! Es war einfach ein Zeichen seiner göttlichen Macht, das er in mir aufpflanzte. Er hat das hunderte Male mit anderen getan. Vor mir und nach mir. Er brauchte solche Akte, wie ein Vampir Blut braucht. Mein junges Blut, um seinen schon alternden Körper zu verjüngen. Seine schauspielerische Gottheit mit menschlichen Blutopfern zu stärken.

Manche Opfer schafften es, damit weiterzuleben und sogar mit seiner Hilfe Karriere zu machen, andere gingen zugrunde. Wie ich. Ich hatte in einem Sommernachtstraum gelebt und erwachte in der griechischen Tragödie. Alles schwarz. Medea.

Ihr denkt, er hätte mich jetzt regelmäßig missbraucht? Nein. Er hatte mit der Vergewaltigung jedes Interesse an mir verloren. Am nächsten Abend war schon die Nächste dran. Es war, als hätte er mich einfach vergessen. Ich hätte die Sache also einfach ebenso vergessen und meine Schauspielkarriere fortsetzen können. Er legte mir keine Steine in den Weg. Erpresste mich nicht zu weiterem Sex.

Aber für mich war alles vorbei. Die Schauspielerei. München. Das Theater. Die Freunde. Alles. Ich wollte fort. Verschwinden. Ertrinken.

Ich kam nach der Vergewaltigung nach Hause, ließ meine Tasche fallen, sah Gérard und schaute ihn an. Ich konnte nichts sagen. Ich muss ihn bei dem Entschluss wie Medea angeschaut haben. Denn er begann bei meinem Blick zu zittern. Nach langem Schweigen sagte ich zu ihm: *Fahr mit mir ans Meer! Willst du mit mir ertrinken?*

Und er fuhr mit mir. Wir verbrachten einen Monat an der französischen Küste und verbrauchten unser ganzes Erspartes. Ich wollte mit Gérard gemeinsam ertrinken und schaffte es nicht. Aber ich konnte ihm auch nicht erzählen, was geschehen war. Sooft ich den Mund öffnete, manchmal mitten in der Nacht, kam kein Laut. Es ging nicht. Ich hätte zugleich sprechen und mit ihm ertrinken müssen. Aber ich konnte weder sprechen, ohne zu ertrinken, noch ertrinken, ohne gesprochen zu haben – und beides zugleich war unmöglich. Also schwieg ich. Und Gérard litt unter meinem Schweigen wie unter der schlimmsten Folter, die ich nicht beenden konnte. Wir waren in der Hölle, die ewig ist und ohne Ausweg. Und plötzlich, in einer einzigen Sekunde sah ich den Ausweg. Ich konnte nicht die Wahrheit sagen, ohne zu ertrinken, aber ich konnte lügen. Im Grunde war es kein Entschluss, sondern ich hörte meinen Mund plötzlich die Lüge sagen – und wusste, dass es die Erlösung war.

Ich sagte Gérard, ich würde Gralmann unsterblich lieben und hätte mit ihm geschlafen.

Aber er, Gérard, sei der Mensch, mit dem ich mein Leben verbringen wollte. Wenn er die Kraft hätte, mir zu verzeihen, würde ich mit ihm fliehen – vor Gralmann, dem Theater, München – und würde mit ihm ein unvorstellbar neues Leben beginnen.

Und es war die Erlösung. Gérard war vernichtet, wie ich vernichtet war. Aber ich wusste, er konnte eher damit leben, dass ich ihn zerstört hatte, als damit, dass ich zerstört worden war durch Gralmann. So sehr liebte Gérard mich.

Wir flohen. Wir begannen ein völlig neues Leben in der Provinz. Absurde Dinge. Gelegenheitsjobs. Ich konnte ja nichts außer Schauspielerei – und Gérard konnte nichts, als mich lieben. Es war also gleichgültig, was wir taten. Wir waren Bademeister, arbeiteten in einem Klettergarten, eröffneten einen Käsladen, eine Hundeschule. Ein Flop nach dem anderen. Aber wir liebten uns bis zum Wahnsinn. Und dabei war es mir unmöglich, mit Gérard noch zu schlafen. Also, natürlich fanden wir Wege. Notbehelfe. Aber nie wirklich, nie ganz. Können ihr euch all das vorstellen?

Wir ertranken in Zeitlupe. Aber wir ertranken gemeinsam. Und das verwandelte unser Ertrinken in große Kunst. So was wie im Kino die Titanic.

Und dann kam der Wendepunkt. Genau an diesem ersten Tag eures Besuchs, an dem ihr auf der Jocher Birg wart. Es klingelte an der Tür unserer Pension. Und das stand er: Gralmann. Der große Gralmann. Einfach so, mit Frau und Tochter.

Sie hatten uns gegenüber das riesige alte Bauernhaus gekauft und stellten sich vor als neue Nachbarn.

Gralmann erkannte mich nicht. Wie auch. Ich war viel zu unwichtig. Eine winzige Episode vor Jahrtausenden. Und außerdem um dreißig Jahre gealtert. Er hatte wirklich keine Ahnung, dass wir uns schon einmal begegnet waren.

Und ich stand vor ihm, vernichtet, gespalten wie ein Baum vom Blitz. Verbrannt.

Und ich sah ihn – und fühlte gar nichts. Es war, als ob er gar nicht dieser Mann wäre, der mich vernichtet hatte. Von dem ich all die Jahre Albträume gehabt hatte. Er kam mir viel zu unbedeutend dafür vor. Bei allem schauspielerischen Gehabe. Irgendwie lächerlich, eingeschrumpelt, ein eingebildeter alter Tattergreis.

Nicht zusammenzubringen mit dem Monster, das mich vor dreißig Jahren zerstört hatte.

Er plapperte. Die Frau und die Tochter plapperten. Also plapperte ich genauso.

Ich rief – könnt ihr euch das vorstellen – ich rief Gérard, um ihm Gralmann zu zeigen. Nach all den Jahren. Den Zerstörer unseres Lebens. Gralmann schien mir so harmlos geworden, ein so absolutes Nichts, dass ich ihn Gérard zeigen musste. Ich kann den Zustand nicht beschreiben. Ich war high. Ich hatte das Gefühl, mein Albtraum hätte sich in nichts aufgelöst, mein Dämon hätte seine Macht verloren.

Als wäre nun alles vorbei. Was hatte ich mir gedacht? Wie hatte ich glauben können, dass Gérard Gralmann so sehen würde, wie ich ihn jetzt sah? Dass er alles vergessen würde, all die Leiden und zerstörten Träume? *Komm Gérard,* rief ich, *ich muss dir jemanden vorstellen! Neue Nachbarn! Du glaubst es nicht! Der berühmte Schauspieler Gralmann mit seiner Familie!* Und ich schaute Gérard direkt ins Gesicht, damit er verstehen sollte: Alles ist vorbei! Gralmann ist ein Nichts! Wir sind erlöst!

Und das Verrückte – Gérard begriff sofort! Er schüttelte mit derselben begeisterten Miene wie ich Hände. Plapperte im selben Ton wie wir. Lief sogar in die Küche und kam mit einer Flasche Sekt und Sektgläsern, um auf die neue Bekanntschaft anzustoßen. Und während wir mit Gralmann und seiner Frau und Tochter anstießen, warfen Gérard und ich uns tiefe Blicke zu, als würden wir sagen: Nun ist alles, alles vorbei! Wir lachten sogar so erleichtert, als hätte sich die furchtbare Bedrohung in etwas Komisches aufgelöst. Das war der Moment, als ihr beiden nach Hause kamt. Den Rest wisst ihr ja. Ich meine, den Rest des Besuchs.

Denn was danach kam, könnt ihr euch nicht vorstellen. Was kam, als die Gralmanns sich verabschiedet hatten und ihr auf euer Zimmer gegangen wart. Es war, wie wenn der Regisseur beim Dreh nach einer Szene *Aus!* ruft – und alles ist verwandelt in eine andere Realität.

Die Tür fiel hinter dem lachenden Geplauder ins Schloss – und wir schlugen in der Realität auf wie auf Granit. Willkommen in der griechischen Tragödie. Kaum war Gralmann aus meinem Blick, kaum sah ich den aufgeblasenen Hampelmann nicht mehr vor mir, wusste ich wieder, dass er mein Zerstörer war. Der Vernichter unseres Lebens. Nein, ich wusste es nicht, ich spürte es. Und Gérard, so sehr liebte er mich, spürte es im selben Augenblick. Und sah in diesem Moment auch, dass alles eine Lüge war. Und ich wusste, dass es Zeit für die Wahrheit war.

Ich erzählte Gérard alles. In jedem bestürzenden Detail, von dem ich gar nicht gewusst hatte, dass es noch in meinem Gedächtnis existierte. Und Gérard fragte nicht, was jeder andere Mann gefragt hätte: Warum hast du mir all die Jahre nicht die Wahrheit gesagt? Warum haben wir uns durch eine Lüge vernichtet? Wäre es nicht besser gewesen, sich durch die Wahrheit zu vernichten? Er begriff alles. So wunderbar ist Gérard.

Und tatsächlich. Es war wie im Märchen. Durch die Wahrheit war ein Bann gebrochen. An diesem Nachmittag schliefen Gérard und ich so tief miteinander wie nie zuvor, als ob man in einem Meer ertrinkt. Und als wir wieder auftauchten und nebeneinander im Bett lagen wie im Sonnenaufgang an einem Strand, dachte ich einen Augenblick, wir wären erlöst und gerettet. Die Götter hätten uns den Fluten entrissen und einem neuen seligen Leben geschenkt. Wir sahen uns an.

Aber schon als Gérard den Kaffee kochte und ich unter der Dusche stand, wusste ich wieder, dass nichts vorbei war. Wir gingen einander aus dem Weg. Das war dann der Moment, als die Radfahrer eintrafen. Ihr wisst ja, wie es weiterging. Zumindest bis ihr von den Gralmanns zurückkamt. Und da geschah dann eine Winzigkeit, eine Banalität, ein absurder Zufall, ohne den wir jetzt nicht hier so dasäßen. Der Zufall war ein Gedankenblitz von Gérard.« Bei diesem Satz stöhnte Gérard auf.

»Nicht! Sch!«, sagte Anna, »Du kannst nichts dafür. Das war Schicksal. Wie in der griechischen Tragödie. Gérard führte nämlich dich, Benedikt, nicht in das obere Zimmer, das für euch beide vorbereitet war, sondern in das untere Zimmer – das mit der Tür zum Garten!«

»Mein Gott!«, rief Benedikt. »Die Erinnerung mit den aufgemalten Fenstern! Ein Paralleluniversum! Aber wie konntet ihr mich täuschen – und warum? Auch welchem Grund? Hattet ihr da etwa schon geplant, dass …«

»Nein, Benedikt! Nein! Das ist ja die Tragödie! Nichts war geplant! Niemand wollte etwas Böses! Gérard machte das in guter Absicht! Er sah, dass du etwas angetrunken warst, er hörte, dass der vierte Radfahrer nicht kommen würde, und da wollte er dir die Stufen ersparen und führte dich einfach in das entsprechende Zimmer, nur ein Stockwerk tiefer.

Und niemand hat es bemerkt, weder Swantje noch ich noch die Radfahrer, denn wir saßen zu der Zeit noch alle im Garten. Und auch du hast es nicht bemerkt, Benedikt, weil du die Augen gar nicht mehr aufhalten konntest und nur noch ins Bett wanktest – und weil du einen so schlechten Orientierungssinn hast. Aber all das war Zufall! Kein Plan! Bis dahin wollte niemand etwas Böses!«

»Und was geschah dann?«, fragte Swantje.

»Das muss jetzt der Gérard weitererzählen …«

»Isch kann nischt«, schluchzte Gérard.

»Du, Benedikt, warst ja sofort im Tiefschlaf. Gérard lag neben dir im Bett, gleich daneben war die Tür zur Toilette und von dort in den Garten. Gérard konnte nicht schlafen. Nach alldem. Er wälzte sich hin und her und dann schlich er sich durch die Hintertür in den Garten …«

»Isch wusste gar nicht, warum«, flüsterte Gérard mit rauer Stimme. »Isch wollte gar nix. Aber meine Füße gingen von selbst. Plötzlich lief isch durch das 'intere Gartentor über die Straße. Plötzlich stand isch im Gralmann-Garten. Neben dem Schu'pen. Und da sah isch, wie er in seinem Mantel auf und ab ging. Und isch 'abe gedacht, was er Anna angetan hat. Aber isch wollte noch immer nix. Aber die Axt steckte in der Wand. Direkt vor meinem Gesicht. Isch 'abe sie herausgezogen, ganz leise, um Gralmann besser zu sehen. Ja, und da ging Licht an am Haus ... und Christa kam und 'olte ihn zurück ... und isch stand noch immer 'inter dem Schu'pen ... versteckt ... mit der Axt in der 'and und traute mich nischt weg ... Und isch wo'lte gerade zurückschleichen ... da ging das Licht wieder an ... und isch dachte, es war Gralmann, der auf dem Weg entlangkam ... und wie er gerade an mir vorbei war ... isch wollte gar nix ... da schlug meine Hand zu ... und es krachte ...«

Benedikt schlug die Hände vors Gesicht. Eine Weile hörte man nur die beiden Männer schluchzen.

»Sch! Sch!«, sagte Anna und streichelte Gérards Hand. »Du wolltest es nicht! Du kannst nichts dafür ... Der Gérard schlich dann zurück ins Zimmer und legte sich mit dem Beil in der Hand ins Bett und lag so neben dir, Benedikt, bis zum Morgengrauen. Bis er mich aufstehen hörte, um das Frühstück zu machen. Da stand er auch auf und musste dich wecken, um zu mir zu kommen. Und du hast die Matratze hochgeklappt und ihn rausgelassen. Und du hast gar nicht gemerkt, dass er die Axt in der Hand hatte. Und mit der blutigen Axt in der Hand kam er zu mir in die Küche gelaufen. Und steht plötzlich vor mir, wie ich grade die große Pfanne im Spülbecken schrubbe, stellt euch vor, der Gérard! Steht vor mir mit der blutigen Axt in der Hand! Er ist einfach so durch die Pension damit gelaufen, keiner hat ihn gesehen. Steht vor mir und sagt wie ein kleiner Bub: *Ich hab es getan! Ich hab den Gralmann erschlagen!* Und ich, entsetzt und auch irgendwie begeistert von seiner Liebestat, sag nur: *Komm, gib mir die Axt!* Ich wusste, es geht jetzt um jede Sekunde. Mit meinen tropfnassen Gummihandschuhen nehm ich ihm das Mordwerkzeug aus der Hand und wische es mit einem Lappen ab. Wegen der

Fingerabdrücke. Und mir fällt nichts Besseres ein, als einen frischen Müllbeutel aus der Schachtel zu zerren und die Axt hineinzustecken und in der hintersten Ecke der Speisekammer unter die Kartoffelsäcke reinzuwühlen. Dann wusch ich ihm am Wasserhahn die Blutflecken von den Händen und zog ihm wie einem Kind das bespritzte Pyjamaoberteil aus und seine Kochjacke an. Ich war in einem Zustand, wie von Sinnen! *Aber jetzt,* sagte ich zu Gérard, *jetzt müssen wir alles tun, um dich zu schützen. Du brauchst ein Alibi! Aber wie!* Und da kam mir die Idee: Die Idee, auf die du mich gebracht hast, Benedikt! Paralleluniversen! Ich fühlte mich wie unter Doping-Mitteln, die meine Denkvorgänge auf das Zehnfache beschleunigten. Ich sagte zu Gérard: *Wir müssen behaupten, du und Benedikt, ihr hättet nicht unten, sondern in dem oberen Zimmer geschlafen. Die Zimmer sind ganz gleich, nur das obere hat keine Tür! Beim Betreten kann euch keiner gesehen haben, alle waren im Garten! Und Benedikt – Benedikt war gestern völlig hinüber – und sein Orientierungssinn ist eine Katastrophe! Wenn wir es schaffen, dass ich ihn aus dem Zimmer hole und so zuquatsche und ein wenig im Kreis führe, treppauf, treppab, dann merkt er mit etwas Glück nichts. Danach müssen wir heimlich ein paar Einrichtungsgegenstände und seine Sachen nach oben schaffen, sobald sich eine Gelegenheit ergibt.* Es war Irrsinn! Hochriskant, aber der einzige Weg. Und es hat geklappt, während wir in der Küche plauderten, hat Gérard den zusammengeklappten Paravent, deinen Rucksack und das Mohnbild nach oben geschafft. Sonst ist die Einrichtung ja völlig identisch. Gérard musste nur noch die Ersatzmatratze unten unters Bett hineinschieben und oben unterm Bett herausziehen. Und da kam Christa und schrie, dass Lara ermordet sei. Könnt ihr euch vorstellen, in welchem Zustand wir waren. Wir konnten es nicht fassen, wie das passiert war. Gérard, ihr wisst ja, bei seinem Gewicht, flog geradezu hinüber – und als er dann sah, was er getan hatte …« Gérard schluchzte laut auf und vergrub das Gesicht in seiner Armbeuge.

»Wir begriffen gar nichts, vor allem, weil Lara ja im Schlafanzug war. Wir konnten uns das alles nicht erklären. Wir hörten die Polizeisirenen. Und da kam mir siedendheiß, dass Gérard sicher vergessen hatte, die Kaffeetasse nach oben zu schaffen. Und dass ja die blutige

Axt, die er ins Bett mitgenommen hatte, sicher Spuren hinterlassen hatte. Darum sagte ich, ich hätte Fett auf dem Herd und jagte zurück und brachte die Tasse nach oben und verschüttete Kaffee. Danach ging ich runter, zog die Bettüberzüge von den Decken und die Laken von den Matratzen und kaschierte den Kaffeefleck auf dem Teppich. Dann stopfte ich alles Bettzeug und Gérards Pyjamaoberteil in die Waschmaschine und schaltete an. Mehr konnte ich nicht tun. Was folgte, war nur noch ein böser Traum. Gérard – ihr wisst ja, in welchem Zustand er war. Ich dachte, er wird verrückt. Unabsichtlich hatte er, als er in den Garten stürzte, alle Spuren, die auf ihn hinweisen konnten, vernichtet, und der Rest der Horde erledigte das Übrige. Ich tat in den folgenden Stunden und Tagen alles, alles, um Gérard zu schützen. Aber ich bekam wirkliche Panik, dass er den Verstand verliert. Als plötzlich die Polizei erschien und Gérard als Zeugen für Benedikt wollte, da rannte ich schnell zu ihm hoch, zerrte ihn aus dem Bett und sagte: *Gérard, das ist deine Chance! Du kannst jetzt alles gutmachen durch eine gute Tat! Verschaff Benedikt sein Alibi!* Und der Gedanke an die gute Tat brachte ihn hoch. Er war wenigstens wieder auf den Beinen, auch wenn ich jede Sekunde einen neuen Absturz in die Depression erwartete. Da kam mir der Gedanke, ihn wegzuschaffen. Nach Frankreich, zu seiner Familie. Sobald Gérard fort war, aus der Schusslinie sozusagen, wurde mir etwas leichter. Die Familie würde ihn aufmuntern. Und als man dann überall auf den Zeitungen von dem Stalker las, der den Mord begangen haben sollte, und dann auch noch die Attacke auf dem Friedhof geschah, glaubte ich, es wäre geschafft.«

»Aber es musste doch herauskommen, früher oder später, dass der Stalker es nicht war«, wandte Swantje ein. »Oder hättet ihr einen Unschuldigen geopfert?«

»Ich weiß, ach Gott, ich weiß. Ich dachte nur an Gérard. Und ich glaubte, wenn wir erst in Frankreich wären, dann … ich weiß nicht, was ich dachte … und ganz ehrlich, ja, ich hätte auch einen Unschuldigen geopfert, um Gérard zu retten. So verdorben bin ich schon. Aber dann kam ja eh der Tag, an dem ihr nach Benediktbeuern gefahren seid und an dem es plötzlich in den Nachrichten hieß, der Axt-Attentäter sei doch nicht der Täter. Da bekam ich wieder wilde Panik. Was tun bei einer Haussuchung? Wenn sie die Axt finden?

Weil ihr in Benediktbeuern wart und die Radfahrer auch die Pension verlassen hatten, dachte ich, jetzt ist die Gelegenheit, die Axt verschwinden zu lassen. Ich hatte gar keinen richtigen Plan. Ich dachte, ich leg sie in den Fahrradkorb und schmeiß sie an einer einsamen Stelle in den Wald oder in den Kochelsee, bloß, dass sie weg ist. Völlig idiotisch. Aber wie gesagt: Ich war außer mir vor Panik. Jedenfalls, ich hab mir wieder Gummihandschuhe angezogen und in der Speisekammer den Müllbeutel mit der Axt unter den Kartoffeln hervorgekramt. Dann hab ich ihn in die Küche getragen. Und wie ich gerade dabei bin, die Axt aus dem Beutel zu holen, um noch die Blutreste abzuschrubben, steckt plötzlich die neugierige Prankl ihren Kopf durchs offene Fenster, wie beim Kasperltheater: *Ja, was ham S' denn da? Eine Axt? Is des die, die die Polizei suacht? De dürfen S' frei ned bhalten! Muass ois zruckerstattet wern! Den Mantel hob i scho zruckbracht. Den hat de Schlampm im Garten gstohlen, bevor s' da Blitz derschlagn hat. Da Herrgott woaß, was a duad! Recht is' ihr gschehn. Aba i hab den Mantel zruckbracht! Auf Heller und Pfennig! Ois! Aba die Axt derfn S' ned b'halten! Da derschlagt Sie da Blitz! Zruckbringen! Sofort! So wui's der Herrgott!*

Zuerst hat es mir die Sprache verschlagen. In meiner Panik hatte ich völlig das offene Fenster vergessen. Überhaupt vergessen, dass jemand kommen konnte. Die Situation war so schrecklich, so absurd und zugleich so komisch. Das erwartet man nicht, dass es bei einem Mord so grauenhaft komische Momente gibt. Einen Augenblick war ich so hilflos und panisch, da wollt ich ihr einfach die Axt über den Kopf hauen, aber dann, als sie so weiter zeterte und ich fieberhaft überlegte, sah ich Gérards Schlüsselbund auf dem Tisch liegen. An dem baumelt immer so ein Laserpointer, ich weiß nicht wozu, und ich erinnerte mich, dass er mir einmal gesagt hat, dass mit solchen Dingern oft Torhüter beim Elfmeter geblendet werden oder Piloten bei der Landung und dass das lebensgefährlich ist – und da kam mir der Geistesblitz. Ich war wieder wie high und dachte mit zehnfacher Geschwindigkeit. *Aber freilich, Frau Prankl,* hab ich gesagt, *recht haben S'! Hier! Nehmen Sie die Axt! Tun Sie das gottgefällige Werk!*

Gehen S' gleich runter mit Ihrem Radl zur Mittenwalder und bringen S' die Axt der Polizei! Auf Heller und Pfennig!

Damit hab ich ihr den Müllbeutel und die Axt, blutverkrustet, wie sie war, hingehalten. Da war die Frau Prankl natürlich hocherfreut. Hat die Axt gleich wieder in den Beutel gepackt – dabei alles von oben bis unten angetatscht – und in ihre Einkaufstasche geschoben. *Aber vorsichtig!*, hab ich ihr nachgerufen, *nicht radeln, sondern langsam schieben, damit nichts verloren geht. Ich geh auch runter ins Dorf, ich muss noch was einkaufen! Aber Sie müssen sich bitte Zeit lassen bei der gottgefälligen Tat.* Schnell ist sie abgestiegen. Ganz langsam hat sie das Fahrrad geschoben, ganz beglückt über ihre große Aufgabe. Dann hab ich rasch die Mittenwalder überquert und mich drüben so in die Biegung gestellt, dass mich die Autos nicht sehen konnten und gewartet, bis sie kam. Und wie immer hat sie dagestanden mit ihrem Fahrrad und geradezu ein Auto abgepasst, um dann rasch noch wie ein Reh über die Straße zu huschen mit ihrem Radl. Aber diesmal stand ich da mit dem Laserpointer. Es war so unfassbar einfach. Kinderleicht. Ich hab einfach auf den Knopf gedrückt und auf die Prankl gezielt, quer über die Straße, schon erschien der rote Punkt auf ihrer Brust. Den Strahl sieht man am Tag ja nicht. Nur den roten Punkt, wie er zittert und bebt. Und es war mein Herzschlag, von dem der Punkt so gezittert und gebebt hat. Ja, das dachte ich in dieser Sekunde. Das ist mein Herzschlag. Wie mein Herz zittert, dachte ich. Aber nicht so stark, dass ich es nicht geschafft hätte. Es war wie im Traum. Im Albtraum. Ich musste den roten Punkt nur langsam hochtanzen lassen, von ihrer Brust hoch zum Hals, auf den Mund – und genau in dem Augenblick, als sie lossprang, direkt auf ihre Augen, sodass sie geblendet war von dem Laserstrahl, und sie ist zurückgefahren, getaumelt – und schon hat's gekracht … Ja, und so hat man sie gefunden. Eindeutig Tod durch Verkehrsunfall, was niemanden gewundert hat. Ein Wunder war nur die Axt mit ihren Fingerabdrücken. Und alles war für die Polizei sonnenklar. Auch das alles ein Irrsinn! Hochriskant. Hätte alles schiefgehen können. Aber wir hatten ja nichts mehr zu verlieren … Als es krachte, drehte ich mich einfach um und lief die Seitenstraße hinunter zum Einkaufen, als wäre nichts geschehen. Als ich beim

Metzger in der Reihe stand, hörte ich die Sirenen. Wie gesagt: alles ein Wahnsinn! So entsetzlich! Und dabei so komisch! Dieser Mord war der einzige gemeine, den wir begangen haben – den ich begangen habe. Gérards Mord war edelmütig. Ein Mord aus Liebe. Auch wenn es wegen des furchtbaren Irrtums der furchtbarste Mord war. Aber nicht durch unsere Schuld. Das war das Schicksal. Der Mord an Frau Prankl dagegen war der leichteste – aber fies, einfach nur gemein. Dafür schäme ich mich immer noch in den Boden. Ihr glaubt nicht, wie oft ich diese Szene geträumt habe. Wie der rote Punkt auf ihrer Brust zittert und bebt. Wie er hochtanzt über den Hals, den Mund. Wie er plötzlich springt auf ihre Augen. Wie es kracht. So furchtbar. Das war nicht ich, als ich das gemacht habe. Das war etwas anderes in mir.«

»Der Neuroparasit«, sagte Benedikt leise.

»Ja, der Neuroparasit. Weil wir gerade dabei sind … Das war der dritte Mord, der Mord an Gralmann …«

»Also war es doch Mord!«, rief Benedikt. »Die Polizei hält es nach wie vor für einen Unfall.«

»Wenn es ein Mord war … ich weiß es nicht … Hab ich Gralmann umgebracht? Ist das Mord? Im Sinne des Gesetzes? Ich weiß es wirklich nicht. Es spielt auch keine Rolle mehr. Ich hab eh schon einen Mord auf dem Gewissen. Einen schlimmeren Mord …«

»Aber was hast du getan? Wovon redest du?«

»Was hab ich getan? Im Grunde hab ich nur geflüstert. Ich habe ihm seinen Tod eingeflüstert. Ich war der Neuroparasit im Gehirn, von dem du mir erzählt hast, Benedikt. Erst habe ich Christa eingeflüstert. Das war die Vorbereitung. Ohne sie wäre es nicht gegangen. Ich sah ihre Verzweiflung nach dem Mord an Lara. Mit Gralmann allein, eingesperrt in einer ewigen Hölle. Und ich habe ihr den Ausweg eingeflüstert. Die Lösung. Wie ein Gift, das sie gierig aufgesogen hat. Als sie sich ausheulte bei mir, hab ich von meiner alten Tante erzählt, der wir die Pension verdanken. Von ihren Depressionen und Selbstmordgedanken. Von ihrer Pflegerin, die glaubte, sie würde das Haus erben, und die deshalb alles tat, um bei meiner Tante die Depressionen und Suizidfantasien zu verstärken. Die ihr die verschriebenen Antidepressiva nicht gab, die

Arztbesuche verhinderte, die Türen offenließ und ihr jede Möglichkeit zum Selbstmord gab, bis es schließlich passierte. Ich weiß nicht, was Christa im Einzelnen gemacht hat, wie sie mit Medikamenten trickste, ihm Antidepressiva vorenthielt, Arztbesuche verhinderte, ihre Tür zum Schlafzimmer nicht mehr abschloss – aber sie hat in diesem Moment den Plan gefasst, Gralmann auf demselben Weg loszuwerden. Sie war meine Helferin. Meine Komplizin. Und zwar mit Feuereifer und Begeisterung. Daher das Lachen, das du im Garten gesehen hast, Swantje.«

»War sie damals im Haus, als die Tür offenstand?«, fragte Benedikt.

»Nein! Niemand war im Haus. Ich hatte selbst tatsächlich die Tür einfach aus Versehen offengelassen. Aber als du auf mich zusprangst, Benedikt, erschrak ich – und ergriff sofort die Möglichkeit, dir einzureden, dass jemand im Haus gewesen war. Um jeden Verdacht von mir abzulenken. Um dich zu betrügen. Um euch zu betrügen. Euch, die ich doch liebe! Könnt ihr euch das vorstellen? So verdorben war ich schon in so wenigen Tagen! Es fiel mir überhaupt nicht schwer. Es war so einfach, euch zu täuschen. So weit war ich schon eine andere Anna geworden. Ich fühlte mich gar nicht wie eine Lügnerin. Ich fühlte mich wie eine Schauspielerin, die für jeden eben die Rolle spielt, die gespielt werden muss. Für euch, für Prankl, für Christa, für Gralmann. Nur für Gérard spielte ich nicht – nur für ihn war ich immer nur Anna. Die verzweifelte Anna. Die lügende Anna. Die mordende Anna. Aber Anna.«

»Aber Christa hat doch Gralmann nicht selbst umgebracht? Wie hast du es gemacht?«, fragte Swantje.

»Nein, das mit Christa – das war nur die Vorarbeit. Die war sehr leicht. Ein Kinderspiel. Die weit schwerere Arbeit war, auch in Gralmanns eigenem Gehirn der Neuroparasit zu werden, der ihn zur freiwilligen Selbstzerstörung trieb. In seinem Gehirn war ich ein noch mächtigerer Parasit. Ich habe ihm den Tod eingeflüstert mit all meiner Kraft und all meinem Talent einer verlorenen Schauspielerin. Und es wirkte. Das ging nur, weil er in dieser gebrochenen Verfassung war. Noch zwei Wochen vorher wäre das unmöglich gewesen. Als ihr ihn zum ersten Mal getroffen habt, war er noch stark und unverwundbar. Er war der Egomane. Das Genie, das an die eigene Stärke glaubte. Trotz einiger mentaler Aussetzer. Der Tod der Tochter hat ihn erschüttert, aber nicht in der Tiefe. Er war nicht im Innersten gebrochen, wie ein liebender Vater gebrochen wäre. Seine angebliche *Liebe* zu Lara war gemeinster Missbrauch und Egoismus. Was ihn aufwühlte, war Wut – man hatte ihm sein Lieblingsspielzeug entrissen, sein Eigentum, seine Sklavin. Wirklich gespalten und im Innersten zerstört hat ihn die Attacke auf dem Friedhof, der Axthieb an den Schädel. Die Wunde war harmlos, aber ich glaube, in diesem Moment hat er begriffen, dass Gralmann nicht das unsterbliche Genie war, für das er sich hielt. Bis dahin hatte er gedacht, trotz seiner Aussetzer könnte er jederzeit wieder auf einer Bühne oder vor der Kamera stehen. Er hatte seine Vergänglichkeit und die Vergänglichkeit des Ruhms einfach verdrängt, wie man einen unangenehmen Gedanken verdrängt. Aber der Axthieb war kein Gedanke. Das war ein physischer Hieb, die Sense des Tods, die über ihm blitzte und auf ihn niederfuhr, und zwar mit solcher Wucht, dass sein Ich gespalten war. Er lebte noch körperlich, aber er hatte begriffen, dass es aus war mit Gralmann. Für immer aus. Nie mehr Theater. Nie mehr Bühne. Nur Zittern und Sabbern auf einem Sessel im Pflegeheim. Von da an war er gebrochen. Er verfiel in eine tiefe Depression. Die Demenz wurde dadurch etwas beschleunigt, aber ich glaube, es war vor allem Depression. Er hatte schon früher einmal starke Depressionen gehabt und mit Antidepressiva überwunden. Aber Christa tat dank meiner Einflüsterung alles, um diesen Ausweg zu versperren. Und zugleich eröffnete ich ihm einen anderen Ausweg. Damals, in der legendären Aufführung des *Sturms*, nach der Gralmann mich vergewaltigt und zerbrochen hatte, war ein Einfall des Regisseurs gewesen, dass Gralmann als Prospero in der letzten Szene nicht nur Bücher und Zauberstab versenken, sondern sich selbst im Wasser ertränken sollte. Und ich begann nun, ihn Tag für Tag durch das Vorlesen des Shakespeare-Texts Schritt um Schritt näher an das Wasser zu bringen. Ich las ihm Szenen aus dem *Sturm* vor, ich weckte Erinnerungen. Ariels verführerische Lieder, die dieser dem Ferdinand ins Ohr singt:

Fünf Faden tief liegt Vater dein:
Sein Gebein wird zu Korallen;
Perlen sind die Augen sein:
Nichts an ihm, das soll verfallen,
das nicht wandelt Meeres-Hut
in ein reich und seltnes Gut.
Nymphen läuten stündlich ihm,
da horch! ihr Glöcklein – Bim! Bim! Bim!

Ich zog ihn tiefer und tiefer in den Strudel. Es war brandgefährlich. Es hätte jederzeit sein können, dass er mich erkennt und meinen Plan durchschaut und mich verrät und beschuldigt. Und ich weiß nicht, ob es stimmt, aber ich glaube tatsächlich, er wusste alles. Er erinnerte sich an mich, an das Stück, die Vergewaltigung und sein Ertrinken in der letzten Szene. Ich glaube, er wusste alles, auch dass ich seinen Tod wollte. Aber er nahm es jetzt hin, gebrochen wie er war, weil ich ihm etwas Besseres bot als das Dahinsiechen in einem Pflegebett – einen Tod durch die Kunst. Ein Untergehen in einer großen Szene. Er ließ sich von mir bewusst Schritt für Schritt zum Wasser führen, und als ich glaubte, dass er weit genug wäre, gab ich ihm Zeichen. Ich platzierte das Buch und den Totenkopf mit der brennenden Kerze auf Laras Grab, ich benutzte die Gelegenheit am Abend vor seinem Tod, als ich Geschirr aus dem Haus holte, den Mantel aus der Garderobe rasch hoch in das Schlafzimmer zu tragen und auf dem Ehebett auszubreiten. Alles Requisiten aus dem Stück, die etwas in ihm auslösen sollten – und er folgte mir – viel gehorsamer, als ich je erwartet hätte – und er genoss es vielleicht am Ende sogar, als Prospero in Shakespeares Meer zu ersaufen. War das Mord? Ich weiß es nicht. Ich weiß nur, dass ich am Ende selbst überrascht war, als es wirklich geschah. Als er wirklich aus dem Wasser gezogen wurde und tot dalag.

Aber jetzt – jetzt ist alles vorbei. Ich hätte nie gedacht, dass uns das Schicksal so lange hilft bei unseren Morden. So viel hätte schiefgehen können! Man hätte Gérard erwischen können beim Mord oder mit der Axt. Die Polizei hätte die Axt finden können oder die Wäsche mit den Blutspuren, die ich nur notdürftig entfernt hatte. Der Zimmertausch hätte dir, Benedikt, auffallen können, Frau Prankl hätte im Augenblick, als ich sie blenden wollte, wegschauen können, oder es hätte sein können, dass an diesem Tag auf der Mittenwalder gar kein Auto gekommen wäre – und Frau Prankl wäre einfach zur Polizei geradelt. Es hätte sein können, dass Gralmann mich erkannt und verraten hätte. Oder es hätte sein können, dass der Neuroparasit, den ich ihm ins Gehirn pflanzte, keine Wirkung entfaltet hätte, dass Gralmann nicht ins Wasser gegangen wäre … Es stand zehn zu eins, dass alles schief ging. Aber das böse Schicksal hat uns die ganze Zeit geholfen. Hätte es uns doch beim Guten ebenso geholfen!

Aber jetzt ist alles vorbei. Ich wollte, Benedikt und Swantje, ich könnte die Zeit zurückdrehen, nichts wäre geschehen, ich wäre noch der Mensch, der ich war, als ihr angekommen seid, ich wollte, Gérard wäre noch der Gérard ohne Axt und blutige Hände, ich könnte noch mit dir, Swantje, so lustig quatschen wie in der ersten Mordnacht, von der wir noch nicht wussten, dass es eine Mordnacht war, ich könnte noch mit dir, Benedikt, so herumalbern und flirten – alles vorbei! Es tut mir so leid!«

»Anna! Gérard!«, rief Benedikt. »Wir lieben euch noch immer! Es ist wahr. Ihr habt furchtbare, entsetzliche Dinge getan. Aber das wart nicht ihr. Das war der Neuroparasit in euren Gehirnen. Du dachtest, du hättest Gralmann den Neuroparasiten eingepflanzt, aber eigentlich hat er ihn euch eingepflanzt. Er hat euch ins Verderben getrieben. Ihr seid keine schlechten Menschen. Ihr seid gute Menschen, die durch die Einflüsterung eines Neuroparasiten Furchtbares getan haben.«

»Ja, das habe ich auch gedacht. Das hab ich mir eingeredet, die ganze Zeit … Dass ich trotzdem noch Anna bin. Aber das stimmt nicht … glaub mir … das stimmt nicht … Man kann nicht all die furchtbaren Dinge tun und dabei derselbe Mensch bleiben …«

»Wir lieben euch! Trotzdem!«

»Ja. Aber zwischen uns liegen jetzt drei Leichen. Es ist vorbei. Benedikt. Swantje. Vorbei. Wir werden euch nie wieder umarmen …«

»Und jetzt?«, fragte Swantje in die Stille.

»Jetzt? Wir werden uns der Polizei stellen, Gérard und ich. Das verspreche ich. Aber gebt uns noch ein paar Stunden allein im Haus. Ich schwöre, wir tun niemandem etwas Böses. Wir fliehen nicht. Ich schwöre es. Morgen stellen wir uns. Aber schenkt uns die Zeit bis zum Morgen. Und geht jetzt einfach …«

Benedikt streckte die Hand nach ihr aus, doch Anna fuhr zurück.

»Nicht, Benedikt! Nicht berühren. Nicht mehr anschauen. Gar nichts. Geht. Geht jetzt! Ich flehe euch an. Wenn ihr uns liebt. Wirklich. Bitte. Ich flehe euch an.«

Benedikt und Swantje erhoben sich und gingen wie im Traum aus dem Zimmer.

Kreindl und Baumgartner standen gebückt hinter einem Busch. Sie standen eng aneinandergedrängt. Einzelne Tropfen von Kreindls nassen Locken fielen auf Baumgartners Arm. Sie bemühten sich intensiv, etwas von der Unterhaltung zu erlauschen und verstanden nur Fetzen. Aber doch viel genug, um zu begreifen, dass es um ein Mordgeständnis ging.

Sie sahen, wie sich die Rücken von Benedikt und Swantje erhoben und die Lampe verdunkelten und dann zur Seite verschwanden. Ob sie den Raum verließen oder noch im Zimmer standen, war nicht zu erkennen, als Anna Gérard zunickte und er ihr ein kleines Stoffpaket gab. Anna öffnete es.

»Vorsicht!«, raunte Kreindl. »Sie hat eine Waffe!« Beide Polizisten zogen ihre Dienstpistolen.

»Was machen wir?«, flüsterte Baumgartner. »Sind Bileam und seine Tante noch drin?«

»Ich weiß es nicht! Wenn wir jetzt reinstürmen, kann es sein, dass sie die beiden erschießt.«

»Wenn wir nichts tun, kann es ebenfalls sein.«

Eine halbe Minute lang standen beiden reglos, in höchster Spannung und Bereitschaft.

In dem Augenblick öffnete sich die Tür und Swantje und Benedikt wankten bleich heraus. Sie waren nicht einmal überrascht, die beiden Polizisten zu sehen.

»Pst!«, zischte Kreindl ihnen zu. »Sind außer dem Wirtspaar noch andere Personen im Haus?«

Benedikt schüttelte wie in Trance den Kopf. Kreindl und Baumgartner nickten sich zu und bereiteten sich vor, mit Waffen im Anschlag in den Hausgang zu stürmen. Im selben Moment hörte man drinnen zwei Schüsse.

16

Die Beerdigung von Anna und Gérard fand auf dem kleinen Kocheler Friedhof statt, bei der kleinen weißen Kirche, in der Benedikt so gern gesessen hatte. Es war ein strahlend schöner Oktobermorgen. Das Gras noch feucht. An den Hängen blökten Schafe.

Der Dorfpfarrer kannte Anna und Gérard vom Sehen und war tief bewegt und betroffen. Er bemühte sich nach Kräften. Die Zeremonie war kurz. Als Predigt erzählte er nur, wie er das Ehepaar beim Einkaufen gesehen hatte und wie Gérard eine Milchflasche zersprungen war und wie liebevoll Anna ihm geholfen hatte. Die einzigen Trauergäste waren Swantje und Benedikt und Kreindl und Baumgartner. Bei den drei Liedern sangen nur Benedikt und Kreindl mit, Letztere sogar sehr schön. Sie war in ihrer Jugend in Bad Tölz nicht nur Ministrantin gewesen, sondern hatte auch im Chor gesungen. Swantje dagegen war grotesk unmusikalisch und auch Baumgartner wollte durch sein Brummen nichts verderben.

Als alle den Friedhof verließen, deutete Benedikt nur kurz auf ein Grab. »Dort liegt Franz Marc!«

Zwei Minuten stand die kleine Gruppe noch vor der eisernen Pforte.

»Es ist sehr schön, dass Sie auch gekommen sind«, sagte Swantje zu den Polizisten. »Es ist eine so große Tragödie. Die beiden waren, noch als wir ankamen, zu keinem Verbrechen fähig – sie waren so wunderbare Menschen und ein Liebespaar wie in den großen Dramen.«

»Ja, eine Tragödie«, sagte Kreindl. »Und ich danke Gott, dass wir nicht in die Lage kamen, auf sie schießen zu müssen. So war es vielleicht der einzige Ausweg.«

»Verzeihen Sie, wenn ich zwei Dinge fragen muss«, sagte Benedikt. »Ich weiß, es ist jetzt vielleicht nicht passend und vielleicht ganz banal. Aber wenn ich jetzt nicht frage, liege ich noch viele Nächte schlaflos …«

»Fragen Sie einfach!«

»Woher hatten die beiden die Pistole? Wozu hatten sie sie besorgt? Sie planten doch nicht noch eine Tat? Oder war sie von Anfang an für ihren gemeinsamen Tod bestimmt?«

»Wir wissen es nicht. Fakt ist: Es war eine deutsche Militärpistole aus dem Zweiten Weltkrieg. Walther P 38. Kaliber 9 mm. Die wahrscheinlichste Möglichkeit ist, dass sie sie im Haus der Erbtante auf dem Speicher oder im Keller gefunden haben. Viele Leute haben nach dem Krieg Waffen nicht an die Amerikaner abgeliefert, sondern irgendwo versteckt. In vielen Bauernhäusern liegen noch solche Kriegsrelikte. Aber der Ehemann könnte die Waffe auch aus Südfrankreich mitgebracht haben. Da liegen auch noch viele Überbleibsel der Resistance in Bauernhäusern …«

»Und die zweite Frage: Sie haben doch im Mantel, den Lara Gralmann bei ihrer Ermordung trug, eine chinesische Schachtel gefunden.«

»Ja.«

»Wissen Sie, was sie mit der Schachtel vorhatte – warum sie sie in der Tasche hatte? Und wissen Sie, was in der Schachtel war?«

»Wir haben keine Ahnung, was sie damit vorhatte. Vielleicht wollte sie sie jemand bringen. Die Schachtel war jedenfalls leer.«

Damit schüttelten sich alle zum Abschied die Hände und trennten sich.

Kreindl und Baumgartner gingen zu ihrem Wagen. Kreindl setzte sich ans Steuer.

»Was für ein Wahnsinnsfall!«, sagte Baumgartner. »Was für wahnsinnige Menschen! Alle wie aus einer anderen Welt! Wie von einem anderen Planeten! Oder geht das nur mir so?«

»Geht mir genauso!«

»Vielen Dank übrigens für die juristische Belehrung.«

»Was meinst du?«

»Na, für den juristischen Trick zum Betreten des Gartens … die romantische Laune …«

Kreindl, die eben den Zündschlüssel drehen wollte, lehnte sich zurück und schaute ihm in die Augen.

»Wieso Trick?«

Benedikt und Swantje liefen währenddessen am Ufer des Kochelsees entlang. Der See gleißte heute. Die Berge leuchteten. Nur die Jocher Birg war um eine Schattierung dunkler und in Träume versunken.

»Ist dir auch aufgefallen«, begann Benedikt, »dass die meisten Menschen nach einer Beerdigung nicht über das sprechen, was sie wirklich denken und fühlen?«

»Ja, klar.«

»Nein, so meine ich das nicht. Ich meine jetzt nicht Heuchelei und all das. Die Erbschleicher, die Scheinheiligen, die Gleichgültigen und so weiter. Ich meine auch die, die aufrichtig trauern und tief leiden. Das ist nicht böse gemeint. Das liegt an unserem Gehirn. Daran, wie uns alles Mögliche und Unpassende durch den Kopf schießt, das wir nicht zulassen wollen, weil es uns erschreckt.«

»Ich verstehe schon, was du meinst.«

»Laras Tod war die furchtbarste Sache in meinem Leben. Und Annas und Gérards Tod war ebenfalls die furchtbarste Sache meines Lebens. Jedes für sich. Da gibt es keine Rangordnung. Ich habe zeitweise gedacht, ich werde wahnsinnig oder depressiv. Und trotzdem. Trotzdem fühle ich heute nichts in mir als Helle und Licht. Ich weiß nicht warum und kann es nicht ändern. Kannst du mir das erklären?«

»Nein. Aber ich glaube, ich verstehe schon, was du meinst.«

»Wirklich? Laras Schachtel war leer, als die Polizei nachgeschaut hat. Aber das heißt nicht, dass sie leer gewesen wäre, wenn ich nachgeschaut hätte. Der Beobachter verändert das Experiment.

Offen gesagt: Ich hätte sie brennend gerne, diese Schachtel. Ich würde gar nicht versuchen, sie zu öffnen. Ich würde sie mir so auf den Schreibtisch stellen. Das käme mir vor, als wäre Lara im Zimmer.«

»Du wusstest eigentlich überhaupt nichts über sie.«

»Nein.«

»Ihr hättet nie zusammen sein können.«

»Nein.«

»Und was war mit Anna?«

»Anna wird für den Rest meines Lebens meine beste Freundin bleiben. Und dabei scheint mir, dass es gar keine Rolle spielt, ob sie tot ist oder lebt. Zumindest in diesem Augenblick kommt es mir so vor. Aber vielleicht liegt das nur an diesem gleißenden Licht heute.«

»Und wie geht es jetzt weiter bei dir? Was machst du, wenn du nach München heimfährst?«

»Ich schreibe mich für ein Archäologiestudium ein. Das steht jetzt fest.«

»Jetzt doch?«

»Felsenfest. Und weißt du, was mein erstes archäologisches Projekt wird?«

»Was?«

»Das!«

Und Benedikt zeigte auf die Jocher Birg, die am anderen Ufer lag, um eine Schattierung dunkler als die übrigen Wälder und in Träumen versunken.

DANKSAGUNG

Ich danke meinem Freund Kriminalhauptkommissar Franz P. sehr herzlich für die Durchsicht meines Manuskripts. Seine Kritikpunkte, Anregungen und Informationen waren für mich von unschätzbarem Wert. Wo ich seinen Ratschlägen nicht gefolgt bin, geschah das nur, um dem Leser die Mühen realer Polizeiarbeit zu ersparen und aus Gründen der Dramaturgie und Spannung.

Ebenso danke ich den Freunden Christine Tutert und Dr. Eduard Tutert für medizinische Beratung.

EIN UNGEKLÄRTER FALL am Starnberger See

Mord im Hause Adlon

Starnberg, 13. Dezember 1951: In der Villa Adlon wird Mieterin Sonja Bletschacher tot aufgefunden. Bestialisch ermordet mit zahlreichen Messerstichen. Die Polizei nimmt umgehend die Ermittlungen auf. Ins Visier geraten nicht nur die Vermieterin, Ottilie Adlon, und deren Tochter Elisabeth, sondern auch die Liebschaften der Ermordeten. Trotz zahlreicher Spuren und Hinweise gestaltet sich der Fall für die Ermittler immer rätselhafter. Sie finden sich in einem Geflecht unterschiedlichster Aussagen und Hypothesen wieder, die keinen Rückschluss auf den Täter zulassen.

Anhand der Originalakten rollt Autorin Ulrike Claudia Hofmann den mysteriösen Kriminalfall erneut auf. Eingebettet in eine fiktive Aufklärung des Falls geben diese Akten spannende Einblicke in die damalige Ermittlungsarbeit. Der Mord von 1951 ist bis heute ungeklärt.

ISBN 978-3-96233-380-5, 340 S.